講談社文庫

さすらい猫ノアの伝説

重松 清

講談社

Contents

勇気リンリン！

忘れものはなんですか？

さすらい猫ノアの伝説

勇気リンリン！

プロローグ

背中をツンツンとつつかれた。

なんだよ、授業中だぞ、いま――。

健太《けんた》は知らん顔して、算数の教科書をじっと見つめた。苦手な算数の、特に苦手な図形の問題だった。よーく考えないとわからない。しかも、そろそろ次の問題で先生に「はい、じゃあ大沢《おおさわ》健太くん、前に出て、黒板に書いてみて」と当てられそうな気がする。

でも、すぐ後ろの席の亮平《りょうへい》は、ツンツンとまた背中をつついてきた。

じゃまするなよ――。

怒ってるんだぞ、と伝えるために、健太は肩をゆすった。

ところが、亮平はさらにツンツンツンツンツンと、しつこくつつく。

やめろってば、ほんと、いいかげんにしろよ――。

健太は椅子《いす》を前に引いて、机にはりつくような格好になった。きゅうくつだったが、これなら亮平の手も背中に届かないだろう。

亮平とは一年生と二年生のときに同じクラスだった。得意なスポーツは、健太が野球で、亮平はサッカーだったが、好みが違っているのがかえってよかったのだろう、誰《だれ》よりも気の合う親友になっていた。クラスが分かれてしまった三年生と四年生のときも、廊下ですれ違うと「よお！」と声をかけ合う仲だったし、亮平が学校のサッカーチーム『星ケ丘《ほしがおか》スターズ』に入ったことを聞いたときには、わざわざ亮平の教室まで行って「がんばれよ」とはげましたのだ。

でも、せっかく五年生のクラス替えでまた同じ五年一組になれたのに、亮平の様子は四月からずっとヘンだった。元気がない。ヤル気もない。『星ケ丘スターズ』のことをきいても、「あんなの、もうやめちゃったよ」とつまらなさそうに言うだけで、やめた理由すら教えてくれない。

最初は、前のクラスが恋《こい》しいんだろうかと思っていたが、もう五月の連休も終わったというのに、ちっともエンジンがかかっていない。

そんな亮平が、今度は小さくたたんだメモを後ろから放ってきた。あぶないところだった。黒板に問題を書いていた先生がこっちを振り向くのがもうちょっと早かったら、見つかっていたかもしれない。

なんなんだよ、まったく——。

健太はムスッとして、ため息まじりに、しかたなくメモを開いた。

〈デッキにネコ〉

え——？

顔を上げ、外に目をやった。

ほんとうだ。ウッドデッキの上に猫がいた。全身真っ黒で、首に緑色のバンダナ……違う、風呂敷《ふろしき》包みを巻きつけていた。

教室の後ろから出入りできる広いウッドデッキは、ひなたぼっこには最高の場所だ。

黒猫はそこでのんびりと毛づくろいをしている。健太と亮平以外はまだ誰も気づいていない。

健太はそっと椅子を後ろに引き、先生に見つからないよう小さく首をひねって、小声で亮平に言った。

「見たことあるか？　こんな猫」

「初めて」

亮平も小声で答えた。

「首に巻いてるのって風呂敷だよな」

「うん……」

濃い緑色に染《そ》めた布に、白いうずまきのような模様《もよう》がいくつもついている。からくさ模様っていうんだっけ。ギャグマンガでコソ泥が盗んだものを入れて背負っている風呂敷包みが、たしか、こんな模様だった。

「ってことは、野良猫《のらねこ》じゃないんだな、この猫。風呂敷の中になにか入ってるみたいだし」

健太は黒猫を観察するように見つめて言ったが、亮平の反応は鈍《にぶ》かった。「ま、どうでもいいけど……」とつぶやくように言って、あくびをするだけだった。

「休み時間までデッキにいるかなあ」

「さあ……」

「ひとになれてる感じだし、抱っことかできるんじゃないか？」

「さあ……」

「授業終わったらすぐに外に出て、捕《つか》まえよう。風呂敷の中身も見てみたいし」

「そんなのいいよ、めんどくさい」

なんだよ――。

がっかりした。猫のことが気になるだけでなく、亮平とひさしぶりにコンビを組んで遊べるんじゃないか、と気持ちが盛り上がっていたのに。

「いいじゃん、亮平も手伝えよ」

「……一人でやれよ、オレ、眠い」

「なに言ってんだよ」

ちょっと声が大きくなった。

「おい、そこ、うるさいぞ！」

先生に叱られてしまった。健太はあわてて前を向いて座り直した。

健太たちのクラス——五年一組の授業は、五月に入ってから副校長の田中先生が受け持っている。

田中先生は口うるさくて、怒るとおっかない。ほかのクラスからは「一組、かわいそーっ」と、からかい半分に同情されている。

田中先生は、クラス担任の山本先生のピンチヒッターだった。

山本先生は大型連休中に北海道にスキーに出かけて、転んでひざの骨を複雑骨折してしまった。六月いっぱいまでは学校に来られない。いまは大急ぎで代わりの先生を探しているところで、見つかるまでは田中先生が担任をつとめているのだ。

「ヤマちゃん先生って、おっちょこちょいなんだよなあ」「ほんとほんと、わざわざ北海道まで行って骨折するなんて、サイテー」……みんな口では悪く言っていても、ヤマちゃん先生のことをすごく心配しているし、先生と会えないのをさびしがってもいる。

ヤマちゃん先生は、学校で一番の人気者だ。歳は健太たちのお父さんと変わらなくても、ちっともオジサンっぽくない。体を動かすことが大好きで、しゃべったり歌ったり笑ったりすることも大好きで、厳しいことは言わないのに、ヤマちゃん先生の注意や言いつけはみんな素直に聞く。四月にヤマちゃん先生がクラス担任だとわかったときには、男子も女子もそろって大喜びだった。そのぶん、いまは――。

健太は黒板の図形をノートに書き写しながら、こっそりため息をついた。

黒板の横には、ヤマちゃん先生の書いたクラスの合い言葉が貼《は》ってある。

〈元気ハツラツ・勇気リンリン・根気コツコツ〉

あまりうまくない字を見ていると、ヤマちゃん先生の笑顔が浮かんで、よけいさびしくなってしまう。

横目でウッドデッキを見た。黒猫は毛づくろいを終えて、両手両足を体の下に折りこんで座っていた。

風呂敷包みの中身が、やっぱり気になる。窓を開ければ、ガラス越しに見るより少しは中身の見当がつくかもしれない。

田中先生に気づかれないよう、静かに、少しずつ窓を開けた。

と、そのとき――。

黒猫が起き上がった。うーん、よく寝た、と背すじを伸ばし、ちらっと健太を見て、軽やかにジャンプして……開けた窓から、健太のひざの上を目がけて飛び込んできた。

ほんの一瞬の早技だった。机と健太の体の隙間《すきま》に、黒猫はすっぽりと収まった。図形をノートに書いていたまわりのみんなはもちろん、健太自身でさえ、最初はなにが起きたかわからなかったほどだ。

でも、確《たし》かに、黒猫はここにいる。健太のひざの上にちょこんと座って、まるで「こんにちは」とあいさつするみたいに、健太を見つめている。

ビー玉みたいなまんまるな目だ。うっすらとした緑色がまじっている。

健太は思いもよらない展開に、驚《おどろ》いて、あせって、困ってしまって……それでも、田中先生にバレてはいけないととっさに思って、体を前かがみにした。右手の鉛筆《えんぴつ》をてきとうに動かしてノートをとるふりをして、左手で黒猫を上からおおい隠した。

鳴くなよ、鳴くなよ、頼《たの》むぞ――。

その思いが伝わったみたいに、黒猫は静かなままだった。健太のひざの上からどこかに移ろうとする気配もない。それどころか、きゅうくつで座りにくいはずなのに、すっかりくつろいで、前足の先をペロペロとなめはじめた。

どうしよう、どうすればいいんだろう、ワケわかんないよ――。

助けを求めて亮平を振り向いた。

でも、亮平は机にほとんど突っ伏して、ヤル気のぜんぜんない様子でノートに落書きしていた。黒猫が窓から入ってきたところも見ていないのだろう。

まいっちゃったなあ……と、あたりを見回した。

すると、一列おいた隣《となり》の列に座った女子と目が合った。彼女のほうもずっと健太を見ていたらしく、びっくりした顔で健太のひざを指差した。

五年生になって初めて同じクラスになった子だ。まだ一度も話したことはないが、四月から気になっていた。

岸本凛々《きしもとりり》という名前だ。クラスの合い言葉の「勇気リンリン」の「リンリン」の漢字なのだと、ヤマちゃん先生が教えてくれた。ただし、岸本さんの名前は「リリ」。「凛々しい」という言葉も先生に教わった。勇気があって、正々堂々として、背すじをピンと伸ばして、胸を張って……という意味らしい。

女子のみんなは「リリー」と呼んでいる。そのあだ名にふさわしく、ちょっとオトナっぽい雰囲気の子だ。背も高いし、カチューシャで留めたまっすぐな長い髪も、おねえさんっぽい。カッコいいな、と健太はひそかに思って、じつはほんのちょっとだけ、あこがれてもいるのだ。

ねえ、その猫、どうしたの――？

リリーの口が動いた。

わかんないよ、オレにも——。

健太も声を出さずに、口をぱくぱく動かして答えた。

大騒《おおさわ》ぎになったらイヤだな、と思っていた。田中先生はきっと「授業中になにやってるんだ！」とカンカンになって怒りだすだろう。事情を説明しても信じてもらえないかもしれない。

健太は人差し指を口の前で立てた。つづけて指をぜんぶ立てて拝《おが》むポーズをつくり、悪いけどナイショにしてて、と頼んでみた。

最初はきょとんとしていたリリーも、すぐにサインの意味を察して、知らん顔をして前に向き直ってくれた。

まわりのみんなには気づかれずにすんだ。ホッとして、リリーと二人でヒミツのおしゃべりをしたことが、なんとなくうれしくなった。

黒猫は居眠りでもしているのか、健太のひざの上で背中をまるめて、ちっとも動きそうにない。

首に巻いた風呂敷包みの結び目が、ちょうど背中の側にあった。意外と結び方はゆるい。そっとほどけば、猫に気づかれずに中身を確かめることができるかもしれない。

胸がドキドキしてきた。失敗したらヤバいぞ、という不安はあったが、中身を見てみたい、という好奇心に負けてしまった。

動くなよ、起きるなよ、頼むぞ、このまま寝ててくれよ——。

うまくいった。結び目をほどき、包みをそーっと、そーっと、猫の首からはずして、机に移した。

風呂敷に包まれていたのは、まるい筒の形をしたプラスチックのケースだった。最近コンビニで人気のミントタブレットの容器だ。中身はからっぽ——いや、ふたを開けてみると、折りたたんだ紙が入っているのがわかった。

田中先生に見つからないよう、算数の教科書を立てて机に置き、その陰《かげ》で紙を開いた。

〈こんにちは。〉

子どもの字で書いてある。

〈わたしたちは、城北《じょうほく》市立第三小学校六年二組です。〉

城北市は、健太たちのいる星ヶ丘市の隣の市だった。

〈おめでとうございます！　あなたのクラスはノアに選ばれました！〉

はあ——？

思わずかん高い声がもれそうになって、健太はあわてて口を閉じた。

黒猫の名前は「ノア」という。フランス語で「黒」を意味する「ノアール」という言葉から名付けられたらしい。

〈この名前はずーっといろんな学校で受け継《つ》がれているので、あなたたちも勝手に変えたりしないでください。〉

ノアが城北市の第三小学校にやってきたのは、今年の四月だった。

〈信じてくれないかもしれませんが、ノアはいろんな学校を渡り歩いている『さすらい猫』なのです。ウチの学校に来る前は、県庁のある東山《ひがしやま》市の港《みなと》小学校四年二組にいたそうです。〉

あぜんとする健太のひざの上で、ノアはあいかわらず背中をまるめて動かない。じつは風呂敷包みを首からはずしたことに最初から気づいていて、健太に手紙を読ませようとして、動かずにいるのかもしれない。

〈ノアのお世話は、特になにもする必要はありません。ノアは勝手にどこかでごはんを食べて、勝手にどこかで眠って、気が向いたら、ふらりとあなたたちの教室や誰かのウチに遊びに来ます。自由気ままな猫なのです。しばらく顔を見せなくても、だいじょうぶ。また気が向いたら遊びに来ます。あなたたちのクラスは選ばれているので、心配はいりません。〉

なにがなんだかワケがわからない。

ひょっとして、オレ、ヤバい話に巻き込まれちゃってるの――？

アニメやマンガなら、ここから冒険の旅が始まるところだろう。

でも、いくらなんでも、そんな、冒険なんて、めちゃくちゃな……。

「おい！　大沢くん！　大沢健太！」

田中先生の怒った声で、われに返った。しまった。バレた。

「なにを読んでるんだ！　持ってきなさい！」

「あ……いえ、あの……」

「ほら、早く！」

田中先生はおっかない顔をしてこっちに向かってきた。まずい。近くに来られたら、ひざの上のノアも見つかってしまう。でも、もう逃げられない。

そのときだった。

リリーが立ち上がって「すみませーん」と田中先生を呼び止めた。「トイレ行ってきていいですか？」

「……え？」

先生がリリーを振り向いた隙《すき》に、ノアが動いた。さっきまでののんびりした様子がウソのように、ぴょんと机に乗って、さらにぴょーんとジャンプして、窓の外に逃げ出した。

休み時間になると健太はすぐにウッドデッキに出て、あたりを探した。でも、ノアの姿《すがた》はどこにも見あたらない。健太が田中先生に叱られている間に、遠くに逃げてしまったのだろう。

もっとも、いちばん大事な秘密は田中先生から守り抜くことができた。先生には亮平から受け取ったメモを見せて、城北市の第三小学校からの手紙は隠しとおしたのだ。巻き添えをくって一緒に先生に叱られた亮平には悪かったが、おかげで、ノアのことがクラスに広がらずにすんだ。

健太がウッドデッキで手紙を見せたのは、亮平とリリーだけ——つまり、ノアの秘密を知っているのは五年一組の中で三人だけ、ということになる。

「なんでみんなに教えないの？」

亮平に不思議そうにきかれて、健太は「うん、でもさあ……」と言葉をにごした。

「いいじゃん、みんな絶対にびっくりするし、盛り上がるよ」

「……だから言いたくないんだって」

自分でもうまく説明できない。ただ、なんとなく、ノアに選ばれたというのはむやきに喜んでいられることではなさそうな気がしていた。

手紙を読み終えたリリーも、形のきれいな眉《まゆ》をひそめて、「ちょっと心配だね」と言った。健太が「手紙の最後のところだろ？」ときくと、「そうなの」とうなずく。

健太も、さっきからそこが気になってしかたなかった。

手紙には、ノアとの付き合い方がいろいろ書かれていた。ノアが一つの学校にいるのは、短いときなら数日、長くてもせいぜい二週間。そのときの別れ方も、一つの学校から次の学校へとずっと引き継がれている。

でも、いまは、そこまで考える余裕はない。問題なのは、手紙の最後に付け足しのように書いてある言葉だ。

〈ノアに選ばれたことを、最初は困ってしまうかもしれません。でも、ノアはきっと、あなたたちのクラスが忘れてしまった大切なことを思いださせてくれるはずです。〉

大切なこと――？

それを忘れてしまう――？

五年一組はヤマちゃん先生のおかげで、新年度が始まったばかりでも、クラスのまとまりはサイコーだった。

そんなオレたちが、いったいなにを忘れちゃうんだ――？

健太は首をかしげながら、デッキの先に広がるグラウンドに目をやった。

真っ黒なノアの姿は、やっぱり、どこにも見あたらなかった。

第1章　嵐の予感

一週間がたった。

ノアはあれきり健太たちの前には姿を見せていない。

「やっぱり、オレたちが選ばれたわけじゃないんだよな、うん」

昼休みのウッドデッキで、健太は言った。ちょっと拍子抜《ひょうしぬ》けしていたものの、それ以上に、ホッとした気持ちのほうが強い。

亮平は大きなあくびをしながら、面倒くさそうに「最初からあんなのウソに決まってるだろ。野良猫にシャレで手紙をくっつけただけだって」と笑った。

でも、リリーは違う。

「戻ってくるよ、絶対に。だって風呂敷は大沢くんが持ってるんだから」

きっぱりと言って、ノアの姿を探してデッキのまわりの植え込みをきょろきょろと見回した。

「戻ってきたらヤバいじゃん」

「そう？」

「だって……」

ノアは大切なことを忘れてしまったクラスにやってくる、と手紙には書いてあった。つまり、ノアが戻ってくるのは五年一組が大切なことを忘れているという証拠《しょうこ》で、それがどんな内容なのかはわからなくても、大切なことを忘れてしまうなんてよくないのだから、ノアはこのままどこかに行ってしまったきりのほうが、絶対にいい

──というのが、健太の考えだった。

ところが、リリーの考えはまるっきり正反対だった。

「ノアはわたしたちに思いださせてくれるんだよ、大切なことを忘れてるよ、って。ラッキーだと思わない？　もしも教えてもらえないと、わたしたち、大切なことを忘れたままなんだから」

「オレたち、なにも忘れてないと思うけど……」

今度はリリーもうなずいて、「わたしもそう思ってるけどね」と言ったが、それを自分で振り払うようにつづけた。

「でも……ノアが一度来ちゃったことは、もう確かなんだから」

「入る教室を間違えちゃったんだよ」

「間違えて、わざわざ大沢くんのひざに飛び乗ったの？　風呂敷包みもおとなしくほ

どかせたの？　そんなのヘンだと思わない？」

　健太が言葉に詰まったとき、教室の中から男子の大きな声が聞こえた。廊下から駆《か》け込んできた伊藤大輔《いとうだいすけ》が、教壇《きょうだん》の真ん中に立って、両手をメガホンにして声を張り上げたのだ。

「大ニュース！　大ニュース！」

　日直だった大輔は、月曜日の時間割りを確認するために職員室に行った。すると、田中先生が応接コーナーで若い女のひとと話していたのだという。

「そのひとが新しい先生だよ！　ヤマちゃん先生のピンチヒッター、やっと見つかったんだよ！」

　教室は大騒ぎになった。はずんだ歓声《かんせい》がほとんどだった。口うるさくておっかない田中先生が、来週からは副校長に戻ってくれる。男子も女子も、それがうれしくてしかたないのだ。ふだんはやる気のない亮平でさえ、教室に駆け戻って、大輔を取り囲む輪に加わっていた。

　健太だって、ほんとうはもっと近くで話を聞きたかった。でも、リリーはウッドデッキから動こうとしない。そばにいた女子のグループに「中で聞かない？」と誘《さそ》われても、黙《だま》って首を横に振るだけだった。

　そうなると、健太もなんとなく教室には戻れなくなってしまい、窓から教室の様子をながめるしかなかった。

「ダイブツ、新しい先生ってどんな感じ？」「優しそう？」「名前は？」「芸能人の誰に似てる？」……。

みんなが口々に質問する。「ダイブツ」というあだ名どおり、大輔はぽっちゃりと太っている。将来の夢はおデブ芸人――いまでもクラスの男子のお笑い担当だ。みんなの注目を集めてすっかり司会者気分になったダイブツは、両手を広げてみんなを静かにさせると、もったいぶって話をつづける。

「下の名前はまだわかんないけど、苗字は『宮崎』っていうんだ。田中先生がそう呼んでたから」

おおーっ、とみんなも盛り上がる。

「メガネかけてて、頭よさそう」

ふむふむ、とみんなうなずいた。

「体は、けっこう小さいよ。ウチのねえちゃんって中三なんだけど、あんまり変わんないかもしれない、身長」

「ダイブツのねえちゃんなんて、誰も知らないっての！」とツッコミが入ると、みんなドッと笑った。

「それで、あと……けっこう、おとなしそうだったなあ。田中先生がイバってしゃべってたからだと思うけど、なんか、ビビってる感じだった」

今度はいっせいに田中先生へのブーイングが起きる。健太も、しょうがないなあ、と苦笑《にがわら》いして、なにげなくリリーのほうを見た。

でも、リリーはにこりともせず、なにかをじっと考え込んでいた。


ダイブツが話していたとおり、田中先生はその日の『終わりの会』で、来週の月曜日から新しい先生が来ることを伝えた。

「なっ？　オレの言ってたこと、ホントだったろ？」と小声でまわりの席のみんなに自慢していたダイブツは、田中先生に「そこ！　うるさい！」とにらまれて首を縮《ちぢ》めた。

でも、さすがにお笑い担当のダイブツは立ち直りも早い。すぐに、ひえーっ、こわかったーっ、とおどけた顔になって、みんなもクスクス笑う。

田中先生は「全員、おじぞうさま！」と怒鳴《どな》った。「おじぞうさま」は、教室の空気をひきしめるための、田中先生オリジナルの方法だ。目をつぶって背すじをピンと伸ばし、両手を胸の前で合わせて、おじぞうさまのポーズをとる。そうすると教室はしーんとなり、みんなの姿勢もまっすぐになって、先生の話に集中できるのだ。

「じゃあ、顔はおじぞうさまのまま、手をひざの上に置いて聞きなさい」

話が長くなるサインだ。あーあ、と健太はうんざりした。目を閉じたままなのでまわりの様子は確かめられなかったが、ため息の気配が教室のあちこちから流れてきた。

「新しく来る宮崎先生は、この三月に大学を卒業したばかりで、教室で勉強を教えることもクラスの担任をすることも初めてです。だから、みんなも先生に協力して、しっかり勉強をしてください。いいですね？　はい、わかったひとは、首を縦《たて》に振って」

健太は小さくうなずいた。全員同じようにしたのだろう、先生はすぐに話をつづけた。

「特に来週は六年生が修学旅行に行っているので、学校ぜんたいがだらけてしまいます。先生も引率《いんそつ》で、木曜日の朝まで学校には来られません。六年生がいない間は五年生が最上級生なんだから、下級生のお手本になるようにしっかりやりなさい。いいですね？」

まったく口うるさいんだから、イヤになっちゃうよなあ——。

健太はそっと薄目を開けてみた。

すると、ウッドデッキの柵の上に、黒いかたまりが乗っているのが見えた。

猫だ。黒猫が背中を丸めて座っているのだ。

ノア――？

思わず目を見開くと、「こらっ！」と先生に怒鳴られた。その声にびっくりしたのか、黒猫は柵の外に逃げ出してしまって、それっきりだった。

放課後、校舎のまわりを探してみたが、ノアは見つからなかった。体育館のほうまで探しに行っていたリリーも、両手で×印をつくって戻ってきた。

あきらめて帰るしかない。放課後いつまでも教室に残っていたら、また田中先生に叱られてしまう。

「なにかと見間違えたんだよ、どうせ。健太っておっちょこちょいだし」

無理やり付き合わされた亮平は、学校を出たあともぶつくさ言いつづけた。

しだいに自信がなくなって、やっぱり違ってたかも……という気にもなってきた。健太もでも、リリーは、自分が直接見たわけではないのに、「ノアだよ、絶対にノア」と言い張ってゆずらない。

「黒猫って縁起が悪いんだろ？　戻ってこないほうがいいじゃん」

亮平は、いつものようにあくびをしながら言った。黒猫が目の前を横切ると、悪いことが起きる――という言い伝えは、健太も聞いたことがある。

ところが、リリーは「違うよ」と、きっぱりと打ち消した。「黒猫が縁起のいい動物になってる国もたくさんあるんだからね」

それも、聞いたことがある。

だったら、オレはそっちにしよう、と健太は決めた。ノアは幸運の使者だ。実際、ノアのおかげでリリーと話すことが増えたのだ。距離《きょり》がグッと近くなった。それがちょっとうれしくて、照れくさくて……。

「だいいち、そんなの迷信なんだから、本気にするほうがおかしいでしょ」

クールなリリーの言葉に、健太もあわてて表情をひきしめた。

とにかくリリーはノアが戻ってくることを信じているし、その日を待ちわびている。くわしい理由は、どんなにきいても教えてくれないのだが。

「まあ、でも、月曜から新しい先生になってよかったよなあ」

話題を変えて健太が言うと、「優しい先生だったらいいな」と亮平もうなずいた。

「優しいひとだよ、すごく」

リリーが言った。最初は健太も亮平も、ダイブツの話を聞いてそう言っているんだろうと思っていたが、リリーはつづけて、少し沈んだ声で言った。

「でも……先生に向いてるかどうかは、よくわかんない」

「宮崎先生のこと知ってるの？」

健太が驚いてきくと、リリーは小さくうなずき、「じゃあね、バイバイ」と一人で横断歩道を渡ってしまった。

月曜日の学校は、先週とは違った雰囲気だった。田中先生が言っていたとおり、なにか学校ぜんたいのネジがゆるんでしまったみたいだ。

五月半ばの朝にしてはちょっと暑すぎる陽ざしのせいなのか、六年生が修学旅行に出かけたせいなのか、こういうときに誰よりも厳しくみんなを注意する田中先生が修学旅行の引率で学校にいないせいなのか……『朝の会』の始まりを知らせるチャイムまで、いつもよりのんびりしたテンポで校内に響《ひび》きわたった。

『朝の会』には、田中先生に代わって学年主任の石川先生が教室に来た。

その後ろに、宮崎先生がいた。黒いスーツを着て、髪を後ろにひっつめてまとめている。ダイブツが言っていたとおり小柄なひとだ。いかにも緊張《きんちょう》した様子で、黒ぶちメガネの奥で目を何度もまたたきながら、戸口に立っている。確かに頭もよさそうだし、まじめそうだったし、オバサンの石川先生に比べるとやっぱり若々しい。「けっこう美人じゃん」「かわいいね」と女子がヒソヒソ話をする声が健太にも聞こえた。

石川先生は「金曜日に田中先生から聞いていると思いますが……」と黒板に宮崎先生の名前を書いた。

宮崎——。

苗字を書いたところで、ダイブツが「知ってまーす」と言って、男子が何人も笑った。

由子――。

途中でチョークが折れたので、また教室に笑い声が起きた。それがおさまったあとも、今度は女子が「なんて読むの？」「知らなーい」「理由のユウだよね」とヒソヒソ話を始めた。しかも、「由」の字の真ん中の縦棒が上に突き抜ける長さがちょっとたりなかったので、遠くからだと田んぼの「田」の字にも見える。

「えーっ？　タコなのぉ？」

ダイブツが立ち上がって大きな声をあげると、男子も女子もドッと笑った。

石川先生があわてて字を書き直して、「由子」の横に「よしこ」と読みがなを書いても、まだ笑い声は消えない。

田中先生ならおっかない顔で怒ってみんなを黙らせるところだが、石川先生はざわついた雰囲気のまま、宮崎先生に声をかけて、教卓の前をゆずった。

こわばった顔でうなずいた宮崎先生は、教壇に上ろうとして、段差にけつまずいて転びそうになった。教室から、また大きな笑い声がわきおこった。

宮崎先生の頰《ほお》は、見る間に赤くなった。教卓の前に立ってからも、緊張とあせりで、ハアハア、ハアハア、と全力疾走《しっそう》した直後のように息があがっている。がっしりとした体つきのヤマちゃん先生や田中先生を見なれていたせいで、そうでなくても小柄な体が、よけい小さく、頼《たよ》りなさそうに見える。

だいじょうぶかなあ……。

健太まで胸がドキドキしてきた。

よく見ると、教卓の上に置いた先生の両手は小刻みにふるえていた。

おまけに、さっきの冗談《じょうだん》がウケたダイブツが調子に乗って、「ゆでダコ」とボソッと言ったので、ククククッと息を押しころして笑いをこらえる声が教室中に広がっていった。

健太も思わずふき出しそうになってしまった。確かにダイブツの言うとおり、髪の毛をひっつめてまとめた宮崎先生の顔が真っ赤に染まると、マンガに出てくるタコみたいだ。でも、笑うわけにはいかない。先生に叱られてしまうから、というのではなく、やっぱりそういうのは、絶対によくないと思うから。

宮崎先生の顔は、真っ赤を通り越して、今度は青白くなってしまった。息苦しさだけでなく、目も回っているのだろうか、体がゆれている。

深呼吸だよ、こういうときは——。

教えてあげたい。大きく息を吸い込んでゆっくりと吐き出せば、それでいっぺんに気持ちが落ち着くはずなのに。

でも、宮崎先生は青白い顔のまま、口を動かした。

「……みなさん、は……はじめまして……えーと、あの、えーと……」

かぼそい声だ。しかもどんどん小さくなって、途中からは言葉が聞き取れなくなってしまった。

教室のざわめきは、さらに大きくなった。「いま、なんて言ってたの？」「聞こえた？」とヒソヒソ声で尋ね合うだけでなく、あいさつとは関係ないおしゃべりまで始まっていたが、宮崎先生はそれを止めるどころか、自分のあいさつを途中でやめて、うつむいてしまった。

石川先生がせきばらいしても、おしゃべりは止まらず、宮崎先生も顔を上げようとしない。

もうがまんの限界だ、と石川先生が教壇に上りかけた、そのときだった。

「ユッコ先生！　深呼吸！」

教室のざわめきを切りさくように、リリーの声が響きわたった。

教室は一瞬にして静かになった。

みんな、きょとんとしていた。

ユッコ先生――？

リリーは、確かにそう言った。宮崎由子。みやざき・よしこ。名前のどこにも「ユいだということのほうにびっくりしてしまった。

ッコ」とのつながりはなかったが、それを不思議に思う前に、リリーが先生と知り合

　ユッコ先生は、リリーに言われたとおり深呼吸を何度か繰《く》り返して、やっと落ち着きを取り戻した。教壇に片足をかけていた石川先生も、ほんとうにだいじょうぶなの？　と疑わしそうな目をユッコ先生に向けながらも、戸口の前に戻って行った。

「すみません……緊張してて……みんなの前で授業するの初めてで……」

　ダメだ。また声が小さくなっていく。途中で息つぎをしないからだ。やがて声は息もたえだえになって、しまいにはゴホゴホゴホッと苦しそうにせきこんでしまった。

　すると、リリーがまた声をかけた。

「ユッコ先生！　人！　人を飲んで！」

　ユッコ先生は、あ、そっか、とうなずいて、あわてて左の手のひらを顔の前にかざした。どうしたんだろう、なにをするんだろう……と、みんなが見つめるなか、先生はその手のひらに右手の人差し指でなにか字を書いて、手のひらを口に近づけ、舌を出して、ペロッとなめた。

　わかった――。

　健太は知っている。マンガで読んだことがある。手のひらに書いたのは「人」という字だ。「人」をなめてゴクンと飲み込むと緊張がほぐれる、というおまじないなの

だ。

　でも、五年一組の全員がそれを知っているわけではなかった。ほとんどの子はなにが起きたかわからずにボーゼンとしてしまい、こういうときに張り切るダイブツが、さっそく立ち上がって大きな声ではやしたてた。

「きったねーの！　バイキン食っちゃったーっ、バイキンゆでダコーッ！」

　また教室は大騒ぎになった。

「静かにしなさいっ！」

　とうとう堪忍袋《かんにんぶくろ》の緒《お》が切れてしまった石川先生は、みんなを叱るだけでなく、ユッコ先生までにらみつけた。

「宮崎先生、あなたもしっかりしてください！」

　ユッコ先生の顔は、また真っ赤になってしまった。

　そして、メガネの奥《おく》の目から、大粒の涙がポロポロとこぼれ落ちた。

『朝の会』が終わって一時間目の授業が始まるまでの五分間で、ユッコ先生の話は三クラスある五年生ぜんたいに広がってしまった。ダイブツを先頭に、お笑い担当の男子数人が「臨時ニュース！　大ニュース！」と廊下を走りまわってみんなに伝えたせいだ。

教室に残った健太たちも、男子同士で集まって「泣いてたよな」「うん、泣いてた泣いてた」「ウソ泣きじゃなかったよな」「マジだよ、マジ泣き」と、さっきの光景を確かめ合った。

一方、女子はリリーを取り囲んで、ユッコ先生のことをいろいろ尋ねている。なかには、芸能レポーターみたいにマイクを持った手を伸ばした格好をしている子までいた。

健太も、ほんとうはそっちに行きたい。リリーとユッコ先生がどういう関係なのかを知りたい。でも、女子がみんなで集まっているなかに男子一人で入っていく勇気は……いや、たとえ二人でも三人でも、やっぱり、ない。

しかたなく、男子のおしゃべりに形だけ付き合いながら、耳は女子のほうに集中させた。

リリーはみんなに囲まれて困っている様子だった。ほんとうは話したくないのかもしれない。あまりにもしつこくきかれるから、しかたなく、といった感じで説明していた。

ユッコ先生の家とリリーの家は近所同士だった。ちなみに「ユッコ先生」は、「由子」を「よしこ」ではなく「ゆうこ」とわざと間違えて読んで、ちょっと縮めて、ユッコ——それを本人も気に入っているのだという。

ユッコ先生は、大学に通っていた頃から小学校の先生を目指していた。去年は、「リハーサルだから」とリリーの家庭教師をアルバイトでやっていた。それでリリーも自然と「ユッコ先生」と呼ぶようになったのだ。

「じゃあ、夢がかなったんだよね」

女子のクラス委員の相原恵《あいはらめぐみ》――メグが言った。

リリーは「うん……」と困った顔でうなずいて、「でも、夢がかなったあとのほうが大変だから」と言った。

ユッコ先生はとにかくまじめな性格だった。まじめすぎて、ときどきガンコになってしまう。しかも、性格はもともとおとなしいし、緊張しやすくて、すぐにアガってしまう。さっきのあいさつが、まさにそうだったし、大学四年生の夏に受けた教員採《さい》用《よう》試験でも、あとほんのちょっとのところまで残っていたのに、面接試験で緊張しすぎて失敗してしまったのだという。

「まあ、でも、最初はしょうがないよね」とメグがなぐさめるように言っても、リリーの表情は晴れなかった。

一時間目の授業で教室に戻ってきたユッコ先生は、『朝の会』のとき以上にこわばった顔をしていた。まだ緊張している。それでも、さっきとは微妙に違う。さっきはどこかおびえた表情だったが、いまは、顔がおっかない。メガネの奥で眉も目もつり上がって、小さな体いっぱいに力を込めて、まるでいまから戦いが始まるみたいな迫力だった。

でも、教室はチャイムが鳴ったあともざわついたままだ。田中先生なら教卓についで教室を見回すだけで静かになるところだが、ユッコ先生がにらんでもぜんぜん効き目はない。『朝の会』は途中から石川先生が進めてくれたが、いまはユッコ先生しかいない。

どうするんだろう――。

健太はリリーをちらりと見た。さっきのように声をかけてピンチを救うのだろうか。でも、そんなのは先生としてカッコ悪い話だし……。

リリーも同じことを考えているのだろう、もどかしそうな顔でユッコ先生を見つめるだけだった。

さっき、みんなで「石川先生に職員室で叱られてるんじゃないの？」と話していた。ほんとうかもしれない。田中先生が修学旅行から帰ってきたら、もっとキツく叱られるのかもしれない。それってかわいそうだよなあ、と思った直後、バーン！と大きな音が響きわたった。

先生が出席簿で教卓を叩《たた》いたのだ。

「いいかげんにしなさい！」

かん高い声は途中でひっくり返って、裏声《うらごえ》になってしまった。

「今度しゃべった子は、教室から出て行ってもらいます！」

みんなも、さすがにおしゃべりをやめて、教室はやっと静かになった。

でも、こういうときに張り切ってしまうのがダイブツだった。口を手の甲にビチャッと押しつけて、息を強く吹いて……ブブ～ッ！

おならそっくりの音に、みんな笑い声をこらえきれなかった。声じゃないもんね、オレ、しゃべってないもんねーっ、とダイブツは得意そうな顔で口をパクパクさせる。

「なんで……なんで、先生の言うこと、聞いてくれないのよぉ……」

ユッコ先生はまた泣きだしてしまった。顔を両手でおおって、教卓の陰にしゃがみ込んで、隣の教室の河野《かわの》先生が「授業中ですよ！　なに大騒ぎしてるんですか！」と駆け込んで来るまで泣きつづけた。

第2章　亮平の秘密

「なんだか、すごいことになっちゃったなあ……」

健太がぽつりと言うと、亮平は「なにが？」と聞き返した。

「だって、ヤバいよ、絶対に」

ユッコ先生のこと――。

放課後になって学校を出ても、まだユッコ先生の泣き顔が目に浮かぶ。

一時間目の授業は、結局、職員室から駆けつけた石川先生が受け持った。保健室で休んで気持ちを落ち着けたユッコ先生は二時間目から教室に戻ってきたが、声はあいかわらずかぼそく、黒板に書く字も見るからに弱々しく、黒板用のコンパスで円を書くことさえ何度もしくじってしまうありさまだった。

教室は一日中ざわざわしていた。石川先生や河野先生が、ときどき自分の授業を抜けて見回りに来なければ、もっと騒がしくなっていたはずだ。

「明日はどうなんだろうなあ」

健太は言った。「今日は初日だから緊張してたけど、明日からは……」

「無理なんじゃないの？」

亮平は健太の言葉をさえぎって、「オレ、授業中うるさいほうがボーッとできるからいいけど」と笑った。

「笑うことないだろ」

健太はムッとして言ったが、亮平は「まあ、どっちでもいいけどさ」と面倒くさそうに話をさえぎり、ふあ〜っ、とあくびをした。

「亮平、おまえ、なんでそんなにヤル気がなくなってんの？」

でも、亮平は「べつに……」と答えるだけで、話は途切れてしまった。

健太はムッとしたまま後ろを振り向いた。リリーの姿が見えないだろうかと期待したが、誰もいない。リリーは『終わりの会』のあとも女子の友だちと教室に残って、明日からはわたしたちだけでも静かに授業を受けようよ、と話していた。その話がまだつづいているのかもしれない。

でも、明日の授業のことを考える前に、ユッコ先生は明日、ちゃんと学校に来てくれるのだろうか……。

ヤバいよなあ、とため息をついたとき、亮平が不意に立ち止まり、少し先のほうにある郵便ポストを指差した。

黒猫がポストの上にいた。前足を体の下に入れた香箱座《こうばこずわ》りで眠っている。宅配便のトラックがポストの前を通り過ぎても、目を覚まさず、背中を丸めたまま、のんびりと昼寝をつづける。

「ノアじゃないか？　あの猫」

亮平が声をひそめて言った。

健太は「うん……似てるけど……黒猫なんて、みんな同じように見えるし……」と首をひねる。風呂敷包みを首に巻いていたときの印象が強すぎて、それがなくなると、ほかの黒猫と区別がつかなくなってしまった。

健太と亮平は目配《めくば》せを交わして、そーっとポストに近づいていった。黒猫はまだ目を覚まさない。とっさに体を起こして逃げ出しそうな気配もない。

健太の家の近所にも野良猫は何匹もいるが、どの猫も動きがすばしっこく、人間を警戒している。野良猫がこんなに目立つ場所で、余裕たっぷりに休んでいるなんて、ふつうはありえない。

「どこかの家の飼い猫なのかなあ」

亮平が言った。声が大きすぎる。黒猫の背中がピクッと動いた。

逃げ出さない。目も開けない。ただ、しっぽが、ポストの上をホウキで掃くようにサッサッと左右に動いた。

「いまのって、『違うよ』って返事したんじゃないか？」と亮平が言った。

まさか、と健太は苦笑したが、亮平はつづけて「ノア？　おまえ、ノアなのか？」と黒猫に声をかけた。

すると、黒猫のしっぽが、ピーンとまっすぐ立った。

うそっ――！

マジっ――？

健太と亮平がびっくりして顔を見合わせると、黒猫はやっと起き上がり、目を開けた。ビー玉みたいにまんまるで、うすい緑色がまじった目――それで、ノアに間違いない、とわかった。

ノアはしっぽを立てたまま、二人をじっと見つめた。ポストは二人の背丈とほとんど変わらないので、ノアがビミョーに見下ろすような格好だ。逃げようとしない。というより、なんだか、ノアのほうが二人に用があるみたいにも見える。人間の言葉がしゃべれるのなら、「ここでずーっと待ってたんだよ」とでも言いたげな様子だった。

もしかしたら……と健太はランドセルから風呂敷を取り出した。あの日、ノアの首からはずしたあと、ずっと持ち歩いていたのだ。

ノアは、にゃあ、と短く鳴いて、首を軽く伸ばした。まるで、「風呂敷を首に結んでよ」とねだるみたいに。

ウソみたいだ、信じられない、こんなのありえないよ……。

健太は胸をドキドキさせながら、ノアに手を伸ばし、風呂敷を首にかけた。ノアは逃げない。ポストの上でじっとおとなしくして、健太が風呂敷の端《はし》を結ぶのを待っている。

亮平も目をまるくしてノアを見ていた。眠気の吹き飛んだ顔で、「軽く結ばないと、のどが締《し》まっちゃうぞ」と健太に声もかける。

「うん、わかってる」

「なにか手伝おうか？」

「じゃあ、ランドセル、頼む」

つま先立ちして手を伸ばしていると肩に食い込むランドセルがじゃまだったが、亮平に下ろしてもらうと、だいぶ指を動かしやすくなった。

よし、いいぞ。健太が思わずクスッと笑うと、それが伝わったみたいに、ノアものどをゴロゴロッと鳴らした。

風呂敷を結ぶと、ノアはまたじっと健太を見つめた。外がまぶしいので、まんまるな目の中の瞳は細いスジになっていた。でも、ガラス玉みたいに透《す》きとおった目はほんとうにきれいで、絵本に出てくる魔法の泉のようにも思えて、その目で見つめられていると、逆に人間のほうが猫の世界に吸い込まれていきそうな気がする。

学校のほうから男子の笑い声が聞こえて、われに返った。振り向くと、学年でいちばん体の大きな中野《なかの》慎一郎《しんいちろう》が、五年三組の同級生を子分のように引き連れて歩いてくるところだった。

それに気づいた亮平は、あわててしゃがみ込み、足元に置いていた健太のランドセルを抱き上げて、マグネットで留めてあったふたを開いた。

「どうしたの？」

健太がきいてもなにも答えず、ノアにあせって声をかける。

「ここに入れ、ほら、隠れろ！」

ノアも迷うそぶりもなく、ポストからランドセルの中に飛び込んだ。

亮平はすぐにふたを閉めて、健太にランドセルを背負わせた。

「あれーっ？　亮平、なにやってんだよーっ」

慎一郎から声をかけられたのは、その直後だった。

慎一郎たちは三人そろって、『星ヶ丘スターズ』のウインドブレーカーを着ていた。いまから練習なのだろう。でも、学校帰りなのに、三人とも手ぶらだった。

どうしたんだろうと思っていたら、三人からだいぶ遅《おく》れて、両手にランドセルを一つずつ持ち、さらに自分の背負ったランドセルの上にもう一つのせた男子が歩いてきた。

健太と同じ団地に住む、四年生の友和《ともかず》だ。この四月から『星ヶ丘スターズ』に入ったと言っていたから、慎一郎たちとは先輩と後輩ということになる。そして、ほんとうは、亮平だってチームをやめていなければ友和の先輩だったはずなのだ。

学校を出たときからずっと三人のランドセルを持たされているのか、汗びっしょりになった友和は歩くのもやっとという様子なのに、慎一郎たちは「早く来いよ！」と友和を叱り、健太と亮平に近づいてきた。

「よお、亮平、元気？」

慎一郎が言った。「まだ生きてたのかよ」とつづけると、子分二人もニヤニヤ笑いはじめた。イヤな感じの笑い方だったが、亮平は黙って下を向いて、なにも言い返さない。

「おまえ、もうサッカーやらないのかよ。戻ってこいよ。また特訓《とっくん》して、きたえてやるから」

慎一郎がからかうように言うと、子分二人も声をあげて笑った。

慎一郎と健太はまだ一度も同じクラスになったことはない。でも、とにかく乱暴者だということは、ウワサ話でよく知っている。もしかしたら、亮平は『星ヶ丘スターズ』で慎一郎にいじめられていたのかもしれない。

健太は亮平をかばうように一歩前に出て、泣きだしそうな顔をしていた友和に、心配するな、と笑ってうなずいてから、三人に向き直った。

「ランドセル、自分で持てよ」

マンガの主人公とは違って、必殺技なんてなにもない。三対一でケンカになったら、絶対に負ける。しかも相手は、六年生どころか中学生と間違えられるほど体の大きな慎一郎だ。

でも、引き下がるわけにはいかないんだ、と覚悟《かくご》を決めた。

「友和、ランドセル下ろしていいよ」

健太の言葉に、慎一郎が「おい、大沢、おまえなにイバってんだよ」と詰め寄ってきた。やっぱり大きい。迫力がある。思わずあとずさりしそうになったとき、背負ったランドセルの中から、かすかにノアの鳴き声が聞こえた。

がんばれ、負けるな――と言っているような気がした。

「え？」

慎一郎はきょとんとした顔であたりを見回して、「いま、猫が鳴かなかったか？」と二人の子分にきいた。

マズい――。

健太は思わず首を縮めた。子分たちは「鳴いたっけ？」「聞こえなかったけど」と顔を見合わせるだけだったが、そこにまたノアが鳴いてしまった。さっきより大きく、ちょっと怒ったような声だった。

今度は三人とも、はっきりと気づいた。

「おい、ランドセルの中、見せろよ」

健太の正面に立った慎一郎がすごんだ声で言うと、子分たちはすかさず健太の後ろに回った。はさみうちだ。

三人にランドセルのふたを開けられないよう、体の向きを細かく変えて逃げようとしたが、慎一郎にランドセルをつかまれてしまった。

「やめろよ！　離せよ！」

体を激しく左右によじっても、慎一郎の手はがっしりとランドセルをつかんで離れない。このままだとふたを開けられる。ノアが見つかってしまう。

亮平と二人なら、なんとか逃げられるかもしれない。でも、亮平は友和の陰にこそこそと隠れて、おびえた顔で健太と慎一郎を見ているだけだった。

マグネットの留め金に慎一郎の指がかかった。

そのときだった。

「ケンカ、やめなさいよ！」

女子の声が聞こえた。

リリーだった。

ほかの女子は一緒にいなかったが、一人きりでもひるむことなく、「いま、みんなで先生呼びに行ったからね！」とつづけた。

慎一郎はヒヤッとした顔になってランドセルから手を離し、あわてた声で子分二人に「行くぞ！」と命令した。友和に持たせていたランドセルをひったくり、「大沢！今度決着だからな！」と捨てぜりふを残して、ダッシュで逃げてしまった。

友和も、健太にぺこりと頭を下げてから、三人を追いかけて駆けだした。『星ヶ丘スターズ』の練習を休むわけにはいかないのだろう。

「トモ！　あいつらにいじめられたら、すぐに先生に言えよ！　先生に言えなかったら、父ちゃんでも母ちゃんでもいいし……オレでもいいから！」

健太は両手をメガホンにして言った。

オレと亮平に——と言えなかったことが、急に悔《くや》しくなってきた。

リリーの作戦勝ちだった。ほんとうは学校を出てから一人で歩いていたので、先生を呼びに行った友だちなどいない。とっさに考えたウソが大成功したというわけだ。

リリーが一人だというのは、健太にとってもありがたい。ほかの子がいないのなら、安心してランドセルのふたを開けられる。

「ノアがいるんだ」

「え？」

「ここに……ほら」

ランドセルを下ろしてふたを開けると、ノアは軽くジャンプして外に出た。さっきのケンカでランドセルは激しくゆさぶられていたのに、ケロッとした様子だ。健太の足元で毛づくろいをするしぐさも、余裕たっぷりに見える。

リリーにいきさつを説明する健太をよそに、亮平はさっき慎一郎たちにからかわれたときと同じように、黙ってうつむいていた。「な、そうだったよな？」と健太が声をかけても、しょんぼりとしたまま、返事をしない。

途中からけげんそうな顔になったリリーも、「細川《ほそかわ》くん、どうしたの？」と亮平にきいた。でも、やっぱり亮平は返事をしないし、顔も上げない。

リリーはしかたなく健太に向き直って、「ねえ、細川くん、どうしちゃったの？」ときいた。

「さあ……」

ほんとうは言いたい。

亮平って『星ヶ丘スターズ』にいた頃、慎一郎たちにいじめられてたみたいなんだ——。

でも、それをリリーに話すのは、男子のルール違反のような気がした。女子に話す前に、オレたちでなんとかしなきゃ、とも思った。

にゃあ、とノアが足元で鳴いた。

三人の目がいっせいにノアに注《そそ》がれると、それを確かめたように、ノアはゆっくりと歩きだした。まるで人間の歩行者のように歩道をしばらくまっすぐに進んでから、こっちを振り向いた。

にゃあ、とまた鳴いた。

おいでよ、と誘っているように聞こえた。

健太とリリーは顔を見合わせ、小さくうなずき合って、ノアのあとについて歩きだした。亮平もうつむいたまま、ついてくる。

ノアはトコトコと歩道を進んでいった。赤信号の横断歩道では自分から止まり、歩道橋の階段も軽やかに上る。あとにつづく健太たちは、まるで魔法にかけられたみたいに呆然《ぼうぜん》とするしかなかった。

ノアは交差点をいくつも曲がった。てきとうに歩いているのではなく、目的地があるのだろう、交差点をどっちに曲がるのか、それともまっすぐ渡るのか、一度も迷ったりはしなかった。

歩くペースも、健太たちがふつうに歩くのと変わらない速さだった。これ以上速かったら小走りにならないと追いかけられないし、逆にもっと遅かったら、足踏みをして調整しないと追い越してしまうところだ。健太たちが不自然な歩き方にならないように、速さを考えてくれているのかもしれない。

ふつうの猫だったら、健太だって「そんなのありえないって。偶然《ぐうぜん》だよ、ぐーぜん」と大笑いするだけだろう。

でも、ノアなのだ。向こうから誰かが来ると、塀《へい》の上や植え込みの中にすばやく身を隠し、すれ違ったあとにまた歩道に下りてくる。そんなことまでやってのけるノアなのだ。

絶対に考えて行動している。いろいろなことがちゃんとわかっている。人間の言葉だって、もしかしたら……。

リリーが小声で言った。

「ノア、学校のほうに近づいてるよ」

確かにそうだった。町内をぐるっと一周した格好で、学校の近所に戻ってきた。校門とは反対側——大きなカマボコのような形をした体育館がすぐそばに迫《せま》っていた。

「ノア、わたしたちをウチに連れて行ってくれてるのかもね」

「こんなところに住んでるわけ？」

学校の近所は家が建ち並んでいて、空き地や河原はない。

「でも、猫って狭《せま》いところでもぜんぜんOKだし、ノアは学校を渡り歩いてるわけだから、やっぱり学校の近くにウチがあるんじゃない？」

亮平はどう思う――？

いつもならすぐに声をかけるところだが、健太は亮平を振り向かなかった。話しかけたくない。慎一郎にやられそうだったときの亮平の姿を思いだすと、なんで助けに来なかったんだよ、とムカついてくる。でも、ほんとうは、そんなことで腹を立てる自分にも、なんだよオレって、とムカつく。

体育館の裏庭まで来た。道路との境には金網《かなあみ》のフェンスがあったが、フェンス沿《ぞ》いに少し歩いたノアは、不意に足を止め、健太たちを振り向いた。

「中に入れるよ、ここから……」

リリーが驚いた顔で言った。

ノアのすぐ前のフェンスは、下のほうの金網が破れて、人がくぐれるぐらいの穴があいていた。

ノアはその穴からスルスルッと裏庭の茂みに入っていった。

リリーと健太は、お互いに「どうする？」という顔を見合わせた。

学校への出入りは校門から、と校則で決まっている。下校したあと、いったん家に帰ってから学校で遊ぶときにも、グラウンド以外は立ち入り禁止だ。

でも、裏庭に人影はない。道路のほうもだいじょうぶ。こっそり入って、こっそり出て行けば、バレずにすむかもしれない。でも、もしも先生や近所のひとが通りかかったら、叱られるだけでなく、ノアも見つかってしまう。たとえ捕まらなくても、逆にノアのほうが「もうこんな学校はいいや、バイバーイ」と出て行ってしまうかもしれない。そうなると、ノアが教えてくれるはずの五年一組が忘れているものが、わからずじまいになってしまう……。

ノアは裏庭に入ったあとは先に進まず、毛づくろいを始めていた。三人を待っているのだろう、きっと。

健太はしかたなく、リリーに言った。

「オレ、一人で入るよ。で、悪いけどここで見張っててくれない？」

すると、リリーは「わたしも同じこと考えてたんだけど……見張り、男子二人でやってよ」と言いだした。

「オレが入ったほうがいいって」

「そんなことない」

「だって、オレ、オトコなんだし」

「関係ないじゃん、そんなの。わたしのほうが背が高いんだし」

「そっちのほうが関係ないじゃん」

話がまとまらない二人にじれたように、ノアはゆっくりと歩きだした。

と、そのとき――。

亮平がフェンスの穴から裏庭に入った。相談なし。目配せもなし。一言もしゃべらず、でも、迷いもためらいもない行動だった。

リリーは「細川くん、ちょっと待って、わたしも」と言って、穴をくぐった。健太も思わず「オレも！」とあとにつづいた。

結局、見張りなしで三人とも裏庭に入ってしまった。

ノアは体育館を回り込んで、裏庭のさらに裏――掃除《そうじ》道具や水まき用のホースをしまった物置があるだけの、狭い場所に向かった。金網のフェンスがこっち側はブロック塀になっていることもあって、昼間でも薄暗い。

物置の前まで三人を連れて来ると、ノアはいきなり屋根に飛び乗り、そこからさらに塀のてっぺんに移って、外に逃げ出してしまった。

追いかけるのは無理だ、と健太はあきらめた。それになんとなく、ノアは最初からここで姿を消すことを計算していたような気がする。逃げ出すことはいつでもできたのに、三人をここまで連れて来たのは、なにか理由があるからなのかもしれない。

「ねえ、あそこにあるのって、サッカーボールじゃない？」

物置の裏を横から覗《のぞ》き込んでいたリリーが言った。物置と塀の隙間は一人通るのがやっとの狭さだったが、その先の茂みに、ボールが転がっていた。雨ざらしになってホコリにまみれ、白と黒の模様が見分けづらくなっていたが、確かにサッカーボールだった。

「ここでサッカーしてたのかな」

「でも、体育館の裏ってボール遊び禁止だよ」

「だから、こっそり遊んで、ボールをあそこに隠してたのかも」

「誰が？」

そんなのわかるわけないよ——と健太が言いかけたとき、亮平が初めて口を開いた。

「オレ」

自分で自分を指差して、健太とリリーがびっくりして振り返ると、うつむいて「オレが家から持ってきたんだ……」とつづけた。

「どういうこと？」とリリーがきいた。

亮平はうつむいたまま、ぼそぼそとした口調《くちょう》で話していった。

四年生の三学期、亮平は放課後になるとここに来て、サッカーのドリブルの練習をしていたのだという。

『星ヶ丘スターズ』は、六年生と五年生のうまい子でつくるAチームと、その他大勢のBチームに分かれている。Bチームのレギュラーならなんとかとれそうだった亮平は、春休みにおこなわれるチーム分けテストでAチームに合格することを目指して、苦手なドリブルの特訓をしていたのだ。

さっきノアがくぐったフェンスの穴も、もともとは亮平が見つけて、そこから出入りしていた。

「だから……ノアが穴から中に入ったとき、オレ、びっくりしちゃって……おまけに物置の前まで来たから、ほんと、もう、心臓がバクハツするかと思って……」

リリーはうなずいて、「忘れてたことをノアが思いださせてくれるって、そういうことなんだね」と言った。

でも、亮平は「べつに思いだしたくないけど……」とつぶやいて、話をつづけた。

中野慎一郎が体育館の裏に来るようになったのは、二月頃だった。なにかの拍子で亮平がドリブルの特訓をしているのを知った慎一郎は、「オレが手伝ってやるよ」と言いだしたのだ。

体が大きく足も速い慎一郎は、サッカーもうまい。Aチームに入るのは確実だったが、亮平のために特訓に付き合ってくれる。

「あいつって、意外といいところあるんだな。知らなかった」

健太が首をかしげながら言うと、亮平は「オレもそう思ってたんだけど……」と沈んだ声になった。

慎一郎は、自分がサッカーがうまいものだから、亮平が失敗するとすぐに怒りだす。「なんでこんなに簡単なことができないんだよ！」「これくらいできるだろ、ふつう！」「まじめにやらないからできないんだよ！」……毎日毎日、怒られどおしだった。

亮平も最初はなんとかして慎一郎の期待にこたえようと思って、必死にがんばった。だが、慎一郎とは体の大きさも違うし、もともとの実力にも差があるのだから、一週間や二週間で追いつけるはずがない。

最初のうちは「友だちを手伝うのなんてあたりまえだろ」と言っていた慎一郎も、だんだん不機嫌《ふきげん》になってきて、しまいには「おまえ、サッカーの才能ないから、やめちゃえよ」と言いだした。それだけでは気がすまないのか、「亮平って教室でもおしゃべりでナマイキなんだよ。サッカーがヘタなんだから、もっとおとなしくしてればいいんだよ」とまで言った。

「そんなの相手にすることないだろ」

健太は思わず言った。リリーも「そうだよ、ほっとけばいいじゃない」とはげますように声をかけたが、亮平は首を横に振って、「でも、なんか、オレ、疲れちゃったんだよなあ……」と言った。

たとえ特訓が実ってAチームに合格しても、そこには慎一郎がいる。市の少年サッカー大会で優勝を目指すAチームだと、いまよりもっと慎一郎に文句を言われてしまうだろう。しかも、レギュラー入りは難しそうだ。それを思うと、だんだん「合格したくないなあ」という気になってきた。かといってBチームに残るのも慎一郎にバカにされそうでおもしろくないし……最後には、「もうサッカーなんてつまらないなあ」となって、春休みに入る前にやめた。

五年生に進級してからも、サッカーだけでなく、学校の勉強や友だちと遊ぶことすべてがつまらなくなり、ヤル気がなくなってしまった。

それが、いまの亮平だった。


話しているうちにイヤな記憶がよみがえってしまったのだろう、亮平の声はどんどん沈んでいった。

「慎一郎ってひどいんだ。自分で『おまえなんかやめちゃえ』って言ってたくせに、オレがほんとにサッカーやめちゃったら、ひきょう者とか弱虫とか、裏切り者とか……勝手なことばっかり言って……」

ハナをすする音が聞こえた。

涙ぐんでいるんだと気づいたから、健太は知らん顔をしてそっぽを向いた。リリーも黙って、足元の小石を軽く蹴《け》っていた。

亮平は「ま、どーでもいいけど」と無理やり笑って、話を変えた。

「ノアってサイテーだよなあ。そう思わない？　だって、せっかく慎一郎と別々のクラスになって、あいつと会わずにすんで、もう、サッカーのことも忘れてたのに……ノアのせいで、いろんなこと思いだしちゃってさ、あーあ、ほんと、サイテー……」

泣き笑いの顔になった亮平に、リリーは「そうなのかなあ」と首をかしげて言った。

「なにが？」

「ノアが教えてくれるのって、そういうことじゃないと思うけど」

「じゃあ、なにを教えるんだよ」

「わかんない」

でもね、とリリーはつづけた。

「ノアは大切なことを思いださせてくれるんでしょ？　だから、ほんとうは細川くん、もっと大切なことがあるんだと思う。それを、いま忘れちゃってるんだよ、細川くんは」

「だったら、大切なことってなに？」

「……わたしにもわからないけど」

健太も同じだ。リリーの言うとおりだと思いながら、やっぱり、その大切なものがなにかはわからない。

亮平はしばらく黙り込んでから、「オレ、帰る」と歩きだした。

「おい、亮平、ボールどうするんだ？」

「いらないよ。だって、オレ、もうサッカーなんかやらないし」

亮平はフェンスの穴をくぐって外に出て行った。リリーもそれ以上はなにも言わずに、あとにつづいた。

最後まで物置の前に残った健太は、あたりを見回した。

ノアがまた戻ってきて、なにかヒントをくれるんじゃないか──。

でも、ノアの姿はどこにも見あたらなかった。

第3章　泣き虫ユッコ先生

次の日——火曜日の『朝の会』に来たユッコ先生は、月曜日よりもさらに緊張して、こわばった顔をしていた。

今日は絶対に教室を静かにさせないといけない。昨日は初日だからしかたなかったけど、二日目なんだから、もう失敗するわけにはいかない……。

そんなプレッシャーが、健太たちにまでひしひしと伝わってくる。

しかも、教室の外の廊下に、ひとの気配がある。廊下に面した窓は磨《す》りガラスなので、教室の中からはうっすらとしたシルエットしか見えないが、どうやら学年主任の石川先生が立っているようだ。みんなもそれに気づいて、しーっ、しーっ、と口の前で人差し指を立て、「石川先生がそこにいるぞ」「外に立ってるよ」と小声や身振りでリレーしていく。そのせいで、かえって教室はざわざわしてしまった。

誰もユッコ先生の話に集中していない。みんなも悪いが、ユッコ先生のほうも、声が小さいし、早口だし、うつむいてしゃべっているので気持ちがなかなか伝わってこないし……。

なんとか『朝の会』が終わって、ユッコ先生が職員室に戻ると、健太はすぐに亮平を振り向いて言った。

「今日もダメっぽいと思わない？」

亮平も「うん……」とうなずいた。

「ユッコ先生、学校の先生に向いてないんじゃないのかなあ」

「どうでもいいよ。ヤマちゃん先生のピンチヒッターなんだから、来月にはいなくなっちゃうんだし」

「そうなんだけど……」

「それに、あさってには田中先生も帰ってくるから、ユッコ先生がダメでも田中先生がまた担任やればいいじゃん」

あいかわらず面倒くさそうで、ヤル気がない。亮平が忘れてしまった大切なことは、前向きに張り切る心なのだろうか。でも、それだと、なんだか答えが簡単すぎるような気もする。

「大沢くん、細川くん」

リリーが二人の席のそばまで来た。

「今日、ノアをどこかで見た？」

健太と亮平はそろって首を横に振った。リリーも、登校中に気をつけて歩いていたが、ノアの姿は見かけなかったのだという。

「昼休み、また体育館の裏に行ってみない？」

二人は、今度はそろってうなずいた。

授業が始まっても、ユッコ先生の緊張はゆるまなかった。教室の外では、手のあいている先生が交代で立って、教室の様子をうかがっている。まるで見張られているようなものだ。ユッコ先生が緊張しきっている理由の半分は、見張り番がいるせいなのかもしれない。

一時間目の社会の授業では、少しでも話が途切れると教室が騒がしくなってしまうと考えたのか、ユッコ先生は一人でひたすら話しつづけた。教科書がどんどん先に進んでしまって、なにがなんだかさっぱりわからない。

二時間目の国語の授業では、みんながノートをとっている間は教室が静かになると考えたのだろう、ヤマちゃん先生なら口で説明して終わるようなところまで、細かく黒板に書いていった。もっとも、ユッコ先生の字はヤマちゃん先生の字よりずっと小さく、しかも書いているうちに斜《なな》めに曲がってしまうので、ノートに書き写すのが大変だった。

三時間目と四時間目は、算数がつづく。社会と国語の授業のあとでほかの先生から「いまの教え方はダメです」と言われたのだろうか、算数の授業では、話す内容と黒板に書く内容のバランスはちょうどよくなった。

ところが、やっぱり緊張したままなので、応用問題の解き方を黒板に書いていた手が途中でピタッと止まってしまった。

「……あれ？　なんでこうなっちゃうんだろう、おかしいなあ……」

計算が合わなくなって、式をたくさん書いても、答えにたどり着かない。

「ちょっと待ってね、えーと……だから、えーと……ここでこうなって、こうなるんだから……」

「先生！」

クラス委員のメグが、もうがまんできない、というふうに手を挙げた。

「最初から間違ってます」

「え？」

「最初の数字が間違ってるんです！」

メグの言うとおりだった。平行四辺形の辺の長さが違う。教科書の問題では5センチなのに、それを黒板に書き写すときに6センチにしてしまった。

単純なミスだ。ヤマちゃん先生なら「あ、ごめんごめん、わははっ」と笑ってごまかしながら書き直すはずだ。

でも、ユッコ先生は顔を真っ赤にして「ごめんなさいっ！　ごめんなさいっ！」と頭をぺこぺこ下げた。そこまで謝《あやま》らなくてもいいのに……と健太が思う間もなく、ユッコ先生の目から大粒の涙がこぼれ落ちてしまった。


三時間目が終わると、ユッコ先生はまた保健室に行ってしまい、四時間目の算数は石川先生が授業をした。

給食にも石川先生が来て、「一時間目や二時間目でなにか問題あった？」ときかれた。

「あった」か「なかった」かで言うと、それはやっぱり、問題はあった。

でも、あとから文句を言うほどのことじゃないよな、と健太は思っていた。まだ二日目なんだから、あせることはないじゃないか、という気もする。

ところが、メグは「ありました！」と手を挙げて答え、一時間目の社会が速く進みすぎてワケがわからなかったことや、二時間目の国語の黒板の字が読みづらかったことを、実際よりも少し大げさに伝えた。

メグが中心になった女子のグループは、給食が始まる前に廊下に集まって、「このままずーっとユッコ先生だと、成績が落ちちゃうよ」「受験、大変じゃん」「一組だけ損《そん》してるーっ」と口々に言っていた。もうユッコ先生には教わりたくない、と決めているのだろう。

「うーん……そうだったの……」

石川先生もしかめっつらになった。

「ヤマちゃん先生、いつ退院できるんですか？」とメグがきいた。

「まだ、もうちょっと時間がかかりそうなんだけど」

「だったら、田中先生でもいいです」

メグがきっぱりと言うと、ダイブツが「うげーっ！　サイテーッ！」と声を張り上げて、男子のグループも、そうそうそう、とうなずいた。

「田中先生だったらイヤだよなあ」「あの先生、口うるさいもん」「田中先生が来るぐらいだったら、ユッコ先生のほうが百倍ましだよ」「一千倍いいでーす」「一万倍でーす」……。

石川先生は、やれやれ、とため息をついて、立ち上がったダイブツたちを席につかせた。

「はい、もういいから、騒がずに給食食べなさい」

健太はパンを一口かじって、牛乳を飲んだ。急に食欲がなくなった。ユッコ先生はもちろん、とばっちりで悪口を言われた田中先生のことまで気の毒になってしまった。そんなに文句言うなよ、と止めたい。でも、「いい子ぶるなよ」とみんなに言われたくない。ケンカになって、つまはじきにされるのが、やっぱり怖い。

オレって勇気ないいんだよなあ……とため息をついたとき、窓の外で黒い影が動いたのが、ちらっと見えた。

日直の号令で「ごちそうさまでした」を終えると、健太と亮平とリリーはダッシュで教室を出た。

ノアの姿を見たのは、ほんの一瞬だった。健太が「あっ」と声をあげかけたのと同時にジャンプしてデッキから立ち去り、首に巻いた風呂敷包みを確かめることもできなかった。

でも、あれはノアだ。絶対にそうだ。ノアは大切なことを思いださせるために姿をあらわす。確かにいま、五年一組は大切なことを忘れているんじゃないか、と健太は思う。それがなにかというのは、うまく言えなくても。

昇降口で靴《くつ》を履《は》き替《か》えて、体育館の裏庭に向かった。裏庭は、放課後はもちろん昼休みにも立ち入り禁止なので、そーっと、そーっと、グラウンドで遊ぶ子に見つからないように、なにげなく、さりげなく、テキトーに散歩しているふりをしながら……。

最後の関門は、職員室だった。体育館の裏に回るには、職員室のすぐ外を通らなければならない。ふつうに通路を歩くとすぐに見つかって「どこに行くの？」ときかれてしまうだろう。むしろ校舎の壁《かべ》にぴったりくっついたほうがいい。しゃがんで窓の下を進めばなんとかなるかもしれない。

今日のような天気のいい昼休みには、きっと窓が開いているだろう。風通しのいい窓際でおしゃべりをする先生もいるはずだ。それでも、やるしかない。

健太を先頭に、リリー、亮平の順に、しゃがみ込んで、ゆっくりと窓の下を進んだ。コントでおなじみの場面でも、もちろん、三人とも真剣そのものだ。

途中で気づいた。心配していたとおり、窓が開いている。しかも、男の先生が窓枠《まどわく》に軽くもたれるような格好で立っている。こっちに背中を向けているので、なんとかなる……しなければ……。

健太はリリーと亮平を振り向いて、しーっ、と人差し指を口の前で立ててから、慎重な足取りで進んでいった。

「かわいそうだけど、向き不向きっていうものがあるから」

男の先生の声が聞こえた。「そうですよねえ……」と、相《あい》づちを打つ女の先生の声も。

「まあ、田中先生が修学旅行から帰ってきてからの話だけど、宮崎先生にはやっぱり五年一組の担任をはずれてもらうしかないと思うぜ」

「授業もろくにできないんじゃあ、子どもたちも困っちゃいますもんね」

ユッコ先生のことだった。


職員室の外を通り過ぎたあとも、三人はしばらく黙ったままだった。

体育館の壁に沿って裏庭に回る途中、やっと亮平が口を開いた。

「ユッコ先生、クビなのかなあ……」

「でも、まだたった二日しか授業をやってないんだから」と健太は先生をかばったが、「じゃあ、明日から先生の授業がよくなると思う？」と亮平にきかれると、なにも答えられなかった。

さらに、リリーが教えてくれた。給食の時間にユッコ先生のことを石川先生に言いつけたメグは、「家に帰ったらママにも相談してみる」と女子のみんなに話していたらしい。

「メグちゃんのお母さんって、すごく厳しいの。メグママっていうあだ名で、女子の間でも有名なんだよ。一年生のとき、男子がメグちゃんをからかって泣かせたら、その子の家まで文句を言いに行ったし、担任の先生のこともすごく怒ってて、学校に乗り込んで、校長室でずーっと文句言ってたの」

亮平は「うわっ、サイテー」と顔をしかめたが、リリーは冷静に「でも、言ってることは正しいんだよね」と言った。「からかって泣かせるのはよくないし、そういうのは担任の先生もしっかり見て注意してくれないといけないんだし」

「それはそうだけどさあ……」

「どっちにしても、メグママは、ユッコ先生に『もっとしっかりしてください』って、キツい感じで言うと思う。で、そんなこと言われちゃったら、ユッコ先生、ますます緊張して、教壇に立っただけで泣いちゃうよ」

健太は黙ってうなずいた。確かに、あの調子でこれからも授業をつづけられたら、教科書に書いてあることがさっぱりわからなくなってしまいそうだ。でも、だからといって、ユッコ先生がクラス担任からはずされるというのは、なんとなく――理由はうまく説明できなくても、納得《なっとく》がいかない。

亮平はあっさり「ま、しょうがないよな」と言った。「どっちにしてもヤマちゃん先生が退院するまでっていう話だったんだろ？　それがちょっと早くなっただけなんだから」

「そんな言い方するなよ」

健太はムッとして亮平をにらんだ。「だってそうだろ？」と言い返されても、にらんだ目をそらさなかった。

そのとき、一足先に裏庭に回りかけたリリーが、サッと体を引っ込めて、二人に小声で言った。

「ユッコ先生がいる……!」

ユッコ先生は、体育館の建物に身をひそめるように座り込んでいた。折り曲げたひざを両手で抱きかかえて、少し先の地面をぼんやり見つめている。

さびしそうだった。

がっくりと落ち込んでもいた。

保健室を出ても、五年一組の教室にも職員室にも戻りたくなくて、誰もいない裏庭に来たのだろう。

三人は体育館の角から顔を半分だけ出して、ユッコ先生の様子をうかがった。しゃがみ込んだ亮平の顔がいちばん下、中腰《ちゅうごし》になった健太が真ん中、そしてつま先立ちしたリリーの顔がいちばん上――リリーとこんなにくっつくのは初めてだったせいで、健太はさっきから胸をドキドキさせて、顔が赤くなっているんじゃないか、と心配でしかたなかった。

でも、その心配は、たちまち消えうせてしまった。

ユッコ先生は不意に立ち上がると、フェンスに向かって歩きだしたのだ。

どうしたんだろう、と思う間もなく、昨日三人が外からくぐったフェンスの穴の前でしゃがみ込んだ。

まさか、もう学校にいるのがイヤになって、ここから逃げ出そうとしている――？

「ユッコ先生、ダメ！」

リリーがさけびながら駆け出して、健太と亮平もあわててあとを追った。

振り向いたユッコ先生はびっくりして、メガネの奥の目をまるく見開いた。

リリーは走りながら「逃げちゃダメだってば！」と言った。

「……はあ？」

今度はきょとんとした顔になる。

先生のそばまで来たリリーは、息をはずませて「先生……この穴から外に出ようとしたんじゃないの……？」ときいた。

すると、先生はきょとんとした顔のまま、ううん、と首を横に振って、足元を指差した。

ノアがいた。茂みに隠れて遠くからではわからなかったが、ちょうどいま、フェンスの抜け穴を通って外から入ってきたのだという。

「風呂敷を首に巻いてるから、なんだろうと思って、近くで見てたの」

先生が言うと、ノアはまるで返事をするみたいに、にゃあん、と甘えた声で鳴いた。健太たちに取り囲まれても逃げ出す様子はなく、それどころか、ごろんとあおむけになって、真っ黒なおなかを見せた。猫はもともと用心深い動物だ。おなかを見せるのは、「安心してるよ」というサインだった。

「この猫、すごくひとになれてるけど……よく学校に来てるの？」

リリーは「さすらい猫」のことを説明した。でも、ユッコ先生は最初から冗談だと思っている様子で、フェンスの前にしゃがんだまま、ノアのおなかを軽くなでていた。不思議だった。逃げ出すときにはびっくりするほどすばやく動くノアが、いまはおとなしく、ユッコ先生になでてもらっている。

リリーの話が終わっても、ユッコ先生は「さすらい猫かあ。そういう猫がいるとおもしろいね」と、やっぱり本気にはしてくれなかった。

健太は「先生、さすらい猫の話はほんとうなんです」と言った。「だって、いまの五年一組って、大切なことを忘れてると思うから」

「どんなこと？」

「よくわからないけど、それを思いださないと、明日からも、僕たち、ユッコ先生の授業をちゃんと受けられないと思うんです」

ユッコ先生は、ああ、そういうことね、とうなずいて、またノアのおなかをなでた。

「みんなが悪いんじゃないわ」

ぽつりと言った。そんなことないです、と健太が言いかけると、さびしそうに微笑《ほほえ》んで、首を横に振った。

「わたしがもっとしっかりしてれば、みんなだって静かに授業を聞いてくれるの。わたしが悪いの、ほんとに」

「でも……」

「大沢くんだよね。大沢健太くん。で、隣にいるのが細川亮平くん。合ってるかな？」

健太と亮平は顔を見合わせてうなずいた。意外だった。ユッコ先生が担任になってからまだ二日目だし、昨日も今日も途中で保健室に行ってしまったから、クラスのみんなの名前なんておぼえていないと思い込んでいた。

「特訓したんだよ」

リリーが言った。先生は恥ずかしそうに話を止めようとしたが、かまわずつづけた。

「四月にクラス写真を撮《と》ったでしょ。ウチのクラスの担任になるって決まったあと、その写真を貸してあげたの。先生、それを見て、がんばってみんなの顔と名前をおぼえてくれたんだよ」

知らなかった。ユッコ先生がそこまで準備をして学校に来てくれていたなんて、考えてもみなかった。

でも、先生は「名前をいくらおぼえても、授業がちゃんとできないんじゃ意味ないわよね……」とつぶやいた。

ノアのおなかに、ぽとん、と涙のしずくが落ちた。

ノアは、にゃあん、と小さな声で鳴いて、涙をぬぐうみたいに前足を動かした。

「あ……ごめんね、ぬれちゃったね。猫ちゃんって、水にぬれるのが苦手なのにね」

先生は涙声で笑って、上着のポケットから取り出したハンカチでノアのおなかを拭《ふ》こうとした。

そのときだった。あおむけに寝ころんでいたノアは、急に身をひるがえしてハンカチに嚙《か》みついた。不意をつかれた先生は思わず「きゃっ！」と悲鳴をあげてハンカチを握《にぎ》り直したが、それよりも早く、ノアは先生の手からハンカチをうばい取って、健太と亮平の足の間をすり抜けた。あわてて捕まえようとしたリリーの手も、ぎりぎりのところで届かなかった。

あっという間のできごとだった。ノアはハンカチをくわえたまま軽々とジャンプして、ぴょん、ぴょん、ぴょーん、とフェンスのてっぺんまですばやく登ってしまった。

「ダメだよ、ノア、ハンカチ返してあげなきゃ」

リリーが声をかけても、ノアはくわえたハンカチを離さない。足の裏の幅よりも狭そうなフェンスの上をしばらくゆっくり歩いてから、軽やかに外の道路に降《お》り立った。

健太は「オレ、追いかける！」と言ってフェンスの抜け穴をくぐろうとしたが、ノアは近くの家の庭に逃げこんでしまい、もう追いかけることはできなかった。

「ユッコ先生、ハンカチ……どうしよう……」

リリーが困った顔で振り向くと、先生はメガネの奥で目をぱちくりさせていた。突然のことにびっくりして、涙も止まってしまったのだろう。

「ハンカチ、ほかにも持ってるんですか？」とリリーがきいた。

先生は「いまの一枚だけ」と答え、「また泣いちゃったらどうしよう。涙を拭くものがないと困っちゃうよね」とつづけた。声が少しだけ明るく、冗談っぽくなった。

その声を聞いて、健太はふと、もしかしたら……と思った。

「ノアは、『もう泣かないで』って先生に言いたくて、ハンカチをくわえて逃げちゃったんじゃないですか？」

思いきって言ってみた。先生は、まさか、と苦笑いを浮かべるだけだったが、リリーは大きくうなずいてくれた。

その日の夕方、メグママから健太の家に電話がかかってきた。「はいはーい、大沢でーす」と軽い調子で電話に出た健太のお母さんは、二言三言話すと、「ええーっ？」とかん高い声をあげた。「それ、ほんとなんですか？」

ヤバい――。

自分の部屋で宿題をしていた健太は、そーっとドアの前まで行き、聞き耳を立てた。お母さんはほとんどしゃべらず、ときどき「まあ……」「そうなんですか……」とびっくりした様子で相づちを打つだけだった。メグママが一方的にしゃべっているのだろう。

ユッコ先生は午後は職員室で事務の仕事をした。五年一組の授業は、視聴覚室に移動して、三組と合同で算数をやった。三組の時間割りはもともと算数だったが、ほんとうは体育と家庭科だったはずの一組は、午前中と合わせると、一日に算数を四時間も受けるはめになってしまい、それにいちばん文句を言っていたのはメグだったのだ。

いてもたってもいられなくなって、健太は部屋を出てキッチンに向かった。

どういうことなの？　とお母さんが受話器を耳に当てたまま目配せした。

いい先生なんだよ、ほんとだよ――健太が口をぱくぱく動かして答えると、お母さんは小さくうなずいて、「あの、すみません、いま揚《あ》げ物をしている途中なので……」と電話を切った。

ほんとうは、揚げ物なんてしていない。お母さんは「ウソついちゃった」といたずらっぽく笑って、「本人のいないところで悪口言うのってイヤだもんね」と言ってくれた。お母さんのそういうところが健太は大好きなのだ。

「ねえ、新しい先生って、そんなにメチャクチャなの？」

「そんなことない。すぐ泣いちゃうけど、優しいし、一生懸命だし」

「健太はその先生のこと好き？」

「うん」

きっぱりと答えた。ユッコ先生は前もってみんなの名前をおぼえてくれていた。みんなと仲よくなりたいから、がんばっておぼえてくれたのだ。

「そっか、じゃあ、健太が好きな先生は、お母さんも応援するね」

ホッとしたのもつかの間、お母さんは、でもね……という顔でつづけた。

「ほかの子の家にも電話してるんだって。メグちゃんのお母さん。明日、みんなで学校に行くっていうことで話がまとまったみたい」

ユッコ先生は、どうなってしまうんだろう……。

第4章　健太の冒険

晩《ばん》ごはんは、お母さんと健太の二人ですませた。仕事が忙しいお父さんは今日も帰りが遅い。

食事中、健太はユッコ先生のことをお母さんに説明した。どうせメグはメグママにいろいろなことを大げさに話しているはずだから、こっちも少しはユッコ先生をかばうウソをついてもよかった。でも、そういうのってダメだよと思い直して、きちんと正直に伝えた。ノアのことを話すかどうかも迷ったが、やっぱり黙っておくことにした。

お母さんは「なるほどねえ……」とうなずきながらも、「授業ができないっていうのは、やっぱり問題よね」と言った。

「みんなが静かに授業を受ければいいんだよ。ダイブツとか、ほんと、おしゃべりばっかりしてるんだもん」

「じゃあ、健太が言えば？　もっと静かにしようよ、って」

「でも、クラス委員じゃないし……」

「そんなの関係ないじゃない。正しいことは誰が言ってもいいんだから」

確かにそのとおりだと健太も思う。でも、それが難しい。みんなから「いい子ぶるなよ」「カッコつけるなよ」と言われたら……と思うと、つい逃げ腰になって、べつにオレが言わなくてもほかの誰かが言えばいいんだから、と思ってしまう。

「お母さんが一組の女子だったら、そういうときにビシッと言える男子にあこがれちゃうなあ」

まるで健太の心の中を見抜いたように、お母さんは笑いながら言った。健太は黙って、おかずのクリームコロッケをほおばるだけだった。

晩ごはんが終わると、お母さんは空のペットボトルを紙バッグに入れて外出した。団地の集会所にある資源ゴミの回収ボックスに捨てに出かけたのだ。

ほどなく帰ってきたお母さんは、ちょっとあせった様子だった。

「どうしたの？」

健太がきくと、「猫がいたの」と答えた。「ウチの棟《とう》のすぐ前にいたんだけど、黒猫だったから、最初は暗くてわからなくて、びっくりしちゃった」

「……黒猫？」

「そう。なんかねえ、芝生《しばふ》のところにちょこんと座って、じーっと上を見てるの。ウチのほうを見てた感じ」

健太のウチは団地の三階だった。「まだいると思うから、見てごらん」とお母さんに言われて、ベランダから芝生の広場を見下ろした。

いる。確かにいる。目が合った。間違いない。この猫は――ノアだ。


お父さんの帰りが遅い日のお風呂は、健太、お母さん、お父さんの順番で入ることになっている。

「あのさ、宿題がまだ残ってるから、お風呂は宿題のあとでいい？」

ウソをついてお母さんに順番を代わってもらうと、まあっ、と軽くにらまれた。

「いつも言ってるでしょ。宿題をやるのが遅くなると、お風呂も遅くなって、寝るのも遅くなっちゃうでしょ。だから、朝なかなか起きられないのよ」

「……ごめんなさい」

お母さんに叱られてしまったのはよけいだったが、とにかくノアのことが気になってしかたなかったのだ。

ノアはまだ芝生の広場にいる。あいかわらず、こっちを見上げている。

呼んでるんだろうか――。

なにか用事があって、早く来てよ、と待ってるんだろうか――。

わが家のルールでは、晩ごはんのあとは外に遊びに行ってはいけないことになっている。でも、このままノアを放っておくわけにはいかない。

〈消しゴムがなくなったので、コンビニで買ってきます　健太〉

ダイニングテーブルに置き手紙を残した。浴室のドアに向かって、ごめんなさいっ、と頭を下げた。

そーっと玄関で靴を履いて、そーっとドアを開けて、あとはダッシュ！

エレベーターを待ちきれずに、三階から一階まで階段を駆け下りた。

ところが、建物の外に出ると、ノアは芝生の広場から姿を消していた。

「あれ？　ウソ……どこに行っちゃったんだ……？」

あわてて周囲を見回していたら、足元で、にゃあん、と猫の鳴き声が聞こえた。ノアは、まるで健太を出迎えるように、広場を出て、建物のすぐ外まで来ていたのだ。

「なんだ、おまえ、ここにいたのか」

健太は笑ってしゃがみ込んで、ほら、抱っこしてやるよ、と両手を広げた。

でも、ノアはそっぽを向いて知らん顔をしている。

「なんだよ、抱っこ嫌いなのか？」

初めて学校で会ったときには、自分からひざの上に乗ってきたのに。

じゃあ、なでてやるよ、と手を伸ばした。猫は頭の後ろをなでてもらったり、軽くひっかいてもらったりするとよろこぶ、とテレビのペット番組で聞いたことがある。

でも、ノアは健太の手を無視したまま、にゃあん、と小さく鳴くと、とことこと歩きだした。


ノアは足を止めることなく歩きつづけた。健太があとをついてきているのを確かめるように、ときどき振り向いて、またしっぽをピンと立てて歩く。

誰かが通りかかると、さっと暗がりに身をひそめる。体を隠すだけでなく気配まで消してしまい、どこに行ったんだろうと思っていたら、びっくりするほど遠くで待っていたりする。

ノアに道案内されるのは、亮平やリリーと一緒に体育館の裏に向かった昨日の放課後と同じだった。でも、昨日はまだ外が明るかった。いまは夜だ。夜の黒猫というのは、ほんとうに見分けづらい。首の風呂敷がなければ、よほど気をつけていないと見失ってしまいそうだ。うっすらと緑色のまじった目も、昼間より輝きが増しているように見える。

正直に言えば、ちょっと薄気味が悪い。ホラー映画の中に迷い込んでしまったみたいな気もする。でも逆に、夜だからこそ、ノアに不思議な力が宿って、人間の言葉が通じたりして……。

まさか、とは思いながら、でもノアならありうるかも、とも思う。

「ノア、ノア」

名前を呼んでみた。

するとノアは健太をクルッと振り向いて、にゃあん、と返事をするみたいに鳴いた。

「あのさ……えーと、ほら、あの、いま夜なんだよね、で、オレ、晩ごはんのあとにウチの外に出ちゃうのってヤバいんだけど……明日じゃダメ？」

ノアはしっぽを左右に振った。まるで、人間が手を横に振って「ダメダメ」と断るように。

「……オレの言葉、わかるの？」

ノアのしっぽは、今度はぺたんと地面についた。「うん、そうだよ」とうなずいたのだろうか？

胸がドキドキしてきた。これでノアが人間の言葉をしゃべってくれたらカンペキだ。

「ノア、なにかしゃべってみてよ」

でも、ノアはその言葉が通じなかったのか、通じても無視したのか、なにも答えずにまた歩きだした。

「ノア、どこに行きたいわけ?」

返事はない。さっきのは偶然だったのだろうか。

「オレ、もう帰ろうかなぁ……」

ノアはすぐさま振り向いて、フーッと怒った声をあげながら、背中の毛を逆立てた。

やっぱり……人間の言葉、わかってるみたいだ……。

ノアは広い団地の端から端まで歩きつづけ、とうとう外の通りに出てしまった。
お母さんはもうお風呂からあがった頃だろう。置き手紙を読んでくれただろうか。帰りが遅くなりすぎると、コンビニで買い物をしてきたという口実《こうじつ》が通じなくなってしまう。

でも、ノアに足を止める気配はない。駅のほうに向かう道を、あいかわらずしっぽをピンと立てて歩いていく。

「ノア、あんまり遠くまで行かないでくれよぉ……」
声をかけると、しっぽの先が、カサの持ち手のようにクルッと曲がった。いや、カサというより「？」のマークみたいだ。
そんなことお願いされても困っちゃうよ、と言ってる——？

どこまで歩くのかボクにだってわからないよ、という意味——？

どっちにしても、行き先はやはりノアにまかせるしかない。

コンビニまで往復《おうふく》する、というだけでは時間がたりなくなりそうだ。消しゴムを買ったあとでマンガを立ち読みしていたら、たまたま友だちと会って、ついおしゃべりに夢中《むちゅう》になって、帰りが遅くなってしまった、というスジ書きなら、あと何分ぐらい時間をかけられるだろう。帰り道に迷ってしまった、なんていうのは、さすがにウソっぽいだろうか。お母さんに「まったく、もう」と叱られるのは覚悟している。あとは「ウソついてるんじゃないの？」と疑われないように、がんばってホントっぽく言わないと……。


交差点を曲がった。団地から駅へ向かうルートからは、はずれていない。このまま駅まで連れて行くのだろうか。それとも、途中のどこかに目的地があるのだろうか。

道の両側を見回して、ふと気づいた。

団地と駅の間には、亮平のウチがある。そして、たしか、中野慎一郎のウナも、ここからそれほど遠くないところにあるはずだ。

ノアが振り向いた。「もうすぐだよ」というふうに、にゃあん、と鳴いてから、道に面した家の塀に飛び乗った。黒い体はたちまち闇《やみ》に隠れてしまい、どこにいるのかわからない。

健太は顔をひきしめた。

向こうから、ウインドブレーカーに半パン姿の男が、ジョギングしながらやってくる。最初は中学生だろうかと思ったが、そうではなかった。

慎一郎だ――。

慎一郎の走るペースは意外と速かった。のんびりジョギングをしているのではなく、タイムでも計っているのか、脇目《わきめ》もふらずに走ることに集中している感じだった。

健太には気づいていない。塀の上にいるノアにも、もちろん。

健太は黙って道の端によけた。声をかけなければ、そのまますれ違ってしまうだろう。それでいいや、あんな乱暴なヤツと関わり合いになんかなりたくないや、と思っていた。

ところが、ノアは塀から飛び下りた。着地したのは慎一郎の行く手をさえぎる位置で、そこに降り立ったまま動かない。ちょうど路上に伸びる塀の影の真ん中あたりなので、慎一郎にも気づいた様子はなかった。

このままだと慎一郎に踏《ふ》まれてしまう。自分でもわかっているはずなのに、ノアは逃げようとしない。それどころか、影の中にさらに深く隠れるように身を低くしてしまった。

慎一郎が来る。走るスピードは落ちない。やっぱり、ノアにはまったく気づいていないようだ。

「危ない！」

健太は道の真ん中に飛び出した。両手を大きく広げて通せんぼをすると、慎一郎はあわててスピードをゆるめた。でも、すぐには止まらない。健太にぶつかりそうになりながら、なんとか、ぎりぎり、セーフ――。

「どけよ！　なにやってんだよ、じゃまだよ！」

慎一郎は息をはずませて怒鳴り、じゃまをしたのが健太だと気づくと、顔はいっそう険《けわ》しくなった。

「なにしてるんだよ、こんなところで。じゃまするなよ、バーカ」

声には早くも敵意《てきい》がまじってきた。いきなり怒鳴られてムッとした健太も、負けじと「猫、踏みそうになってたんだよ」と言い返した。

「猫？　どこに？」

「ほら、あそこ……」

後ろを振り向いて、塀の影を指差したが、そこにはノアの姿はなかった。「あれ？」と目をこらし、体をかがめて探しても、見つからない。

「なんだよ、どこにもいないじゃないかよ、そんなの」

「……さっきはいたんだよ」

気まずくなって目をそらした次の瞬間《しゅんかん》、健太は思わず声をあげそうになった。ノアがいた。いつの間にか慎一郎の後ろに回り、別の家の塀に上って、のんびり香箱座りをしていたのだ。

「とにかくじゃまなんだよ、どけよ」

慎一郎は舌打ちまじりに言った。息はまだはずんでいるし、顔も汗びっしょりだった。

健太が脇によけたら、すぐさま走りだすのだろう。でも、ノアは慎一郎の後ろで香箱座りをしたまま動かない。「あとはよろしく」と言うみたいにそっぽを向いて、ふわ〜っ、と大きなあくびまでした。

ノアがオレを団地から連れ出したのって、慎一郎に会わせるため——？

走っている慎一郎とどこで出くわすかわからなかったから、さっきしっぽを「？」の形に曲げてたわけ——？

「ほら、どけって言ってるだろ」

慎一郎は低い声で言った。そうでなくても大きな体は、まわりが暗いせいか、昼間よりさらに大きく、迫力満点だった。でも、逃げるわけにはいかないんだ、と健太は自分に言い聞かせた。ノアがここまで連れて来て、慎一郎に会わせた理由がわからないうちは、やっぱり、逃げてはいけない……。

「よく走ってるの？　このあたり」

「悪いかよ」

「……そんなことないけど」

慎一郎の態度《たいど》は最初はいかにも不機嫌そうだったが、まあいいや、とタオルで顔の汗を拭くと、少し機嫌を直した声でつづけた。

「毎晩走ってる。おまえはスタミナ不足だ、ってコーチに言われたから」

「コーチって？」

「『星ケ丘スターズ』のコーチ。Aチームの六年生ってみんな足が速いし、スタミナがあって試合の後半になっても走るスピードが落ちないから、オレも同じぐらい走れないとダメだろ。だから、先週から特訓してるんだ」

「でも、夕方も練習してるんだろ？」

「そうだよ。今日も市営グラウンドでばっちりやってきた」

「それでウチに帰ってからも走ってるわけ？」

素直にびっくりした。でも、慎一郎は「そんなの当然だろ」とそっけなく言って、「オレ、もっとサッカーうまくなりたいもん」と付け加えた。

「でも、いまだって、五年生でAチームなのは一人だけだろ?」

「Aチームに入るだけじゃダメなんだよ。レギュラーになって試合に勝たなきゃぜんぜん意味ないじゃないか」

「それは……まあ、そうだけど」

「亮平みたいな弱虫のヘタくそとは違うんだから、オレは」

慎一郎は冷ややかに笑った。

健太は思わず「悪口言うなよ」と口をとがらせた。「おまえはサッカーうまいよ。それはわかるけど……亮平をバカにすることはないだろ」

「だって、ほんとのことだからな」

慎一郎はちっとも悪びれない。「亮平って、信じられないぐらいヘタだったよ。才能がないんだな」とつづけ、「あーあ、せっかくコーチしてやったのに、損しちゃったよなあ」と、意地悪そうに笑った。

逆だよ、おまえがコーチして怒ってばかりだったから、亮平はサッカーが嫌いになっちゃったんだよ――。

言い返そうと思ったが、慎一郎に先手を打たれた。

「ちょっと厳しくやっちゃったけど、それくらいあたりまえだろ? うまくなりたいんだったら努力しなきゃダメなんだよ。怒られてもがんばるしかないし、がんばってるうちに、だんだんうまくなるんだよ。オレだって、Aチームで練習してると、コーチや六年生にしょっちゅう怒られてるけど、悔しかったらうまくなるしかないんだ。だからオレ、コーチに言われたわけじゃなくても、自主的にランニングしてるんだよ」

慎一郎は胸を張って、「勉強だって、苦手な科目を得意にしようと思ったら宿題だけじゃたりないし、勉強をたくさんするんだったら、テレビやゲームだってがまんしなきゃいけないだろ。それと同じだよ」と言った。

健太はうつむいてしまった。言い返したかった言葉が、のどの奥でしぼんでいく。確かに、慎一郎の言うことは、正しい……ような気がする。

「亮平はがんばるのをあきらめたんだから、サイテーだよ」

わかったか、と念を押して、慎一郎は走りだした。健太はなにも言えずに、その場に立ったままだった。

慎一郎の大きな体が目の前から消えたので視界が急に広がって、塀の上に座ったノアの姿もはっきりと見えた。こっちを向いている。うっすらと緑色のまじった目で、じっと健太を見つめている。なにを言いたいのか、もちろん言葉ではわからない。

でも、健太は小さくうなずいて、慎一郎を「ちょっと待てよ！」と呼び止めた。

「おまえの言ってること、正しいかもしれないけど……やっぱり違うと思う。オレは間違ってると思う」

慎一郎は、ワケわかんねえな、と肩をすくめるだけで、また走りだした。

慎一郎の背中が見えなくなると、健太は、ふうーっ、とため息をついた。

自分でも、なぜあんなことを言ったのか、よくわからない。耳に残ったままの慎一郎の言葉を思いだした。頭の中ではいまもまだ、慎一郎のほうが正しいのかもなあ、とは思っている。それでも言い返した。言い返さずにはいられなかった。

亮平をバカにしていた慎一郎の冷ややかな笑顔を見ていると、ユッコ先生の悪口を言うときのメグたちのふくれっつらを思いだした。表情は正反対でも、根っこにあるものは同じかもしれない、という気がする。

にゃあん、とノアが鳴いた。いつの間にか塀から下りていた。慎一郎がいなくなったあともそばにいるということは、まだ連れて行きたい場所があるんだろうか……。

これ以上寄り道をしていると、帰りがもっと遅くなってしまう。お母さんに叱られるのは覚悟していても、その前に、お母さんが心配するだろうと思うと、いますぐにでもダッシュでウチに帰りたくなってしまう。

でも、ノアが教えてくれるはずのものも気になる。

「明日にしてくれると、オレ、助かるんだけどなあ……」

ノアは答える代わりに、ぴょん、ぴょん、ぴょーん、と地面をはねるように走りだした。健太もしかたなく迷いを断《た》ち切って、ノアのあとを追った。

表通りから住宅街に入って、小さな交差点をいくつも曲がった。

途中で「もしかしたら……」という予感が胸に広がった。

ここは亮平のウチのすぐ近所だ。次の角を右に曲がって二軒目だよな、たしか……と確認する間もなく、ノアはその角を右折した。

健太が追いかけて角を曲がると、ノアは亮平のウチの前にいた。やっぱり、ここが目的地だったのだ。

亮平のウチはブロック塀の代わりにサツキの植え込みで目隠《めかく》しをしていた。ちょうどいまは、ピンク色の花が満開だった。

道路に面した庭に、ひとの気配がする。はあはあ、と運動をしているような息づかいも聞こえる。

「一、二、三、四……あーっ、ダメだ、失敗……」

亮平の声だ。ボールが庭の地面にはずむ音も聞こえた。

健太はあわててサツキの隙間から庭を覗き込んだ。

亮平はサッカーボールのリフティングをしていた。軽く蹴り上げたボールが地面に落ちないよう、足の甲で受けてそのまま蹴り上げたり、頭や胸にいったん当ててから蹴り直したり……というのを何度も繰り返すのだ。

テレビで見たJリーグの選手たちは百回以上も軽々とこなしていたが、亮平がつづけられるのは、せいぜい五、六回だ。失敗するたびに「あーっ、もう、なんでだよぉ……」と悔しそうな声をあげて、庭を転がっていくボールを追いかける。

あまりうまくない。まっすぐに足を上げないから、蹴ったボールが曲がってしまう。蹴るときも、そんなに大きく足を振らなくても、軽く当てるだけでいいのに。

でも、亮平は何度しくじってもやめない。家の中からお母さんが「早くお風呂入りなさいっ」と怒った声で言っても、「はーい」と答えるだけで、また最初からリフティングを始める。

おまえってサッカーがほんとうに好きなんだなあ、と健太は心の中で声をかけた。

そんなに大好きなサッカーをやめちゃったなんて、さびしくないのか？　悔しくないのか？

悪いのは慎一郎だ。あいつがもっと優しく、はげますようにコーチをしていれば、亮平だって少しずつうまくなったかも……。

そう思いかけたとき、慎一郎の声がよみがえった。

亮平はがんばるのをあきらめたんだから、サイテーだよ――。

でも、亮平はいま、リフティングに何度も何度も挑戦している。がんばることをあきらめていない。

でも、亮平は『星ヶ丘スターズ』をやめて、勉強や遊びまでやる気をなくしてしまった。

慎一郎が悪いんだよ、絶対――。

でも、慎一郎はもっとうまくなるために、がんばっている。

でも、自分と同じぐらいうまくないと怒るなんて、やっぱりおかしい。

でも、みんながうまくならないと『星ヶ丘スターズ』は試合に勝てない。

でも、『星ヶ丘スターズ』に入ったときにはあんなに張り切っていた亮平が、いまは……。

頭の中に次から次へと「でも」がわきあがってくる。ワケがわからない。

健太は首をひねり、ため息を飲み込んで、サツキの垣根《かきね》から離れた。ふと思いだして見回すと、ノアの姿はいつの間にか消えていた。

第5章　リリー、大ピンチ！

次の日、登校した健太が教室に入ると、教卓のまわりに人垣《ひとがき》ができていた。

真ん中にいるのはダイブツで、取り囲んでいるのは男子ばかりだ。

ダイブツは、こっちこっち、と健太を手招《てまね》きしながら声を張り上げた。

「大ニュース！」

「……って、なに？」

「メグママ大魔神、まもなく登場！」

メグのお母さん――メグママが、ユッコ先生のことで昼休みに学校に来るのだという。

「ゆうべ、ウチの母ちゃんにメグママから電話があったんだよ」

一緒に学校に行こう、と誘われたらしい。ダイブツのお母さんは仕事があるので断った。すると、メグママは「わたしにぜんぶまかせてくれますか」と言って、ダイブツのお母さんは「はい」と答えたのだという。

ダイブツのお母さんだけではなかった。「オレんちも」「ウチの母ちゃんも」とみんなは口々に言った。

　時間のあるひとはメグママと一緒に学校に行くことになって、都合のつかないひとは、すべてメグママにまかせることになった。

「署名《しょめい》を集めるみたいなものだよな」

　男子のクラス委員の寺島聖也《てらしませいや》――テラちゃんはクールな口調で言って、「メグママ一人で先生と話すより、みんなも同じ意見ですっていうことにしたほうが強いから」と説明した。

　テラちゃんは一組の男子の中でいちばん勉強ができる。みんなも「さすがテラちゃん！」「天才！」とうなずいたが、当のテラちゃんの表情は晴れない。

「同じ意見って、どんな意見？」

　誰かがきくと、「そこなんだよ、問題は……」と腕組みをして、考え込む顔になった。

　健太にもわかった。メグママは、きっと、間違いなく、ユッコ先生は担任失格だと訴《うった》えるのだろう。「ウチだけじゃありませんよ、ほかにもたくさんいるんですよ、同じ意見のひと」と付け加えるのだろう。

　でも――。

「ダイブツの母ちゃん、ユッコ先生に担任やめてほしいって思ってるの？」

テラちゃんがきくと、ダイブツは困った顔になって「そこまでは言ってなかったけど……」と答え、まわりのみんなも気まずそうにうつむいた。

「だけど、メグママにまかせちゃったんだから、文句言えないんだぜ」

テラちゃんの言葉に、みんなうつむいたまま、黙り込んでしまった。

メグママに「ぜんぶおまかせ」してしまったのは、ダイブツのお母さんをはじめ男子だけで十人もいた。一緒に昼休みに学校に来るひとは誰もいないようだったが、テラちゃんは「それも逆にヤバいんだ」と言った。一緒にいればメグママに「そこまで言わなくてもいいじゃないですか」「そろそろ帰りましょうよ」と言うこともできる。でも、メグママ一人だと止めるひとがいないわけだから……。

「ひええええーっ、ちょー怖いじゃん」

ダイブツがおどけて身ぶるいをしたが、ちっともウケなかった。

「それで、どうなの？　ユッコ先生のこと、みんなはどう思ってるわけ？」

テラちゃんにきかれて最初に答えたのは、意外にも亮平だった。

「オレ、ユッコ先生の味方だから」

きっぱりと言った。いいぞ、と健太もうれしくなって、「オレも味方！」と右手を挙げてつづけた。

　でも、ほかのみんなは乗ってこなかった。「まあ、授業ができないと、やっぱり困っちゃうよなあ」と言うテラちゃんも、このままではよくない、と考えている様子だった。

　みんなは知らないからだよ――。

　言ってやりたい。教えてやりたい。健太は人垣のいちばん前に出た。ユッコ先生がクラス全員の顔と名前をおぼえてくれていることを知ったら、みんなの考えだって、きっと変わるはずだ。

「あのさ、ちょっと話があるんだけど、聞いてくれよ」

　みんなと向き合おうと思って教壇に立つと、教室の外のウッドデッキに女子が集まっているのが目に入った。

「あれ？　なんで女子がみんな外に出てるの？」

　きょとんとする健太に、テラちゃんはうんざりした顔で言った。

「メグが署名を集めてるんだよ。ユッコ先生のせいで迷惑してますっていうのを、女子全員の署名を集めて、昼休みにメグママに渡すんだって」

「そんな……」

「さっきチラッと聞いたけど、けっこう集まってるんだって。賛成《さんせい》してるっていうより、ほら、メグは怒ると面倒くさいだろ？　子分もたくさんいるし。だから、みんなしかたなく名前を書いてる感じなんだけど」

と、そのとき、メグの金切り声が聞こえてきた。

「ちょっと！　裏切る気なの？」

メグや子分たちに囲まれているのは、リリーだった。


男子のみんなは、教卓のまわりからダッシュで窓際に移った。ほんとうならデッキまで出たいところだが、女子の人垣に割《わ》り込む勇気は誰にもない。四年生の終わり頃から女子は急にオトナっぽくなって、背も高くなった。そして、なんとなく、クラスの中の人間関係も男子よりフクザツになってしまったみたいで……。

「岸本さんって、意外とワガママっていうか、空気読めないんだねーっ」

子分たちと一緒にリリーを取り囲んだメグは、イヤミたっぷりに言った。もともとメグはリリーとあまり仲がよくない。リリーの呼び方も「岸本さん」とよそよそしい。リリーはちっとも気にしていないのに、メグが一人で、あの子はナマイキだ、と決めつけているみたいなのだ。

「ほら、見てよ！　みんな書いてるでしょ？」

メグは手に持った紙をリリーに突き出した。「ユッコ先生に迷惑しています」という署名を集めた紙だ。

「一人だけ名前を書かないっていうのは、クラスの和を乱すことになっちゃうんだからね。わかる？」

違うよ——。

健太は声をあげる代わりに、首を大きく横に振った。

クラスの和や団結は確かに大切なことだ。でも、こういうときには、自分の意見や考え方のほうが絶対に大切なはずだ。そうしないと、結局、メグのような気の強い子が無理やりみんなを従《したが》わせるだけになってしまう。

「ほら、早くしてよ。このままだと裏切り者だよ。それでもいいわけ？」

メグのまわりの子分たちも、「書いちゃったほうがいいよ」「みんなもそうしてるんだから」と口々に言う。

そんなのおかしいじゃないか——。

言いたい。止めたい。でも、声がのどの奥にひっかかって出てこない。

もっとも、リリーはメグにおどされても平気な顔をしていた。

「どんなに言われても、わたし、署名なんかしたくないから」

きっぱりと言って、メグの子分たちや、その後ろに立つ女子のみんなを見回しながらつづけた。

「ユッコ先生のこと、みんな本気の本気で迷惑だと思ってる？　あんな先生はいなくなったほうがいいって、ほんとうに思ってる？」

メグはすぐさま「思ってる！」とかん高い声をあげた。ほかの子は黙ったままだったが、さらに声を張り上げてまくしたてた。

「思ってる！　思ってる！　みんな思ってるから署名したんだもん！　これが証拠だもん！」

それだけではおさまらず、まわりのみんなにも早口で言った。

「そうだよね？　ね？　名前は自分で書いたんだもんね？　迷惑だと思ってるから書いたんだもんね？」

メグと目が合った子は、みんな黙ってうなずいた。

でも、そんなのはウソだ。健太にはわかる。負けん気が強くてワガママなメグに怒られたくないから、しかたなく調子を合わせているだけだ。

「ほーら、全員一致、多数決でけってーい！」

メグは得意げに言ってリリーを振り向き、ふふん、とあごを上げて「どうするの？」ときいた。「いまなら、まだ間に合うよ」

健太はうんざりして、ため息をついた。メグは機嫌のいいときにはみんなのリーダー役なのに、ヘソを曲げると急に意地悪になる。デッキに出て「もうやめろよ」と声をかけたら、メグはどうするだろう。謝るどころか、「横から口出ししないでよ！」と怒りだすはずだ。そうなると面倒だよなあ……と、ついうつむいてしまう。

リリーは違った。メグに意地悪な言い方をされても、ちっともひるまずに、「わたしは署名なんかしたくない」と言いきった。

「ユッコ先生の味方をするってことは、みんなの敵になるってことだよ。それでもいいわけ？」

なに言ってるんだよ――。

健太は顔を上げて、窓ガラス越しにメグの後ろ姿をにらみつけた。自分とは違う意見だというだけで「敵」になるなんて、おかしい。絶対に間違っている。でも、「やめろよ」の声は、さっきからずっと、のどの奥にひっかかったままだった。

『朝の会』が始まるチャイムが鳴った。メグは「一時間目が始まるまで待ってあげるから」とリリーに言って、子分を連れて教室に戻ってきた。ヤジ馬だった男子もあわてて窓から離れて席についた。

リリーは女子の最後に、デッキから教室に戻ってきた。ひとりぼっちだった。少しさびしそうでもあった。

でも、席につく前に健太と目が合ったリリーは、わたしはだいじょうぶだから、とうなずいた。その顔には、後悔も不安もなかった。

『朝の会』には田中先生が来た。

「今日まで休みじゃなかったの？」

ダイブツが不思議そうに声をあげると、みんなも、そうそう、とうなずいた。修学旅行は昨日で終わったが、今日は疲れているからということで、六年生と引率の先生は特別に休日になっているはずだったのだ。

「のんびり休んでるわけにはいかないんだよ、先生だって」

田中先生はムスッとした顔で言った。あいかわらず、おっかない。

「ゆうべ石川先生から電話があって、びっくりしたんだけど……一組、授業がうまくいってないんだって？　なにやってるんだ、まったく」

教室中をにらみつけると、メグが「はいっ」と手を挙げた。

「ピンチヒッターの先生の教え方が悪いんです！　だから、田中先生のときはよかったのに、急に授業が進まなくなったんです！」

いつもの作戦だ。ユッコ先生を悪く言うだけでなく、田中先生のことをほめて、いい気分にさせる。メグはほんとうに、こういうところはオトナみたいに頭がいい。

ところが、田中先生はゴキゲンになるどころか、逆にもっとおっかない顔になって、叱るように言った。

「そうじゃない。授業は先生だけでやるものじゃないんだ。教える先生がいて、教わるみんながいて、初めて授業になるんだ。それがうまくいかないっていうのは、先生だけじゃなくて、みんなにも問題があるんだ」

田中先生が味方になってくれると思い込んでいたメグは、顔を真っ赤にして、不満そうに口をとがらせた。

「たとえば、ここだ」

田中先生は黒板の横を指差した。ヤマちゃん先生が書いたクラスの合い言葉の紙だ。

〈元気ハツラツ・勇気リンリン・根気コツコツ〉

その紙の真ん中あたりに、ハンコを押したようなピンク色の汚れがいくつもついている。ちょうど〈勇気リンリン〉の字のところだ。

「赤いチョークの粉だぞ、これは。誰かがチョークの粉をつけたボールをぶつけたとか、直接さわったとか、いたずらして汚したんだろう。こういうのを掃除せずに放っておいてるっていうのが、つまり、みんなの気持ちもたるんでるっていうことなんだよ」

田中先生の言葉に、健太は首をかしげた。あんな汚れ、あったっけ……。

教室はざわつきはじめた。みんなも不思議そうな顔をして、「あそこにあんな汚れってあったっけ？」「なかったと思うけど」と小声で話している。

健太は亮平を振り向いて「亮平が来たとき、どうだった？」ときいてみた。

亮平は首を横に振って、「最近、合い言葉って見てなかったし」と言った。

「オレもそう……。あそこに貼ってあるのはわかってても、じっと見ることなんてなかった」

「うん、オレも同じだよ」

ヤマちゃん先生が入院するまでは、毎日欠かさず『朝の会』と『終わりの会』のときにみんなで声を合わせて読んでいたが、田中先生がクラス担任のピンチヒッターになってからは、その決まりがなくなってしまった。ユッコ先生は、そんな決まりがあったことも知らないのかもしれない。

「いいか？　こんなに赤く汚れてるんだから、ふつうは誰かが気がつくだろう？　気がついたら、きれいに拭くだろう？　そんなこともできないなんて、ほんとうに一組は、ちょっとたるんでるぞ、まったく……」

田中先生はくどくどとお説教をつづけた。確かに先生の言うとおり、貼り紙についた汚れは、ちょっと見ればすぐにわかる。いままで誰も気づいていなかったほうが不思議で、ということは『朝の会』が始まる寸前に汚れがついたのかもしれない。女子がみんなウッドデッキに出ていて、メグとリリーのもめごとを男子も窓から見ていたときなら、誰にも気づかれないだろう。でも、ほんの短い時間で、そんなことができるなんて、よっぽどすばしっこくて、足音や気配を消して教壇まで行けるヤツじゃないと……。

「あっ！」

健太は思わず声をあげ、あわてて両手で口をふさいだ。

田中先生は健太をジロッとにらんでから、「日直はいますぐ、乾《かわ》いたぞうきんを持ってきて、チョークの粉を拭き取りなさい」と言った。

男子と女子の日直がそれぞれ席を立った、そのとき――。

「先生、貼り紙の汚れ、よく見てください」

リリーが言った。

そう、そうなんだ、と健太は口をふさいだまま大きくうなずいた。

「ひょっとして、その汚れって、猫の足跡じゃないですか？」

そうそうそう、と健太は大きく何度もうなずいた。

田中先生は「うん？」とけげんそうに言って、みんなに背中を向けて貼り紙をじっと見つめた。

「なるほど……そう言われてみると、うん、猫の足跡みたいだなあ……」

健太が思っていたとおりだった。

ノアだ。みんながウッドデッキのほうに気を取られている隙に、こっそり教室に入ってきて、黒板の溝《みぞ》に溜《た》まっていたチョークの粉を前足の肉球《にくきゅう》につけて、合い言葉の貼り紙にペタペタッとハンコを押すように——でも、なんのために？

「猫か……猫の足跡か……もしそうだとすれば……」

田中先生は腕組みをして一人でぶつぶつ言って、うーん、と首をひねった。日直の二人が乾いたぞうきんを持ってきても、貼り紙を見つめたまま、「ちょっと待っててくれ」と言って、また首をひねる。おっかなくて短気なふだんの田中先生とは様子が違ってきた。

教室がざわつきはじめた。健太はリリーと目を見交わした。ノアだよね、オレもそう思う、と無言で確かめ合っていると、亮平も身を乗り出して、健太に小声で話しかけてきた。

「ノアって、オレたちが忘れてる大切なものを教えてくれるんだよな」

「うん……」

「オレ、クラスの合い言葉、忘れてた」

オレもだよ、とうなずきかけて、ハッと気づいた。

ノアの足跡は、〈元気ハツラツ・勇気リンリン・根気コツコツ〉という合い言葉のぜんぶについていたわけではない。ピンク色の足跡が集中しているのは〈勇気リンリン〉のまわりだった。

「勇気、リンリン……」

つぶやいて、ふと思いだした。

リリーの名前は「凜々」――〈勇気リンリン〉のリンリンも、漢字で書くと同じ「凜々」だ。

さっきメグとやり合ったときのリリーは、確かに勇気リンリンだった。

いや、それ以上に、教室に戻ってくるときに勇気を感じた。味方は誰もいなくても胸を張って、背すじをピンと伸ばして、メグや子分に負けずに……というより、勝ち負けなんて関係ない、きっぱりとした強さがあった。

カッコよかったな、あいつ――。

素直に認めると、引き替えに、自分のことが急にちっぽけに思えてきた。正しいと思っていることでも、ついみんなに合わせて黙ってしまうなんて、弱いし、ずるいし、ひきょうなのかもしれない。

田中先生はやっとみんなを振り向いて、「はい、静かに」と言った。いつもの上から押さえつけてくるような怒った言い方ではなかった。もっとおだやかで、なんとなく優しくて、そして、どこかさびしそうな口調だった。

「最近、教室の近くで猫を見たひとはいるかな？」

みんな、きょとんとしていた。ノアのことを知っているのは健太たち以外にはいない。

「野良猫で、真っ黒い猫なんだけど」

えっ――？

「それで、その……みんなは信じないかもしれないけど、その黒猫は、首に風呂敷を巻いてるんだ」

「ふろしきーっ？　ウソだーっ、そんなのマンガみたいじゃん！」

ダイブツが大声をあげて言うと、みんなも、そうそう、そんなのありえないって、と笑った。

でも、健太たちは違う。亮平はあわてて健太の背中をつつき、健太もリリーを見た。リリーもびっくりしながら、そっと人差し指を口の前で立てて、ナイショにしよう、と二人に伝えた。

「誰かいないかな……いないよな、そうか、うん、それはそうだよな……」

田中先生はため息をついた。ホッとしているようにも残念がっているようにも見える苦笑いが浮かんでいた。

ちょうど『朝の会』が終わるチャイムが鳴って、先生も気を取り直して「はい、静かに！」と、いつものおっかない声で言った。

「とにかく、今日の授業は特別に先生がやります。いままでの遅れを取り戻すまではビシビシやるから、みんなもがんばってついてくるんだぞ」

みんな思わず、ウゲッという顔になってしまった。

「あの……ユッコ先生は？　今日は学校に来てないんですか？」

テラちゃんがきくと、田中先生は「来てるぞ」と答えて、表情をいっそう険しくした。

「でも、『朝の会』に一緒に行こうとしたら、急におなかが痛くなって、保健室で休んでもらってる」

ほーら、やっぱりあんな先生はダメなんだよねーっ、とメグは子分たちにヒソヒソ声で言って笑った。

田中先生が教室を出て行くと、みんなはまた騒がしくなった。

その騒がしさにまぎれるように、リリーが立ち上がった。健太と亮平に、行こう、と目配せして、田中先生を追いかけて廊下に駆け出した。

第6章　田中先生って意外と……

中庭の横を通る渡り廊下のところで、田中先生に追いついた。

「先生、ちょっと待ってください」

リリーが声をかけた。「どうした？」と振り向いた先生に、健太が「さっきの猫の話ですけど……」とつづけ、亮平がリレーのアンカーのように「見たんです、知ってるんです、僕たち」と言った。

「……知ってるって、もしかして、その猫の名前も？」

三人同時にうなずいて、答える声もきれいにそろった。

「ノア！」

先生は目をまるくして驚き、「じゃあ、風呂敷の中の手紙も読んだってことか……」と言った。

「先生も、ノアのこと知ってるんですか？」とリリーがきいて、「なんで知ってるんですか？」と健太がきいて、「どこで、いつ、知ったんですか？」と亮平がきいた。

「ちょ、ちょっと待てよ、いっぺんにきかれても答えられないから……」

三人の質問を手でさえぎった先生は、「まだ時間あるからだいじょうぶだな」とつぶやいて、廊下の端に三人を呼び寄せた。

「ノアっていう猫のことは、先生もウワサで聞いてるんだ。市内のいろんな学校の先生と集まって会議をしたり研修をしたりするとき、よくノアの話が出てくるから。『あそこの学校に先月来たみたいですよ』とか、『おたくの学校には来てませんか？』とか……」

「市内だけじゃないですよ。東山市や城北市の学校にもいたことがあるって手紙に書いてありました」

リリーが言うと、先生は「そうらしいな」とうなずいて、「じゃあ、ノアが姿を見せる理由も知ってるのか」と逆に三人にきいてきた。

「僕たちが忘れてる大切なものを思いださせてくれる、って……」

健太の言葉に、先生はまたうなずいた。

「そう、忘れてるものがあるんだよな、ノアが来るってことは。で、それは、どうでもいいことじゃなくて、大切なことなんだよな」

まるで自分自身に確かめているみたいに言った先生は、中庭に目をやって、首をひねりながらつづけた。

「先生は、大切なことはちゃんとみんなに教えてる自信がある。でも、ノアが一組に来たっていうことは……やっぱり、大切ななにかを教え忘れてるのかなあ……」

田中先生は「まあいいや、もうすぐ一時間目の授業が始まるから、早く教室に戻りなさい」と言って、あとはもうなにもきかず、なにも話さず、一人で職員室に向かった。

意外だった。田中先生は副校長だから、大ベテランの先生だ。勉強を教えるときも余裕たっぷりだし、絶対に間違いなんかしない、という自信にいつも満《み》ちあふれているのに。

「ノアのことすごく信じてるんだな」

教室に戻りながら健太が言うと、リリーは「いろんな学校で評判になってるんだろうね」とうなずいた。

「でもさ、オレたちが忘れてることって、なんなんだろう……」

亮平がきいた。「勇気だと思う」と健太はすぐに答え、合い言葉の貼り紙のことを二人に説明した。

勇気リンリン――。

「だって、ほら、さっきの岸本さんとか、マジに勇気リンリンでカッコよかったもんなーっ」

ほんとうはもっと真剣に「すごいよ！」と尊敬の気持ちを伝えたかったが、やっぱり照れくさくて、軽い言い方になってしまった。

リリーは「自分の意見を持つのって、あたりまえ」とクールに言った。

「……それは、まあ、そうだけど」

健太はしょんぼりしてしまったが、リリーはクスッと笑って、「大沢くんだって勇気リンリンだったよ」と言った。「おとといの放課後、中野慎一郎くんとケンカして下級生の子を助けてあげたじゃない」

ほめられた——？

急に胸がドキドキしてきた。顔がパッと赤くなったのが自分でもわかる。

「だって、ほら、友和って同じ団地だし、かわいそうだったから……」

「それが勇気っていうんでしょ？」

胸のドキドキは、バクバクに変わってしまった。

でも、亮平が「二人ともいいよなあ、勇気あるから。オレなんて、ヤル気もないんだもん、サイテーだよ」とつまらなさそうに言うと、盛り上がっていた気持ちは一瞬でしぼんでしまった。

ゆうべ一人でサッカーをやっていた亮平の姿が思い浮かんだ。でも、「オレ、見たんだぞ。おまえ、やっぱりサッカーが好きなんだろ？」という言葉は、どうしても出てこない。

勇気がないから——？

違うよ、と心の中で自分に言った。こっそり見たことを言うなんて、男子として反則じゃないか……。


一時間目の国語は、田中先生が修学旅行に出かける前まで教えていたところに戻って、やり直しになった。

「やっぱり田中先生の授業ってわかりやすいと思わない？　思うでしょ？　ユッコ先生とはぜんぜん違うよね。違うでしょ？　ね、そうだよね？」

授業のあとの休み時間、メグは女子のみんなをウッドデッキに集めて、意見がそろっているのを確認するみたいに何度もしつこく念押しをした。

そこにリリーはいない。休み時間になるとすぐに、一人で教室の外に出て行ってしまったのだ。誰かが呼び止めようとしたら、メグに「あのひと、いらない」と言われた。「空気の読めない岸本ウイルスがうつっちゃうから、しゃべるのも目を合わせるのも禁止だよ」——メグはリリーをクラスの仲間はずれにしてしまったのだ。

健太は亮平を誘って廊下に出たが、ほかのクラスのみんなでにぎわう廊下にリリーの姿はなかった。

「どこに行っちゃったんだろう……」

健太が言うと、亮平も心配そうにうなずいて歩きだした。

「探しに行くのか？」

「その前にトイレ。付き合えよ」

「うん……」

いつものことだ。男子も女子も、休み時間にトイレに行くときには必ず友だちを誘う。誘われたら、たとえいまは行きたくなくても、とりあえず付き合う。そうしないと、自分のときに誰からも付き合ってもらえない。トイレのときだけではなく、図書室に本を返しに行くときも、音楽室や理科室に移動するときも、学校の行き帰りも……とにかくなにかをするときには、一緒にいてくれる友だちが欲しい。一人で行動するのは、さびしいというより、むしょうに恥《は》ずかしくて、みんなに笑われたり同情されたりしているんじゃないか、と心配になってしまう。

あたりまえすぎて、いままでは考えたこともなかった。でも、おしっこをする亮平をトイレの洗面台の前で待っているうちに、健太の顔はしょんぼりとしてきた。

リリーはやっぱり強いし、カッコいい。ノアのことが気になるのも、あいつがいつも一人……じゃなくて、一匹でいるからなのかもしれない。

「悪い悪い、お待たせ」

亮平は洗面台で手を洗いながら、健太になにか話しかけようとした。鏡に映るその顔が、ビクッとこわばった。

慎一郎がトイレに入ってきたのだ。

慎一郎もすぐに健太と亮平に気づいた。戸口に立ったまま二人の逃げ道をふさぎ、大きな体をさらに大きく見せるようにグイッと胸を張って、「おい、亮平」と声をかけた。

「……なんだよ」

亮平がひるみながら答えると、「いいこと教えてやるよ」とニヤッと笑って、つづけた。

「おまえがレギュラーになれそうだったBチームの左サイドバック、今度から友和がレギュラーになったから」

慎一郎は健太にも目をやって、「おまえの団地の後輩だって言ってたよな」と言った。

「うん……」

「まだ四年生で、しかも先月入ったばかりなのに、もうBチームのレギュラーだよ。すごいだろ？」

悔しいけれど、うなずくしかない。

「オレが特訓してやったからだよ。体力をつけるために学校の帰りにランドセルを持たせてやったり、パスの出し方やフェイントのかけ方をいろいろ教えてやって、あいつも根性《こんじょう》出してがんばったからな」

途中でギブアップした誰かさんとはそこが違うんだよなあ、と慎一郎はイヤミを亮平にぶつけて、またニヤッと笑った。

亮平は黙ってうつむいてしまった。

健太も悔しさを噛みしめながら、サイズの大きな慎一郎の上履《うわば》きのつま先をにらみつけた。

なにが特訓だよ、ふざけるなよ、と言いたい。あの日、ランドセルを持たされていた友和の様子は、どう見ても自分で望《のぞ》んでいたとは思えない。無理やり持たせておいて、勝手なことを言っているだけだ。

でも、友和がうまくなったのは事実だし、ゆうべ汗びっしょりになってランニングをしていた慎一郎の姿を思いだすと、コイツの言うことにも一理《いちり》あるのかなあ……と思ってしまう。

「亮平、おまえってほんとに情けないヤツだよなあ。四年生に負けちゃってサイテーだと思うだろ、自分でも」

うつむいたままの亮平に、慎一郎はつづけて言った。

「悔しかったら、チームに戻ってこいよ。まだ正式な退部届出してないんだろ？　いまなら間に合うぞ」

二時間目の算数も、田中先生が修学旅行に出かけたところから、やり直しになった。

でも、健太の頭には、授業の内容がほとんど入ってこない。

慎一郎はいったいどういうつもりで亮平に「チームに戻ってこいよ」と言ったのだろう。また特訓だという理屈をつけて亮平に厳しくあたってやろう、と思っているのだろうか。チームが勝つために亮平が必要だから、しかたなく誘ったのだろうか。それとも、いまでもサッカーが大好きな亮平の気持ちをわかっていて、亮平のためにそう言ってくれたのだろうか……。

わからない。亮平も慎一郎に返事はしなかった。トイレから一組の教室に戻るまで、じっと黙り込んでいた。迷って、悩《なや》んでいるのだろう。

わからないと言えば、リリーだってそうだ。健太と亮平が教室に戻ったとき、まだリリーは外に出たままだった。二時間目のチャイムが鳴ってしばらくたってから、ほとんど田中先生と同時に教室に入ってきた。

メグは席につくリリーを冷ややかに見て、目が合いそうになるとプイッと顔をそむけ、まわりの女子に「わかってるよね？　ウイルスがうつったら、その子も『空気読め ませ ん病』になって、みんなから口をきいてもらえなくなるんだよ」と念を押していた。

リリーにもそんな雰囲気は伝わっているはずだ。でも、リリーの様子はふだんと変わらない。落ち込んだり困ったりしているどころか、むしろ逆に、肩の荷が下りたような、すっきりした表情で授業を受けていた。

休み時間にどこにいたのだろう。なにをしていたのだろう。

そして、メグママが学校に乗り込んでくるまで、あとわずかの時間しか残されていない。ユッコ先生はそのことを知っているのだろうか。いまもまだ保健室で休んでいるのだろうか。メグママに「担任を替えてください！」と迫られたら、学校側はどうするのだろう。もしもメグママの要求どおりになったら、ユッコ先生は……。

考えれば考えるほど頭がこんがらがってしまう。

授業が終わった。田中先生は「おいおい、チャイムは鳴っても、まだ先生の話は終わってないぞ」とざわめきかけた教室を静かにさせて、「三時間目は、教科を変更します」と言った。

時間割りでは三時間目は社会だったが、急きょ、音楽に変更――。

もともと水曜日の時間割りに、音楽の授業は組み込まれていない。

でも、田中先生はいたずらっぽく笑って、「特別授業だから、教科書もリコーダーも使いません」と言った。

「とにかく、次の時間は手ぶらで音楽室に移動してください。遅れないように。はい、授業おしまい」

みんなきょとんとした顔を見合わせながら、教室を移るために席を立った。健太と亮平も「なんなんだろうなあ」「ワケわかんないな」と首をひねるだけだった。

でも、リリーだけはびっくりした様子もなく、一人でさっさと教室を出て行った。あわてて追いかけた健太と亮平が「三時間目が音楽になるって、知ってたの？」ときいても、田中先生と同じような笑顔で、「ナイショ」としか答えてくれない。

音楽室に入った。楽器を演奏《えんそう》することの多い音楽室は、黒板の前のグランドピアノを囲むように、小さな机がくっついた折りたたみ椅子が並んでいる。席順もほかの教科とは違って、好きな席に座ってかまわない。

とはいっても、男子と女子は自然と左右の端っこに分かれて、真ん中の列がいつもぽっかり空いてしまうのだが、リリーは迷うそぶりもなく真ん中のいちばん前に座った。それだけでなく、健太と亮平にも、こっちにおいでよ、と手招きで誘ってきた。

しかたなく、二人も真ん中の列に移った。リリーの後ろに、健太、亮平と並ぶと、ダイブツが「ひえーっ、男子と女子がくっついてるーっ」とからかった。女子のほうではメグたちが「岸本さんの味方だったら、大沢くんと細川くんも『空気読めません病』だよね」とヒソヒソ声で話していた。

恥ずかしいなあ……と健太と亮平はうつむいてしまったが、リリーは平気な顔で二人を振り向いて「拍手《はくしゅ》、わたしに合わせてね」と言った。

「……拍手？」

リリーはすぐに前に向き直ってしまい、結局なにも教えてくれなかった。

チャイムが鳴った。

田中先生は音楽室に入ってくると、黒板の前を素通りして、いちばん後ろの空いている席に座った。

そして、もう一人――ユッコ先生が、教室に入ってきた。

リリーが拍手で先生を迎える。健太と亮平も、遠慮《えんりょ》がちに、首をかしげながら、手を叩いた。

拍手をしたのは四人だけだった。

リリーと健太と亮平、そして田中先生――大きな拍手だったが、それがかえって、まわりの静けさをきわだたせて、間が抜けてしまった。

でも、ピアノに向かって歩くユッコ先生にそれを気にしている様子はなかった。いつものように緊張で顔が赤くなっていても、いつもとは違って、背すじがピンと伸びている。足取りもしっかりしていたし、ピアノのふたを開けてみんなにおじぎをしたときには、堂々とした余裕まで感じられた。

今度は男子のみんなも、ぱらぱら、とタイミングのずれた拍手をした。女子の席からは聞こえない。メグが、絶対に拍手なんかするもんか、というように腕組みをしているので、みんなも従うしかないのだ。

そんな不自然な様子は田中先生にも伝わっているはずなのに、先生はなにも言わない。おかしいなあ、と健太が振り向くと、おっかない顔になるどころか、にこにこと微笑んでいた。

椅子に座ったユッコ先生は、ピアノの鍵盤《けんばん》のふたを開けると、小さく深呼吸した。やっぱり緊張はしている。でも、その緊張に、不安は感じられない。

「特別授業は、コンサートです」

田中先生の言葉に教室はざわつきかけたが、ユッコ先生がピアノを弾《ひ》きはじめると、すうっと、潮《しお》がひくように静かになった。

きれいなメロディーだった。聴いたことのない曲だったが、なんだか、すごく、よかった。クラシック音楽の鑑賞は退屈なので大の苦手だった健太も、思わず身を前に乗り出した。

しかも、ユッコ先生はピアノを弾くだけではなく、歌った。

ピアノの音に負けない大きな声なのに、ＣＤなんじゃないかと思うほど美しく透きとおっている。

英語の歌だ。意味なんて、もちろんわからない。それでも、ユッコ先生の歌とピアノを聴いていると、理屈抜きに幸せな気分に満たされていく。

一曲、二曲、三曲……。ユッコ先生は休む間もなく歌いつづけ、ピアノを弾きつづけた。静かな曲もあれば、はずんだ曲もある。どれも歌詞は英語だった。でも、ときどき、聴きおぼえのあるメロディーや歌詞がまじる。

リリーに小声できいてみた。

「これって……ベートーベン？　モーツァルト？」

リリーは一瞬だけ顔をこっちに向けて、「ぜんぶビートルズ」と言った。

健太も名前は知っている。ずうっと昔のロックバンドだ。お父さんとお母さんの会話にときどき出てくる。もう解散して何十年にもなるが、名曲をたくさん残したのだという。

確かに、ぜんぶ、いい。曲だけでなく、ユッコ先生の歌とピアノがサイコーだった。はずんだ曲のときはこっちまで体を動かしたくなるし、静かな曲のときには涙が出そうにしんみりとしてしまう。

ユッコ先生がこんなに歌がうまいなんて知らなかった。教壇に立っているときはいつもおどおどしているユッコ先生が、歌うときにはこんなに明るく元気いっぱいの顔になるなんて……ウソみたいだし、夢みたいだ。

声も大きい。くっきりしている。ふだんは教室の後ろのほうの席には届かないほどかぼそい声なのに、いまはマイクなしで教室の隅々《すみずみ》まで……きっと、外の廊下にも響きわたっているだろう。

十曲近くたてつづけに歌い終えると、やっとユッコ先生は一息入れた。

リリーが真っ先に拍手をした。でも、その音はすぐにみんなの拍手に飲み込まれた。男子全員、そしてメグ以外の女子全員、顔を見合わせたり小声で相談したりすることなく、誰もが自分から、力いっぱい手を叩いた。

その拍手喝采《かっさい》が消えないうちに、ユッコ先生はまたピアノを弾きはじめた。テンポの速い、元気なメロディーだ。

みんなの拍手は自然と手拍子に変わった。足を踏み鳴らしてリズムをとる子もいれば、体をゆらす子もいる。意地を張って腕組みをしたままのメグでさえ、ピアノに合わせて上履きのつま先がタンタン、タタタン、タンタン、タタタン、と動いていた。

曲が終わる。さっきよりさらに大きな拍手に包み込まれたユッコ先生は、椅子から立ち上がって、深々《ふかぶか》とおじぎをした。

チャイムが鳴っても、みんなの拍手はやまない。ユッコ先生はうれしそうに、恥ずかしそうに、でもやっぱりうれしそうに、顔を赤くしていた。

田中先生がピアノの前に立った。

いつもなら「静かにしなさい！」「隣のクラスに迷惑だぞ！」とおっかない顔でにらみつけるはずの田中先生なのに、怒るどころか、またいたずらっぽい笑顔になっていた。

「四時間目の授業も時間割りを変更して、体育にします。服を着替えて体育館に集合ーっ！」

第7章　雨のち晴れ

体育の特別授業は、前半と後半に分かれていた。前半はマット運動で、後半はバスケットボール。ワケのわからない組み合わせに男子も女子も首をかしげていたが、リリーだけは、ふむふむ、なるほどね、という表情だった。

その理由はすぐにわかった。

まず、前半のマット運動——ジャージの上下に着替えたユッコ先生は、「今日はマットの端から端まで、前転で回りながら行きます」と言って、「じゃあこれから、ヘタっぴな、悪い見本を見せます」とつづけた。

ギャグではなかった。ユッコ先生の前転は、みんながびっくりしてしまうほどヘタだった。なんとか一回転しても、体が伸びきってしまって起き上がれないし、二回目からはどんどん曲がっていって、ゴールに行き着く前にマットから出てしまう。これくらい、低学年の子でもできるのに……。

ビートルズを歌っているときはあれほどカッコよかったユッコ先生が、たちまち、いままでの頼りない先生に戻ってしまった。

でも、すべてが元通りになったわけではない。ユッコ先生は「ね？　悪い見本だったでしょ？」と笑って言った。ちょっと恥ずかしそうな様子ではあっても、しょんぼりとうつむくのではなく、前を向いて、はきはきした声で「でも、先生、うまくなりたいの」と言った。「どこを直したらいいか、みんなも考えて、教えてくれるかな？」

みんなの様子も、いままでとは違っていた。

「最初に手をつく位置が前すぎるんだよ」「そうそう、両手を耳の後ろにくっつけるような感じで回らなきゃ」「回ってるときに目をつぶってると曲がっちゃうよね」「あと、背中が伸びちゃうと起き上がれないから、ひざと胸をくっつけるつもりで回ったほうがいいんじゃない？」……口々にアドバイスをして、どうすればユッコ先生の前転がうまくなるかを真剣に考えて、「こんな感じだよ、先生、見てて」と実際に自分でお手本を示す子もいた。

「もう一回やってみるね」

ユッコ先生の再チャレンジ――やっぱり、うまくいかない。でも、みんなは「惜《お》しい惜しい！」「さっきよりだいぶよくなったよ！」「あとちょっとだから！」と声援《せいえん》を送った。

ユッコ先生は立ち上がると、にこにこと微笑んでみんなを見回してから、「じゃあ、バスケットボールやろうか」と言った。

バスケットボールを持ったユッコ先生は、「男子の代表チームをつくろうか」と、五人のメンバーを選んだ。

すごい――。

みんなからどよめきがあがった。ユッコ先生が選んだ五人は、体育が大の得意で、クラス対抗の試合では必ず活躍する。みんなで投票をしても、この五人がベストメンバーになるはずだ。しかも、先生は五人全員の名前と顔をちゃんとおぼえている。その秘密を知っている健太たちはともかく、ほかのみんなは、ほんとうにびっくりしていた。

「じゃあ、先生からボールをうばってみてごらん」

先生は軽やかにドリブルを始めた。

すごい、すごい――。

みんなのどよめきは歓声に変わった。ユッコ先生は手前にいた三人のディフェンスをすばやい動きでかわして、ゴールに迫っていく。残り二人はあわてて先生を取り囲んだが、先生は余裕たっぷりにドリブルをして呼吸を整《ととの》えると、不意に体を沈め、二人の隙間をスッと抜けていった。

すごい、すごい、すごい――！

みんなの歓声と拍手喝采のなか、五人を置き去りにしたユッコ先生は、ゴールの真下まで来ると、両足をそろえてジャンプして……シュートしたボールは、ゴールのずっと手前で、ヘナヘナヘナッと落ちてしまった。

みんなもガクッとずっこけた。シュートの直前まではカッコよかったのに、最後の失敗で台なしだった。

でも、先生は床に転がったボールを拾《ひろ》い上げると、さっきのマット運動のあとと同じように笑って言った。

「先生ね、ドリブルやパスはすごく得意なんだけど、シュートがダメなの。コツを教えてくれる？」

みんなもさっきと同じように、口々に先生にアドバイスした。ジャンプのタイミングが悪い、ジャンプのときに背すじが曲がっている、右手に力が入りすぎている、もっと肩の力を抜いたほうがいい……。

「でもさ、ちょっと発想を変えてもいいんじゃないか？」とテラちゃんが言った。

「先生がシュートの特訓するのもいいけど、シュートの得意なヤツがゴール下で待ってて、先生にパスしてもらうってのはどう？」

あ、そうか、なるほど……と健太はうなずいて、つづけた。

「そうだよ！　みんなの得意なところをうまく組み合わせればいいんだ！」

先生は、にっこりと笑った。

バスケットボールの後半は、チーム分けしてミニゲームの勝ち抜き戦をすることになった。

審判《しんぱん》はユッコ先生――初戦で負けてしまった健太がコートの外から見ていると、先生は試合を進めるだけでなく、プレイの合間にみんなにいろいろ話しかけていた。みんなも「先生、先生」と答えて、いままでのよそよそしさがウソのように親しくなった。

試合が終わり、負けたチームがコートから出てきた。その中に、リリーもいる。背が高いからバスケットボールは得意なはずなのに、メグに「わかってるよね」とにらみをきかされた同じチームの女子がちっともパスをくれなかったせいだ。

でも、リリーはあいかわらずまったく気にしていない様子で、健太の隣に体育座りをして、話しかけてきた。

「特別授業、おもしろいでしょ」

健太は小さくうなずいてから、さっきからずっと気になっていたことをきいてみた。

「一時間目のあとの休み時間、どこに行ってたの？」

「保健室。ユッコ先生の様子を見に行ってたんだけど……あ、そうそう、そうなの、そのときノアに会ったの」

「ノアに？　マジ？」

保健室の外――藤棚《ふじだな》の下の水飲み場で、蛇口《じゃぐち》から垂《た》れる水をピチャピチャと飲んでいたらしい。

「サイコーのタイミングだったの。ちょうど一発逆転の作戦を思いついたときだったから」

特別授業の音楽は、リリーのアイデアだった。ユッコ先生はすっかり落ち込んで「もう学校をやめるしかないよね」と言っていたが、リリーは「音楽の授業をやるまでは、絶対にあきらめないでください」と言い張った。

リリーはご近所のよしみで、ユッコ先生の歌とピアノがすごくうまいことを知っていた。あのステキな歌を聴いたら、みんな絶対にびっくりして、絶対にユッコ先生のファンになる、と信じてもいた。

先生はまだ「今日は音楽の授業がないんだし……」と逃げ腰だったが、リリーは「田中先生に頼んで特別授業にしてもらえばいいじゃないですか」とねばって、ふと窓の外を見ると、そこに水を飲んでいるノアがいた。

ねえ、わたし間違ってる——？

心の中でノアにきいたら、ノアのしっぽがピーンと立って、大きく、クルッと回った。○で答えてくれたのだ。

「それで、自信を持ってユッコ先生を説得したの。ノアも賛成してくれてるんだから、ぜーったいにみんなに歌を聴かせてあげて、って」

でも、ユッコ先生はなかなか首を縦に振らなかったらしい。

「なんで？」と健太がきくと、リリーは「わたしも最初はワケがわからなかった」と言った。

得意技を持っているのなら、それを使えばいい。アニメのヒーローだってマンガの主人公だって、みんなそうしているのに。

「そろそろ休み時間も終わるし、困ったなあ……って思ってたら、田中先生が入ってきたの」

田中先生に「宮崎先生、二時間目の授業はどうですか？」ときかれたユッコ先生は、やっぱり元気のない声で「すみません……」と謝るだけだった。

このままではダメだと思ったリリーは、一発逆転のアイデアを田中先生にも話してみた。

ところが、ふむふむ、とうなずいた田中先生は、意外なことをユッコ先生にきいた。

「宮崎先生の得意なものはよくわかりました。じゃあ、大の苦手なものはなにかありますか？」

きょとんとするユッコ先生に、田中先生はつづけた。

「得意なものは、ぜひクラスのみんなに見せてあげてください。でも、苦手なものだって見せなきゃ、宮崎先生のいいところは半分しか伝わらないんじゃないかなあ」

「はあ……」

「得意なものも苦手なものもある。それが人間ですよ。人間のいいところなんですよ」

と、そのとき――ユッコ先生の顔が、まるで豆電球に光がついたみたいにパッと明るくなった。

「なんで？」と健太はきいた。

「ユッコ先生、たまたま窓の外を見たんだって。そうしたら、ノアが藤棚の上をのんびり歩いてて、先生が気づくのを待ってたみたいに……」

藤棚から、落っこちた――。

「クルクルッて空中で体をうまくひねって着地したんだけど……猫なのに足をすべらせて落っこちるなんて、やっぱり笑っちゃうでしょ。その失敗がすごくおかしくて、かわいくて……田中先生の言いたいことが、ユッコ先生、それでよーくわかったんだって」

体育の授業が終わったときには、ユッコ先生はすっかりクラスの人気者になっていた。

田中先生のねらいどおり、得意な歌とドリブルだけでなく、苦手なマット運動やシュートも見せたところがよかったのだろう、先生のそばに集まった女子のみんなは「今度、前転の練習しようよ」「わたしもマット苦手だから、先生と一緒に特訓したーい」「シュートの練習するんなら手伝ってあげる」と口々に言っていた。

男子のみんなも、女子に先を越されたので先生のまわりに近づけなくなってしまったが、次はオレたちだぞ、今度はオレたちが先生とおしゃべりする番だからな、女子は早くあっち行けよーっ……と、張り切っている。

そんな様子を、健太とリリーは少し離れたところから見て、ほっとした顔で微笑み合った。

「もう、だいじょうぶだね」

リリーの言葉に健太もうなずきながら、周囲を見回した。もしかしたらノアがこっそり見ているかもしれない。見ていてほしい。おまえのおかげだよ、ありがとう、と気持ちを伝えたかった。でも、ノアの姿はない。リリーの話では、藤棚から落っこちて着地したあとはどこに行ってしまったかわからないのだという。

体育館を出る前に、もう一度後ろを振り向くと、みんなからぽつんと遅れて亮平が一人で歩いていた。考えごとをしているのか、うつむいて、健太の視線にも気づかない。

「亮平、次、給食だから、早く更衣室《こういしつ》に行って着替えないと」

「うん……」

顔を上げても、返事の声はぼんやりしている。頭の中が考えごとでいっぱいになっているのかもしれない。

そういえば、ユッコ先生が大の苦手なマット運動をしていたあたりから、亮平は一人で黙り込んでいた。バスケットボールの試合でもミスばかりして、ちっとも集中していなかった。

健太は亮平のそばまで駆け戻った。

「なにボーッとしてるんだよ」

「べつに……」

「サッカーのこと、考えてるのか？」

返事はない。

「ユッコ先生の特別授業で、亮平、自分のことも考えたんじゃないの？」

亮平は黙ったままだった。

健太もそれ以上はなにも言わず、考えごとのじゃまをしないように、またダッシュでみんなを追いかけた。


体育館から更衣室に向かう途中も、ユッコ先生を囲んだみんなのおしゃべりは止まらなかった。

もっとも、メグはその輪には加わっていない。子分と一緒に、エヘン、エヘン、とせきばらいして、「なにしてんのよ、あんたたち」とメッセージを送るのだが、おしゃべりに夢中のみんなは、先生のそばから離れない。

いつの間にかリリーも、みんなからふつうに話しかけられるようになっていた。メグの意地悪な作戦は大失敗に終わってしまったのだ。

でも、それで引き下がるようなメグではなかった。というより、作戦がうまくいかなくて、かえって意地になってしまったようだ。

プイッと顔をそむけると、ふてくされたような声で――。

「昼休み、楽しみだなーっ！　早くお母さん、来てくれないかなーっ！」

みんなの笑い声が、一瞬、止まった。忘れものに気づいたときのように、顔もこわばってしまった。

まだユッコ先生のピンチは終わったわけではなかった。

メグママがいる。最大の強敵が、もうすぐ学校に乗り込んでくる。

もういいだろ、とメグに言ってやりたい。みんなもユッコ先生と仲よくなったんだし、午後の授業はユッコ先生もちゃんとできるはずだし、もうやめろよ。お母さんに「来ないで」って電話すればいいじゃないか……。

頭の中に言葉はたくさん浮かぶのに、それが声にならない。迷っているうちに、メグの声がまた聞こえてきた。

「だって、女子はみーんな署名してるんだもんねーっ！　わたし、その紙、ちゃーんと持ってるもんねーっ！　いまさら裏切っても、証拠が残ってるんだから、もう遅いんだよねーっ！」

ユッコ先生に迷惑しています、という署名――リリー以外の女子全員の名前が、そこにある。

先生を囲んでいた女子のみんなは、一人また一人と、気まずい表情で先生から離れていった。先生も重い雰囲気を察して不安そうな顔になった。

でも、女子でただ一人先生のそばに残ったリリーは、きっぱりと言った。

「だいじょうぶ。心配しないで」

その声が聞こえたのだろう、メグはさっき以上に大きな声を張り上げた。

「あ、そうだ！　事務室からウチに電話して、お母さんに早く来てねって、お願いしようーっと！」

子分を連れて、駆け出した。


ユッコ先生のまわりには、すぐにダイブツたち男子のグループが集まってきた。さっきから女子がいなくなるのをウズウズしながら待っていただけに、一気におしゃべりが始まった。

「先生、バスケのシュートって、手首のトレーニングが大事なんだよ」「音楽の時間に歌ってたビートルズって、ＣＤとか売ってるの？　歌番組に出たりする？」「先生、先生、オレのものまね見せてあげようか？」……。

リリーは、あとはよろしく、というように先生のそばから離れた。健太が駆け寄って「ほんとにだいじょうぶかなあ」と言うと、意外と気弱な顔になって「わたしだって心配」と答えた。

「でも、さっき先生に、だいじょうぶ、って……」

「だって、そうでも言わないと、またユッコ先生落ち込んじゃうじゃない」

「まあ、それはそうだけど……」

「でもね、わたし、心の半分ぐらいで信じてるから。ユッコ先生にはノアがついてる。ノアが助けてくれるよ」

どうやって――。

その前に、ノアはいったい、いまどこにいるんだろう――。

不安を消せないまま更衣室で服を着替えて廊下に出ると、ちょうど向こうからメグたちが来るところだった。

でも、ちょっと様子がヘンだ。

事務室の電話を借りて、メグママに「早く来てね！」と念押ししてきたのだから、もっと元気に張り切っていてもいいはずなのに、なんだかがっかりした顔をしている。ぷんぷん怒っているようにも見える。

廊下にいた別の女子が「メグちゃん、電話どうだったの？」ときくと、待ってましたと言わんばかりの勢いで「もう、信じられない！　サイテー！」と口をとがらせた。

メグママは、昼休みに学校に来られなくなってしまった。

ついさっき、出かける前に洗濯物を取り込んでおこうと思って庭に出たら、干してあったシーツやタオルや服が、ぜんぶ地面に落ちていた。

「野良猫がやったんだよ。お母さんが庭に出たとき、真っ黒な猫が、サーッと逃げて行ったんだって。で、地面に落ちた洗濯物を見てみたら、泥のついた猫の足跡だらけで……すぐに洗濯をやり直すことになったから、学校に来るのは昼休みじゃなくて放課後になっちゃったんだよ」

真っ黒な猫――。

やったな、ノア――！

第8章　勇気リンリン！

メグママが昼休みに学校に乗り込んでくるというピンチは、なんとか避けられた。

でも、もちろん、問題が解決したわけではない。

洗濯をやり直したメグママは、『終わりの会』の時間に合わせて学校に来るはずだ。職員室ではなく、教室にいきなり来るかもしれない。もしも、そのときにユッコ先生がいままでのように頼りない様子だったら……。

ユッコ先生本人も、やっぱり自信をカンペキに取り戻したというわけではないのだろう、せっかく音楽と体育の特別授業で元気になっていたのに、給食の時間には、また元のうつむきっぱなしの先生に戻ってしまった。

だいじょうぶだろうか。給食の時間は、席が近い「班」ごとに机をくっつけているので、健太と亮平は隣同士になる。リリーも同じ班なら相談ができるのだが、あいにく別々の班で、しかもこっちに背中を向けているので、目配せすることもできなくて……。

パンを飲み込もうとしていた亮平が、不意にむせ返って、自分の胸を手で叩きながら、「いる、いる……」と息苦しそうに健太に言った。

「いるって、なにが？」

亮平は牛乳を一口飲んで、なんとか落ち着きを取り戻してから、「岸本さんの机の中に……いるんだ」と言った。

ワケのわからないまま、リリーのほうを見た。机の中は、リリーの体でほとんど隠れていたが、その脇から、黒くて長いものが……ノアのしっぽだ、と気づいた瞬間、健太もパンをのどに詰まらせそうになった。

「なんで？」「そんなの知らないよ」「岸本さんはわかってるのかな」「たぶん。さっきから、なんか姿勢がまっすぐすぎて、気になってたんだよ」「ほかのヤツらは？」「だいじょうぶ。岸本さんの机の中が見えるのって、オレたちの席だけだから」……。

小声で話す二人をよそに、リリーは給食を食べ終わると、さりげなく、机の横のフックに掛けてあったトートバッグから、絵の具セットを取り出して机の上に置いた。そして、もっとさりげなく、からっぽになったトートバッグの口を広げて机の中に向ける。

バッグがふくらんだ。ノアが入ったのだろう。リリーはそれを確かめるとバッグをまたフックに戻し、ほっとしたように息をついた。

ノアの顔がぴょこんとバッグの口から出た。健太と亮平の視線に最初から気づいていたみたいに、こっちを見て、また顔を引っ込めた。

昼休みになると、リリーはすぐにトートバッグを右肩に掛けて教室を出た。健太と亮平も、二人でリリーの右側を歩く。まわりの目からバッグを隠しながら、「どうする？」「このまま歩きつづける？」「鳴きだしちゃったらバレちゃうけど」と相談した。

リリーが席について給食を食べようとしたときには、すでにノアは机の中に隠れていた。ということは、メグの家に行って洗濯物を庭に落としてからすぐに学校に戻って、みんなが更衣室で服を着替えている隙に教室に入ったのだろう。

「すごいよなあ、ちゃんと岸本さんの席をおぼえてるんだから」

亮平は感心した顔で言った。

健太もそう思う。でも、それだけではない。ゆうべのことを思うと、ノアはただ昼寝をするためにリリーの机の中に隠れたわけではないはずだ。

なにか伝えたいことがあるのかもしれない。どこかに連れて行きたいのかもしれない。だとすれば――。

「みんなにバレないところで、バッグから出してみようか」

健太が言うと、リリーも「わたしもそう思ってた」と答えた。

場所は、三人同時に「あそこだね」「うん、あそこしかない」「決まりだよ」と大きくうなずき合った。

靴を履き替えて、体育館の裏庭に回った。職員室の窓の下を体をかがめて通り過ぎるとき、ノアが鳴かないかどうか心配だったが、やっぱりノアにはこっちの考えていることや事情がわかっているのだろう、バッグの中でおとなしくしてくれていた。

裏庭でリリーがトートバッグを肩から下ろすと、ノアはすぐさまバッグから出て、背中をグーッと伸ばしてから歩きはじめた。フェンスの穴をくぐって、学校の外に――。

昼休みに校外に出かけるのは、もちろん校則違反だ。田中先生に見つかったら、親が呼び出されてしまうかもしれない。

でも、迷っている暇《ひま》はない。追いかけるしかない。

ノアはときどき後ろを振り向いて、三人がついてくるのを確かめながら歩いていく。

何度か交差点を曲がった。国道のバイパスの歩道橋も渡った。

もしかしたら――。

三人は顔を見合わせた。

すぐそこに、ヤマちゃん先生の入院している病院がある。

ベッドに寝ていたヤマちゃん先生は、びっくりして起き上がったとたん、「痛たたっ！」と顔をしかめた。ひざ小僧《こぞう》から足首までギプスでおおわれた右足は、まだ動かすと痛むのだという。

ここに来たいきさつを、リリーが手短に話した。

もっとも、ベテランの田中先生とは違って、若手のヤマちゃん先生は、ノアのことを知らなかった。ノアがどんなにすごいか健太と亮平ががんばって説明しても、「うーん……」と納得できない顔で首をひねるだけだった。

「その猫、いまどこにいるんだ？」

あそこです、とリリーが窓の外を指差した。ヤマちゃん先生の入院している病室は三階で、ちょうど正門のあたりを窓から見ることができる。

「門のそばに大きな桜の木があるでしょ？　あの上に登って、わたしたちの用がすむのを待ってるんです」

先生は半信半疑《はんしんはんぎ》の顔のまま、それでも「痛たたっ！」「うぐぐっ！」と痛みをこらえてベッドから下りて、松葉杖《まつばづえ》をついて窓際に来た。

「ほら、あそこ、あのYの字になった枝の分かれ目のところ……黒い猫、見えるでしよ？」

ノアは枝に寄り添って体を伸ばし、のんびりしている。ここだよー、と居場所を教えるように、しっぽを立てて、クルッと回した。

でも、先生は「黒猫……なんだよなあ……どこだろうなあ……」と首をかしげるだけで、すぐに三人に向き直った。

「で、まあ、猫のことはともかくとして、いったいなにがあったんだ？」

三人は、ユッコ先生がピンチヒッターのクラス担任になってからのできごとを口々に話していった。三人がバラバラにしゃべるので、リリーが一人で順を追って説明するよりかえってわかりづらくなってしまったが、先生にもなんとか五年一組の大ピンチが伝わってくれた。

「じゃあ、そのノアっていう猫がきみたちを病院に連れて来たってことは……」

先生がききかけると、健太は大きくうなずいて、「僕たちが忘れてるものが、ここにあるんです」と言った。

ベッドの枕元の壁に、クラスの合い言葉が貼ってあった。

〈元気ハツラツ・勇気リンリン・根気コツコツ〉

教室にあるのと同じ言葉でも、距離が近いせいだろうか、文字の一つひとつがグッと力強く見える。

きっと、これだ――！

健太は、ノアが教室の合い言葉の紙に足跡をつけたことを話した。三つの言葉の中で、特に〈勇気リンリン〉のまわりに足跡が多かったことも。

ベッドに腰かけたヤマちゃん先生は、ギプスをつけた右足を折りたたみ椅子にのせて、健太の話を聞いた。

「僕、思ったんです」

話の最後に、健太は言った。

「勇気リンリンの勇気って、いまのことなんじゃないか、って」

「いま？」

「そうです。校則違反なんだけど昼休みに先生に会いに行く勇気を出せ、ってノアは教えてくれたんです」

隣の亮平は、あ、そうか、なるほど、という顔になったが、ヤマちゃん先生は「ふむ……」と低い声でうなずいただけで、なにかをじっと考え込む顔をしていた。ふと見ると、リリーも先生と同じような表情で下を向いている。

それがちょっと気になったが、健太はつづけた。

「先生、助けてください！　このままだとユッコ先生がクビになっちゃうかもしれないんです！」

ヤマちゃん先生なら、きっとユッコ先生を助けてくれる。この大ピンチを切り抜けるためのサイコーの作戦を授けてくれる。ノアはそのために、ここまで連れて来てくれたはずだ。

でも、ヤマちゃん先生は、じっと考え込む顔のまま、言った。

「そうなのかな……」

「え？」

「勇気っていうのは、オレに助けてもらうことなのかな」

先生の言葉に、リリーも顔を上げて、じっと健太を見た。

「大沢くんの言いたいことはよくわかる。でも、勇気は、誰かにまかせちゃうことじゃないと思うんだ。自分がやらないと意味がないんじゃないかなあ」

リリーも、こくん、とうなずいた。

さっきまで健太の言葉に納得していた亮平も、そっちのほうが正しいかも……と言いたげな顔になっていた。

「勇気っていうのは、なにかを取り戻すことなんだ。間違ってることには従わず、困ってるひとを助けてあげること……考えてみればあたりまえじゃないか。でも、実際にはなかなかできないだろ？　できないことが、自分でも悔しいだろ？　大切なものをいつの間にか、なくしてるからなんだ。それを取り戻して、自分が『こうなりたい』と思う自分になろうとする気持ちが、勇気の第一歩なんだよ」

自分が「こうなりたい」と思う自分になろうとする気持ち――それが、勇気の第一歩。

健太は病院を出たあとも、ヤマちゃん先生の言葉を何度も思いだした。リリーや亮平も同じなのだろう、三人ともじっと押し黙って、学校に向かって歩きつづけた。ノアも三人と付かず離れずの距離をとって、塀の上を歩いたり、歩道の植え込みにもぐり込んだり、ときにはむじゃきに虫を追いかけたりしていた。ピンと立ったしっぽは、なんだかお手柄《てがら》を立てて得意そうに「どう？　どう？」とアピールしているみたいだった。

ヤマちゃん先生は、「ユッコ先生を助ける必殺技、きみたちの話の中にヒントがあったんだぞ」と言っていた。

「これさえあればユッコ先生も絶対にうまく授業ができる秘密兵器なんだけど……みんな、オレが入院してから、忘れてるみたいだなあ……」

きょとんとする三人をよそに、先生は松葉杖をついてロビーに向かい、公衆電話から学校に電話をかけた。

電話の相手は、田中先生とユッコ先生だった。

田中先生には、三人が昼休みに無断で外出したことを報告した。

「でも、安心しろ。田中先生、怒ってないって言ってたぞ」

ほんとうだろうか。電話をしながら「どうもすみません、ほんと、すみません……」とペコペコ頭を下げていたヤマちゃん先生が、代わりに叱られてくれたのかもしれない。

ユッコ先生と話した内容は、どんなにきいても教えてくれない。ただ、「必殺技はきみたちとユッコ先生が協力しないとダメなんだ」とだけ言って、指でVサインをつくった。

必殺技。これさえあれば、の秘密兵器。ヤマちゃん先生が入院してから忘れてしまったもの――。

思いだせないまま、フェンスの穴をくぐって学校に戻った。

「悪い、ちょっと待ってて」

亮平はダッシュして体育館と塀の隙間に向かい、物置の裏からサッカーボールを取ってきた。ホコリまみれのボールを大事そうに胸に抱き、照れくさそうにへヘッと笑った亮平を見ていると、健太はちょっとうらやましくなった。

亮平は勇気の第一歩を踏み出した。

一人きりになるのを恐れないリリーは、「こうなりたい」と思う自分に向かって、とっくに歩きはじめている。

じゃあ、オレは……？

五時間目の始まるチャイムが鳴っても、健太はまだ秘密兵器を見つけられずにいた。リリーと亮平も、目が合うと、とほうに暮《く》れた顔で首を横に振るだけだった。

まいっちゃったなあ、とため息をついたとき、ユッコ先生が教室に入ってきた。緊張している。びくびくとして、不安にかられているようにも見える。メグママの話を昼休みに職員室で聞かされたのだろうか……と思う間もなく、メグが憎《にく》らしいほどのタイミングで「あーあ、早くお母さん来ないかなーっ」と言った。

ユッコ先生の表情はますますこわばって、教壇に上がるときにけつまずいて転びかけた。やっぱり、メグママのことが気になっているのだろう。せっかく音楽と体育の特別授業で立ち直りかけたのに、スゴロクで言うなら「ふりだしに戻る」のマスに止まってしまったようなものだ。

「あの、えーと……五時間目は、その、あの、つまり……ほんとうは体育だったんだけど……さっき特別授業をしたので、四時間目の、えーと、社会と入れかわりになって……」

ダメだ。ぜんぜんダメ。声はふるえているし、顔もうつむいてしまったままだし、メガネの奥の目は早くも涙ぐんでいる。「先生、がんばってよ！」と声をかけたい。でも、よけいな応援をしたら、またメグが意地悪なことを言って、かえって先生にプレッシャーがかかってしまいそうだ。

教室もざわつきはじめた。ユッコ先生は、いまにも泣きだしそうに顔をゆがめた。とても見ていられず、健太は目を先生からそらした。

すると、黒板の横に貼ったクラスの合い言葉に、目が引き寄せられた。

〈元気ハツラツ・勇気リンリン・根気コツコツ〉

ノアがつけた足跡は、まだうっすら残っている。

そっか、これだ――！

やっと思いだした。ヤマちゃん先生が入院する前は、毎朝この言葉をみんなで読み上げていたのだ。

「大きな声を出したあとは気分がすっきりして、静かに授業に集中できるんだぞ」というヤマちゃん先生の言葉もよみがえった。

いまだって同じかもしれない。

健太は息を大きく吸い込んで、勢いよく立ち上がった。

「元気ハツラツ！」

大きな声で言った。もちろん、一人きり――クラスのみんなは口をぽかんと開けて、ただ驚くだけだった。

恥ずかしさを振り切って、さらに声を張り上げた。

「勇気リンリン！」

誰かが笑った。あきれた顔を見合わせているグループもあった。

健太の顔も真っ赤になった。胸がドキドキして、ひざもふるえた。

「根気コツコツ！」

結局、一緒に合い言葉を読み上げてくれるひとは誰もいなかった。

でも、ここで引き下がるわけにはいかない。ユッコ先生を助けたい。一人きりの心細さに負けたくない。それが勇気の第一歩なんだ、と自分に言い聞かせて、もう一度最初から――。

「元気ハツラツ！」

声が重なった。亮平だ。

「勇気リンリン！」

女子の声も加わった。リリーだ。

「根気コツコツ！」

ダイブツやテラちゃんも、声を合わせてくれた。

「元気ハツラツ！」

男子の声が一気に増えた。

「勇気リンリン！」

女子の声も増えた。

「根気コツコツ！」

男子も女子も、きれいに声がそろった。みんなもヤマちゃん先生がいた頃の決まりを思いだしたようだ。

「元気ハツラツ！」

最初はびっくりしていたユッコ先生も、にっこり笑って、合い言葉に付き合ってくれた。

「勇気リンリン！」

歌のうまいユッコ先生が元気を取り戻したら、声は誰よりも美しく、張り切って響く。

「根気コツコツ！」

先生は「もう一回！」と気持ちよさそうに言って、合唱の指揮者《しきしゃ》のように両手を振った。

「元気ハツラツ！　勇気リンリン！　根気コツコツ！」

「よーし、もう一回やろうか！」

ヤマちゃん先生が言っていたとおり、みんなとユッコ先生が力を合わせることで、秘密兵器の必殺技が生まれた。

「じゃあ、授業始めます！」

ユッコ先生は顔をほんのりと赤く染め、胸を張って言った。

みんなもいっせいに「はい！」と答えて、教科書を開いた。

もう、だいじょうぶだ――。


五時間目、六時間目とユッコ先生の授業は快調《かいちょう》そのものだった。

みんなもしっかり話を聞いて、しっかりノートをとって、先生が質問したときには「はいっ！　はいっ！」と元気いっぱいに手を挙げた――ただ一人、ふてくされたままのメグを除《のぞ》いて。

六時間目が終わると、ユッコ先生はいったん職員室に戻った。『終わりの会』のときには、きっと田中先生も一緒に教室に来るのだろう。そして、いよいよメグママも姿を見せるはずだ。

メグママを止められるのは、メグしかいない。

女子のみんなはメグのまわりに集まって、口々に言った。

「もうやめようよ。ユッコ先生ってけっこういい先生だと思うよ」「そうそう、みんなの名前もちゃんとおぼえてくれてるし」「よく聞いてみたら授業も意外とわかりやすいしね」……。

でも、そうなると、メグはかえって意地を張ってしまう性格だ。

「みんなも署名したんだから、いまさら裏切らないで！」

その言葉に、ユッコ先生を応援する声もしぼんでしまう。

実際そのとおりだった。たとえメグが強引《ごういん》だったとしても、たとえほんとうはユッコ先生のことを迷惑だなんて思っていなかったとしても、みんな、自分で名前を書いた。一人きりになるのが怖かったから。自分の気持ちを大切にすることよりも、まわりに合わせるほうを選んだから……。

「わたし、名前、消していい？」

誰かがおそるおそる言った。でも、メグは「そんなのひきょうだよ！」とゆずらない。

「お願い、メグちゃん、その紙、もう捨ててよ」

誰かが両手で拝みながら言っても、メグは「ぜーったいにイ・ヤ・だっ！」と思いっきり意地悪そうに言う。

そんなメグに、健太は思わず「あのさー……」と声をかけた。悲しくてしかたなかった。署名をした女子のみんなよりも、メグのほうがかわいそうだった。無理をしなくていいのに。ほんとうはメグにも、ユッコ先生のよさはわかっているはずなのに。

「大沢くん、なに？」

「……勇気、リンリン」

「はあ？」

「……間違いだとわかったら、直すのも、勇気だと、オレ、思う」

メグはプイッとそっぽを向いただけで、なにも返事をしてくれなかった。

まるで算数のテストのときのようなピーンと張り詰めた空気のなか、『終わりの会』が始まった。

教室の後ろにはメグママがいる。でっぷり太った迫力満点の体つきで、腕組みまでして、教卓のユッコ先生をにらみつけている。

教室の前の戸口に立つ田中先生も、頼むぞ、がんばってくれよ、と祈るような目をユッコ先生に向けていた。

でも、ユッコ先生は背すじをピンと伸ばし、胸を張って、連絡事項をみんなに伝えていった。だいじょうぶ。声はふるえていない。教室の後ろまでちゃんと聞こえている。

みんなも、おしゃべりなんかしない。先生の言葉にしっかりとうなずき、明日の予定をノートにちゃんと書いて、ダイブツなんて「うーん、なるほどっ、いやー、先生の話はよくわかるなあ」と、よけいなお芝居《しばい》までして、みんなをハラハラさせる。

メグママは拍子抜けしたように首を何度もかしげた。ゴホンゴホン、とせきばらいもする。どうなってんのよ、話が違うじゃない……とメグにメッセージを送っているのだろうか。

と、そのとき——。

「田中先生！」

メグが立ち上がった。手に、女子のみんなが署名した「ユッコ先生に迷惑していますす」の紙を持っている。

「わたしたち、署名したんです！　女子のほとんど全員が賛成して書いてくれました！」

メグは田中先生の前まで歩いていき、これです、と紙を差し出した。

「なんの署名なんだ？」

田中先生がきくと、待ってましたと言わんばかりに大きくうなずいて、きっぱりと一言——。

「ユッコ先生の授業がサイコーだと思ってる子の署名です！」

みんな、口をぽかんと開けるしかなかった。

「わたしは署名してますよ、も・ち・ろ・んっ」

すまし顔で言うところまでは、いつもどおりの強気なメグだった。

でも、メグママを振り向くと、ごめんなさい……と謝るように、ぺこん、と頭を下げた。

メグも勇気の第一歩を踏み出してくれたんだな、と思うと、健太の胸はジンと熱くなってきた。リリーと目が合った。まいっちゃうね、と苦笑いを浮かべるリリーの顔も、なんとなく、涙をこらえているように見えた。

第9章　そして、「伝説」が生まれる

その日の放課後、健太と亮平はいったん学校を出てから、こっそり体育館の裏庭に回った。

「健太、ほんとにいいのか？　田中先生とか、けっこう見回りしてるぞ」

「平気平気。もし見つかったら一緒に叱られようぜ」

なっ、と健太が笑うと、亮平も「サンキュー」と笑い返して、物置の中に隠しておいたサッカーボールを取り出した。

亮平が軽く蹴ったボールが、転がってくる。足の裏で止めて、蹴り返す。ミスキックになった。ボールは斜めに転がっていったが、亮平は軽やかな足取りで回り込み、ボールを止めずに蹴り返した。健太のパスよりスピードがあるし、コントロールもいい。

「やっぱりうまいよな、亮平」

「そんなことないって」

「『星ヶ丘スターズ』をやめたあとも一人で特訓してたんじゃないの？」

答えはわかっている。ゆうべ、この目で見た。でも、わざと、軽いツッコミを入れる気分できいてみた。

亮平はあっさりうなずいて、「サッカー、好きだから」と言った。

素直な答えに戸《と》惑《まど》ってしまった健太に、つづけてもう一言――。

「あと、おまえ、勘違《かんちが》いしてるぞ」

「なにが？」

「オレ、『星ヶ丘スターズ』をやめたわけじゃないから。練習をサボってただけだから」

「なに言ってんだよ、ばーか」

低学年の男子みたいに、ばーか、ばーか、と言いながらボールを蹴った。

なんでオレが照れ隠しをしなきゃいけないんだよ――。

よくわからない。ただ、背中がミョーにくすぐったい。

「慎一郎のこと、だいじょうぶか？」

「うん……あいつに怒られるのってイヤだけど、なんか、あいつの言うこともわかるっていうか、うまくなりたいとか強くなりたいっていう気持ちはマジだと思うから……オレも、もうちょっとがんばってみる」

足元のボールを軽く蹴り上げて、頭と胸とひざでリフティングする亮平は、なんだか、昨日までよりオトナっぽくなったように見える。

「慎一郎も、亮平がチームに戻ってくるとうれしいんじゃないかな。絶対にあいつ、よろこぶよ」

どうなんだろうな、と亮平が苦笑まじりに首をかしげたとき、リリーが校舎のほうから裏庭に入ってきた。

リリーは健太と亮平に近づきながら、周囲を注意深く見回した。「やっぱり、ここにもいないか……」と残念そうにため息をついた。

さっきから学校中を歩いて、ノアを探していたのだという。

「どうせまた教室の外に来るよ」と亮平が軽く言うと、のんきな考え方にムッとしたような顔で首を横に振る。

「わたしたち、もうすぐノアとお別れなんだと思う。ノアがウチの学校でやることはもう終わったんだよ」

そっか……と健太もうなずいた。

確かにリリーの言うとおりだった。

五年一組のみんなは、ユッコ先生を守り抜いた。最初は頼りなかったユッコ先生のことが大好きになったし、おっかない田中先生の意外な一面も知ったし、なにより、ヤマちゃん先生が入院してから忘れていた合い言葉の力を思いだした。

ぜんぶ、ノアのおかげだ。

だから、ノアは安心して次の学校に旅立つのだろう。さびしくても、悲しくても、ノアはさすらい猫なのだから、誰にも止めることはできない。

「ねえ、ノアとお別れするときって、どうするんだっけ」

「ちょっと待って。オレ、手紙持ってるから」

健太はランドセルのポケットから、城北市の第三小学校の子が書いていた手紙を取り出した。

ノアが急に甘えてきて、首の風呂敷をほどこうとするしぐさを見せたら、それがお別れの合図なのだという。

〈わたしたちも、いま、ノアからその合図をもらって、手紙を書いているわけです。ほんとうはずーっとウチの学校にいてほしいけど……。〉

その気持ち、すごくわかる。手紙を覗き込んだ三人も、そうそうそう、とうなずいた。

〈お別れの前には、次の学校のひとたちのために手紙を書いてください。それを風呂敷に入れて首に結んだら、ノアはすぐにどこかに行って、もう二度と戻ってきません。わたしたちも、もうすぐ、その瞬間になります。いま、手紙を書きながら、泣き

そうです。〉

三人は顔を見合わせて、すぐにお互い目をそらした。じっと見つめ合っていると、ほんとうに泣いてしまいそうだから。

「あっ！」

亮平が声をあげて、草むらを指差した。サッカーボールの上に、いつの間にか、ノアがちょこんと座っていた。

サッカーボールに乗ったノアは、しっぽを立てたり曲げたり振ったりして、体のバランスをとっている。水族館のアシカのショーみたいだ。

ボールはグラグラと前後左右に動くので、危なっかしくてしかたない。ノアもじっとしていればいいのに、前足を一本ずつ上げてみたり、軽くジャンプしてみたり、前足と後ろ足を「いっちに、いっちに」と動かしてボールを転がしてみたり……。

見ているほうも、ついつい力が入ってしまう。ノアがボールから落っこちそうになったときには、三人そろって「うわっ！」「きゃっ！」「ヤバっ！」と声もあがった。

でも、ノアはスリルを楽しむみたいに、ボールの上で動くのをやめない。

「意外と子どもっぽいんだね、ノアって」とリリーがあきれて言った。

「子猫なのかなあ、もうオトナの猫なのかなあ……」

首をひねる健太に、亮平は「百万年生きてる魔法使いの猫だったりして」と笑った。「オレたち、みーんなノアに魔法をかけてもらったんだよ」

「うん……オレもそう思う」

健太はうなずいたが、少し間をおいて、リリーは「違うよ」と言った。

「そう？」

「だって、わたしたち、自分の力で大切なものを思いだしたんだもん。ノアの魔法は、そのお手伝いをしてくれただけなんだと思う」

リリーは健太を振り向いた。

「大沢くんは、自分で勇気を持って合い言葉を読み上げたんだし……」

次に亮平を振り向いて、つづけた。

「細川くんも、サッカーをやめないことを自分で決めたんだから」

そしてリリーは、空を見上げて「すごいよ、二人とも」と言った。

ほめられた――？

照れくさい。でも、うれしい。

リリーのこともほめたい。ノアと出会う前からちゃんと勇気を持っていたリリーに「サイコーだよ」と言ってみたい。でも……やっぱり、そんなの女子には言えなくて……。

ノアがボールから下りた。

ゆっくりとこっちに向かってくる。

にゃあん、と甘えたような声で鳴いて、健太の足元まで来ると、耳の後ろをすり寄せてきた。甘えているサインだ。さらに、首の風呂敷をひっかくように前足を動かした。

「お別れなんだね、やっぱり……」

リリーはぽつりと言った。

健太は体育館の壁にもたれて、足を投げ出して座り込んだ。「こっちに来いよ」と誘う前に、ノアはごく自然なしぐさで、まるでずっと昔からなじみの場所なんだとでも言うように、ひざに乗ってきた。日陰のコンクリートの上にじかに座ったせいで、おしりやひざの裏が冷たくなった。でも、せっかくノアがひざに乗ってくれたのだから、動きたくない。

「けっこう重いんだな、ノア」

返事の代わりに、ふわ〜っとあくびをして、香箱座りでくつろぐ。手を伸ばして頭の後ろを軽くひっかくと、気持ちよさそうに目を閉じて、のどをゴロゴロ鳴らす。もう何年も前から飼っているペットみたいだ。お別れだからサービスしてくれているのかもしれない。そう思うだけで、健太のまぶたは熱くなってしまう。

健太の隣では、亮平がコンクリートの床を机代わりに、ルーズリーフに手紙の下書きをしている。手紙を入れるケースを探しに校舎に向かったリリーも、もうじき戻ってくるだろう。

お別れだ、ほんとうに。

「また、いつでも遊びに来いよ」

無理だとわかっていながら声をかけると、ノアはしっぽを左右に振って答えた。そうだよな、と健太も泣きだしそうな気持ちで笑った。さすらい猫は、もう二度と会えないから、さすらい猫なんだもんな……。

グスッ、と亮平がハナをすすった。下書きなのに書き間違えたところを消しゴムでていねいに消しながら、「オレ、試合でゴール決めるところをノアに見せてやりたかったよ」と言った。

「でも、試合に出るとか出ないとか、AチームとかBチームとか、レギュラーとか補欠とか、関係ないんだよ。亮平が大好きなサッカーをもう一度やる気になったら、ノアは、それだけでOKなんだよ」

「……わかってるよ、そんなの」

悔しそうに言った亮平は、またハナをすすって、シャープペンシルを持ち直し、手紙のつづきに取りかかった。

「どこまで書けた？」

ルーズリーフを覗き込んで、気づいた。紙のあちこちに涙が落ちたあとが残っている。

「まだ途中だから見るなよ」

亮平がルーズリーフを手でおおって隠したのは、手紙の文面ではなく、たったいま落ちたばかりの涙のしずくだった。


〈こんにちは！　ぼくたちは星ヶ丘市立東小学校五年一組です。いきなり真っ黒な猫がやってきてびっくりしたと思いますが、心配することはありません。猫の名前はノア。フランス語で「黒」という意味の「ノアール」からつけた名前です。この名前は、いままでずっと受け継がれているので、勝手に変えることは禁止です。

さて、ノアはなぜ、きみのもとにやってきたのか。それは、きみのクラスが忘れてしまっている大切なものを思いださせてくれるためなのです。

なんて説明しても、ワケがわからないと思いますが、信じてください。ぼくたちも、ノアのおかげで大切なものを忘れていたことに気づいたのです。

ノアがきみのもとに来たということは、きみのクラスも忘れているものがある、というわけです。「そんなものない！」と怒らないでください。ほんとうの忘れものというのは、忘れていることにすら気づかないのです。

ぼくたちだってそうでした。ノアに出会えなければ、いろんなことを後悔していたはずです。

だから、ノアに選んでもらったことは絶対にラッキーなのです。おめでとう！　よかったね！　でも、忘れものを見つけられるかどうかは、自分自身の力です。ノアに「ダメだな、この子たち」と見捨てられないように、がんばってください！

特別なお世話をする必要はありません。ノアにはごはんも家もいらないのです。どこかに寝泊まりして、どこかでごはんを食べて、自由気ままに姿を見せたり消したりして、きみたちが大切なものを思いだすまで、そばにいてくれるのです。

ノアが急に甘えん坊になって、首の風呂敷（この手紙が入っていた風呂敷です。）をほどこうとしていたら、それがお別れのサインです。いまのぼくたちのように、次の学校の子への手紙を風呂敷に入れて、ノアの首に結び直してください。どんなに別れるのがイヤでも、無理やり引きとめてはいけません。ノアの行きたい場所に行かせてあげてください。ぼくたちだって、ほんとうは別れたくないのをグッとがまんして、この手紙を書いているのです。

とにかく、これからしばらくの間、ノアをよろしくお願いします。ノアはぼくたちの友だちです。だから、ノアが選んでくれたきみたちも、友だちです。いつかどこかでめぐり会って、ノアの話で盛り上がれるといいなあ……。〉

手紙を入れた風呂敷をノアの首に結びつけていたら、ユッコ先生はまたグスッとハナをすすった。

「しっかりしてよ、ユッコ先生。ほら、涙拭いて……」

リリーからハンカチを受け取って目元に当てても、涙は止まらない。リリーに案内されて体育館の裏庭に来たときから、すでに目は真っ赤だった。お別れの瞬間が迫ってくると、もう感情を抑えきれなくなっているのだろう。

健太と亮平は顔を見合わせて、まいっちゃうな、と笑った。リリーにはちょっと怒った顔でにらまれてしまったが、健太たちだって胸は熱いものでいっぱいになっているのだ。笑っていないと泣きだしてしまう。もしかしたら、リリーも、おっかない顔を必死につくっているのかもしれない。

「よし、これでいいかな」

健太は風呂敷の端をキュッと結んで、「どうだ？　キツくないか？」ときいてみた。

ノアは目を細め、気持ちよさそうにのどを鳴らした。

「ノア、最後にオヤツ食べないか？　オレ、チョコとかコンビニで買ってきてやってもいいけど」

亮平が言うと、リリーはまた怒った顔になった。

「ダメだよ。猫はチョコレートを食べると具合が悪くなっちゃうんだよ」

「そうなの？」

「うん。あと、ネギとかタマネギもよくないし、生のイカもダメだし……」

説明する声が、しだいに湿っぽくなってきた。

「わたし、図書室で猫の育て方の本を借りて、いっぱい勉強したんだよ。ノアがもし、ウチの学校にずーっといてくれるんだったら、しっかりお世話してあげようと思って……」

涙がポロポロと頬を伝い落ちた――と健太が気づくのと同時に、リリーは「こっち見ないでよ」とみんなに背中を向けてしまった。「ノアとお別れしなくていいのか？」と亮平が声をかけても「いいもん、もう、いいんだもん」と泣き声で言う。

健太は目をまるくしてリリーの背中を見つめた。クールでオトナっぽいリリーが、泣きだすとこんなに意地っぱりになってしまうとは思わなかった。そして、大好きな女の子の涙を見ると胸がキュッと締めつけられるんだということも、初めて知った。

それが、ノアが健太に教えてくれた最後の「大切なもの」になった。

ノアはゆっくりと歩きだした。

健太は奥歯をグッと嚙みしめて、遠ざかるノアを見つめた。

元気でな――。

オレたちのこと、忘れないで――。

ノアにかけたい言葉はたくさんあったが、声を出すと、涙まで一緒に出てしまいそうだった。

隣の亮平は、お別れの瞬間だというのにノアから目をそらし、手の甲にのせたアリんこをじっと見ている。亮平の涙は健太以上に危険ゾーンに入っていて、ノアを見ているだけであふれてしまいそうなのかもしれない。

リリーは泣きやんだあとは、いつものクールでオトナっぽいリリーに戻って、猫についてのウンチクをひとりごとのように並べ立てていた。

「猫って縄張りがあるから、ふつうはノアみたいに旅はしないんだよね」「ノアもそうだけど、猫って、けっこうお昼寝するでしょ。もともと『寝る子』だから『ネコ』になったんだって」「猫の知能《ちのう》って人間の三歳児ぐらいだっていうんだけど、ノアはもうちょっとレベル高いよね」……。

リリーはリリーで、黙っているとまた泣きだしてしまいそうなのだろう。

ユッコ先生は、涙声で英語の歌を口ずさんだ。ところどころ「マイ・フレンズ」という言葉が聞き取れた。「わたしの友だち」という意味だ。

あとで教えてもらった。ビートルズの歌だった。曲名は『ウィズ・ア・リトル・ヘルプ・フロム・マイ・フレンズ』――友だちのちょっとした助けがあればなんでもできるよ、という意味なのだという。

「ノアを見てたら、ふと、その歌のメロディーが浮かんだの」とユッコ先生は言って、なつかしそうにクスッと笑ったのだ。「あのときのノア、かわいかったなあ……」

ノアは歩きながら、ユッコ先生の歌声に合わせて、しっぽを振ったのだ。クイックイッと左右に、ツンツンッと先っぽを曲げたり伸ばしたり、クルクルッと右回りに円を描いて、クルクルッと左回りに円を描いて……。

そして、ノアは軽やかにジャンプして、コンクリートの塀のてっぺんに乗った。最後に一度だけこっちを振り向いて、にゃあん、と鳴いて、塀の向こう側に姿を消した。

「おいおいおいおいおい！　ノアがいるんだって？」と大声をあげて田中先生が職員室から駆けてきたときには、もう、ノアは「伝説」になっていた。

エピローグ

試合が終盤《しゅうばん》にさしかかった頃、亮平の出番が来た。

監督に声をかけられた亮平は、緊張した顔でベンチから出るとウォーミングアップを始めた。

背番号29――レギュラーではない。今日の試合も、『星ヶ丘スターズ』が4対0という大量リードをうばっていなければ、出番はなかっただろう。

それでも、亮平は張り切ってひざの屈伸《くっしん》運動をしている。九月。秋のリーグ戦の開幕に合わせて、ついにAチーム入りを果たしたのだ。待ちに待ったデビュー戦なのだ。張り切らないはずがない。

「亮平！　がんばれよ！」

健太はスタンド代わりの芝生のスロープから声をかけた。

振り向いた亮平は、やめろよ恥ずかしいなあ、と顔をしかめた。

「プレッシャーかけないほうがいいんじゃないの？」

後ろに座ったリリーも、健太にダメ出しするように言った。

「それはそうだけどさ……せっかく応援に来てくれって言われたんだから、盛り上げないと……」

健太が口をとがらせると、リリーの隣でユッコ先生が、わかるわかる、と微笑みまじりにうなずいてくれた。

「あいかわらず仲がいいんだね、健太くんと亮平くん」

「席替えしたあとも、休み時間とか、いつもくっついてるんだよ」とリリーがあきれたように言った。「トイレぐらい一人で行けばいいのにね」

うっさいなあ、と健太はまた口をとがらせた。でも、確かにリリーの言うとおりかもなあ、という気もする。

とにかく、二学期が始まっても健太と亮平はあいかわらず親友で、リリーはあいかわらずクールだ。昨日、席替えのクジ引きをして、健太とリリーは隣同士になった。それが照れくさくて、でもビミョーにうれしくて、ダメでもともとのつもりで「亮平の試合、見に行かない？」と誘ったら「いいよ」と答えてくれて……二学期は楽しくなりそうだな、とワクワクもしている。

亮平がピッチに入った。

すでに2ゴールを決めている慎一郎が、「あせってミスするなよ」とさっそく釘《くぎ》を刺《さ》した。

なんだよあいつ、と健太はムッとしたが、慎一郎は「どんどんパス出すからな。思いきってシュート打てよ」とつづけ、ニヤッと笑って、ハイタッチで亮平を迎えた。

どんどんパスを出すから、という慎一郎の言葉はウソではなかった。サイドバックのポジションから相手のゴール前に駆け上がる亮平に、たてつづけにいいパスを送る。

六年生をさしおいてエースナンバーの背番号10をつけているだけあって、慎一郎はやっぱりうまい。ところが、肝心の亮平がミスを連発する。せっかくパスを受けても、ディフェンスにつぶされたり、ミスキックをしてゴールをはずしたり……しまいには、あせりすぎて空振《からぶ》りまでしてしまった。

慎一郎もいらだたしげに「なにやってんだよ！」「あわてるなって言ってるだろ！」と大声を張り上げる。でも、どんなに怒っても、亮平にパスを出すことはやめない。自分がシュートを打てそうなときでも、六年生の選手に「こっち！」とアピールされても、かまわず、ひたすら亮平をねらう。

「あの背番号10の子、文句ばっかり言ってるけど、亮平くんのことを信じてるんだね」

ユッコ先生が言った。

絶対にいつかシュートを決めてくれると信じているから、亮平が何度失敗してもパスを出しつづける。

亮平も、慎一郎からパスが来るのを信じて、汗びっしょりになりながら、何度でも何度でもゴール前に駆け上がる。

「健太くんと亮平くんの友情とはちょっと違うけど、これも友情なんだよ」

そうかもしれない。健太は小さくうなずいた。二学期になっても、やっぱり慎一郎とはお互いに気が合わないし、顔を見るとムッとする。でも、今日だけは、あいつに「サンキュー」と言いたい気分だった。

「やっぱりみんな、ちょっとずつオトナになってるんだなあ……」

ユッコ先生は感心したように言って、「そりゃそうよね、育ち盛《ざか》りなんだもんね」と笑った。

先生と会うのは、二か月半ぶりだった。骨折が完治したヤマちゃん先生が七月から学校に戻ってきたので、ピンチヒッターの仕事は六月いっぱいで終わったのだ。

たった一か月半の付き合いだった。でも、思い出はたくさんできた。ビートルズの歌をみんな何曲もおぼえたし、先生のマット運動もだいぶうまくなって、前転もまっすぐ進むようになった。

最後の日の六時間目に『お別れ会』を開いた。言い出しっぺはメグだった。ナイショで特訓した『ウィズ・ア・リトル・ヘルプ・フロム・マイ・フレンズ』の合唱を聴きながら、ユッコ先生はひさしぶりにわんわん泣いた。それを見て、クラスの子で最初にもらい泣きしてしまったのも、メグだった。

ノアは、いま、どこの町にいるんだろう——。

ボールを追いかける亮平に声援を送りながら、健太はふと思った。いまでも、町で黒猫を見かけるたびに胸がドキッとする。半分あきらめていても、心の片隅《かたすみ》では「もしかしたら……」とノアとの再会を期待している。

でも、たとえもう二度と会えなかったとしても、ノアはどこかでずっと見てくれているような気がする。あいつなら、ありうる。そうであってほしいな、とも思う。

ユッコ先生は、この夏、二度目の教員採用試験に挑《いど》んだ。つい数日前に、二次試験が終わったばかりだ。合格すれば来年の四月から、ピンチヒッターではなく、小学校の教壇に立つことになる。

「狭き門だから、どうなるかわからないけど……たとえ今年の試験は無理でも、来年がんばる。来年がダメでも、再来年がんばってみたいと思ってる」

ユッコ先生は自分をはげますみたいにガッツポーズをつくって、「いつか、健太くんの子どものクラス担任になってるかもね」と笑った。

横からリリーが「ノアにもまた会えるんじゃない？」と言うと、「そうだといいけどね……」と笑顔は少しさびしそうになった。

「一人前の先生になったら、わたしはもうノアには会えないんだよ」

「そう？」

「うん。だって、山本先生も田中先生もノアには会えなかったでしょ？　わたしはまだ半人前だったから……ノアが特別に姿を見せてくれて、いろんなことを教えてくれたんだと思う」

でも、とユッコ先生はつづけた。

「ノアは子どもたちにしか見えないから、いいんじゃない？」

健太もそう思う。リリーも、少し考えてから、こっくりとうなずいた。

試合はロスタイムに入った。

主審《しゅしん》が時計をちらりと見たとき、慎一郎が相手ディフェンスに倒されながら、最後のパスを亮平に送った。

亮平は右足を大きく振り抜いた。ジャストミートしたシュートは、ついにゴールネットをゆらした。

両手を高々と掲《かか》げた亮平に、慎一郎が抱きついた。健太も「やった！」とその場にジャンプして、着地した——そのとき、黒くて小さな影が頭上《ずじょう》をサッとよぎった。
あわてて空を見上げた。
視界いっぱいに広がっているのは、雲一つない秋の青空だけだった。

忘れものは
なんですか？

プロローグ

宏美《ひろみ》は転校や引っ越しのベテランだった。

お父さんの仕事の都合で、ものごころついた頃からいろいろな街に移り住んできた。

六年生の一学期までは、東京にいた。

ちょうど二年間、同じ街と同じ家で暮らし、同じ学校に通ったことになる。宏美にとっては、いつもより長いほうだった。

だから、六年生に進級するときに「そろそろ引っ越しじゃないのかな」と思っていたし、一学期の終わりにお父さんが「二学期から転校だぞ」と告げたときにも、ほとんど驚《おどろ》くことなく、「あーあ、第四期・東京生活も、これでおしまいかあ」と、ベテランの余裕たっぷりに言ったほどだ。

東京の前は札幌にいた。その前は第三期・東京生活、さらにその前は名古屋で、第二期・東京生活は名古屋生活の一つ前ということになる。そこからさらにさかのぼると、記憶《きおく》にはほとんど残っていないのだが、ニューヨークにもいたらしい。そして、ニューヨークの前はまたもや東京――第一期・東京生活のときに、宏美は生まれたのだ。

要するに「東京」と「東京以外」を行ったり来たりしてきたわけだ。

お父さんに言わせると、それが会社のエースの証明なのだという。支社や支局でバリバリ仕事をして本社に呼び戻され、本社でガンガン仕事をしていると、また支社や支局から「助けてくださーい」と声をかけられる。サッカーにたとえれば、ふだんはヨーロッパでプレイして、日本代表の大事な試合になると帰国するエースストライカーのようなものらしい。

あいにく宏美はサッカーのことは全然くわしくないのだが、とにかくお父さんは「東京」でも「東京以外」でも大活躍していたのだ。

ただ、今度の「東京以外」は、いままでの街とは違う。札幌や名古屋やニューヨークのようなメジャーな大都会ではない。

「もみじ市？」

引っ越し先を聞いたとき、すぐには場所が浮かばなかった。

東京からＪＲの新幹線と在来線《ざいらいせん》を乗り継いで、五時間ほどかかる山あいの街らしい。

いや、「街」というより、「町」――実際、まわりの町や村と合併《がっぺい》して「もみじ市」になったのは三年前のことで、それまでは「もみじ町」だったのだ。

「じゃあ、ちっちゃいの？」

「まあな……昔は城下町だったらしいんだけど」

お父さんは少し気まずそうに言った。

「そんなところに支社があるわけ？」

「いや……ない」

「じゃあ、支局？」

「それも……ないんだ、ははっ」

「支局よりちっちゃいのって、支店だっけ。もみじ支店？」

お父さんは「うん、まあ、これからのがんばりしだいでは、支店になるかもなあ……」と奥歯に物の挟《はさ》まったような口調《くちょう》で言って、目をそらしてから答えをやっと教えてくれた。

「いまは営業所なんだ」

本社では営業戦略本部の副部長だったお父さんが、九月からは営業所の所長になる――。

それがどういうことを意味するかは、小学生の宏美にも、わかる。

思わずお母さんのほうを見たら、お母さんも眉《まゆ》をひそめて、いろいろあるのよオトナっていうのは、あんたはよけいなこと言っちゃダメよ、と目配《めくば》せしてきた。

もっとも、当のお父さんはすぐに気を取り直して、グイッと胸を張った。

「副部長より所長のほうが偉《えら》いんだぞ」

「……はあ？」

「だってそうだろ？　副部長はどんなに部下がたくさんいても、しょせんは『副』なんだから、ナンバー2なんだよ。でも、所長は違うぞ。営業所のトップだ。正真《しょうしん》正銘《しょうめい》のナンバー1だ。お父さんが一番偉くて、一番責任があって、誰《だれ》にも文句をつけられないかわりに、誰よりもがんばらなきゃいけない。昔の言い方をするなら、一国《いっこく》一城《いちじょう》の主《あるじ》ってやつなんだよ」

「……今度の営業所って、お父さん以外に何人いるの？」

「とりあえず、うん、いまはパートタイムのおばちゃんが一人な」

それでも、お父さんはくじけず、「少数精鋭《しょうすうせいえい》ってやつだ」とまた胸を張る。

宏美はとりあえず調子を合わせて相槌《あいづち》を打ちながら、お父さんの表情をひそかにチェックした。

お父さんには癖《くせ》がある。本人は気づいていない様子だが、お母さんと宏美にはちゃんとわかっている。嘘《うそ》をついたり見栄《みえ》を張ったり強がりを言ったり話をごまかしたりするときには、しゃべる途中に下くちびるを上の前歯で、キュッ、キュッ、キュッ、と軽く噛《か》むのだ。まるで、正直になれない自分に自分で小さな罰《ばつ》を与えているみたいに。

いまも——そう。

「まだ四十になったばかりで所長なんて、めったにないんだぞ。大抜擢《だいばってき》だよ」

くちびるを、キュッ、キュッ。

「みんなから期待されてるってわけだ」

キュッ、キュッ、キュッ。

「よーし、がんばるぞ、燃《も》える闘魂《とうこん》だ、お父さんがんばるからな、見てろよ！」

キュッ、キュッ、キュッ、キュッ……。


あとでお母さんがこっそり教えてくれた。

お父さんは、じつを言うと、会社でちょっとヤバいことになっているらしい。

お父さん本人がなにか失敗したわけではないのだが、お父さんを引き立ててくれていたボスの常務《じょうむ》さんが、次の社長の椅子《いす》を争うレースに負けて会社を追い出されてしまい、子分たちもまとめて本社からお払《はら》い箱になってしまったのだ。

そのいきさつをお母さんに説明したときも、お父さんはやっぱりサッカーのたとえ話をしたらしい。

日本代表の監督が代わったら、戦術もいままでとは変わってしまい、前監督時代のエースが代表に呼ばれなくなってしまうことは珍《めずら》しくないのだという。

「サッカーの話なんてどうでもいいけど、なんなの、それ」

正直言って、ムカついた。そんなのサイテー、いじめと同じじゃない、と思った。

でも、お母さんによると、お父さんもこのまま田舎の営業所長で終わるつもりはない。

一発逆転を虎視《こし》タンタンと狙《ねら》っているらしい。

「年明けには本社に戻れるようにがんばるっていうから、それを信じて、応援してあげるしかないわよね」

「でも、田舎でしょ……」

「自然が豊かで、食べるものもおいしいんだって」

「お父さんだけ単身赴任《たんしんふにん》してもらうとか、どう？」

「だめよ」

お母さんはきっぱりと宏美のリクエストをはねのけて、「慣《な》れない田舎で一人暮らしなんかしてたら、病気になっちゃうわよ」と言った。

いまは我が家――吉村《よしむら》家の危機なんだから、家族全員でがんばるしかない。

それがお母さんの信念だった。

大迷惑な信念だと、宏美は思う。

「宏美も小学生のうちに一度は田舎暮らしをしてみるのもいいんじゃない？」

「よくないよ。田舎のひととどんなこと話せばいいのか、わかんない……」

「あんたは転校のベテランなんだから、なんとかなるわよ」

「テキトーなこと言わないでよぉ……」

とにかく、そういったわけで宏美は九月から新しい学校に通いはじめた。

そして、わずか半月ほどで大ピンチに見舞われ、早くも東京に帰りたくなってしまった。

そんな宏美が、夕暮れの河原をとぼとぼと歩いているところから、物語は始まる――。

第1章　出会いはコスモス畑

河原には遊歩道が延びて、それに沿ってコスモス畑がつくられていた。コスモスはちょうど見頃《みごろ》だったが、どんなにきれいな花を見ても、宏美の気持ちは沈んだままだった。

困ったことが起きた。大ピンチだった。それも、自分の力ではどうすることもできない種類——というより、自分でなんとかしようとすると、逆によけいマズくなってしまいそうな種類のピンチだ。

遊歩道のベンチに腰《こし》かけ、夕焼けの空を見上げた。

「ワケわかんない？」

オレンジ色に染《そ》まった雲に向かってつぶやくと、一学期まで通っていた小学校の友だちの顔がぼんやりと浮かんできた。

「わたしだってワケわかんなくてさー、もう、どうしていいかわかんねーし……」

新しい学校の誰にも打ち明けられない弱音《よわね》を、わざと乱暴な言葉づかいで口にした。

「田舎って、マジ嫌い」

はっきり言った。遊歩道の前を流れる川のせせらぎに紛《まぎ》らせて、「マジ、田舎って死ぬほど嫌い」と繰《く》り返すと、少しだけ胸がスッとした。

実際、もみじ市は、東京で想像していた以上にひなびていた。町なかをちょっと抜けると、田んぼや畑が広がる。車に乗って遠出をすると牧場もあるし、観光果樹園《かじゅえん》もあるし、もっと町から遠ざかると「イノシシに注意」の看板《かんばん》が国道に出ている。もっともっと山に分け入ると、今度はイノシシの肉が名物料理になっている。

四方を山に囲まれているので、陽が落ちるのも早い。黒い瓦《かわら》屋根の家々が建ち並ぶ町並みも、もうじき夕闇に溶けてしまうだろう。背の高い建物はほとんどない。レンガで組んだ造《つく》り酒屋《ざかや》の古い煙突《えんとつ》が、ぴょこんと突き出ている。その造り酒屋では『初雪』という地酒をつくっている。白石酒造《しらいししゅぞう》という、江戸時代からつづく伝統ある蔵元《くらもと》だった。日本酒の好きなお父さんによると、『初雪』は淡麗辛口《たんれいからくち》の味わいでなかなかおいしいらしい。

でも、宏美にとっては、お酒の味なんてどうでもいいことだった。

それに、いまは煙突を見るだけでもイヤになってしまう。

ピンチの元凶《げんきょう》は、白石酒造の一人娘・白石美和《みわ》だったのだ。

「どうせ田舎なんだったら、せめてワイングらいつくればいいじゃん、ばーか……」

めちゃくちゃな言いぶんだ。自分でもわかっている。でも、どうしようもない。

最初のうちはよかったのだ。田舎町の物足りなさや古くささは確かにあっても、のんびりとした雰囲気は意外と悪くなかった。

六年二組の同級生のファッションや髪形も、東京の友だちに比べると「なんだかなあ」という感じだったが、そのぶん「宏美ちゃんってお洒落《しゃれ》だよねー、やっぱり違うよねー」とほめられて、うらやましがられることも多かった。東京にいた頃は、むしろ逆に、センスのいい友だちをほめたりうらやんだりする側《がわ》だったのに。

勉強やスポーツだってそうだ。前の学校ではどっちも「真ん中よりちょっと上」程度だった宏美が、ここではなにをやらせてもトップクラスになった。「すごーい！」とびっくりするみんなに「そんなことないってば」と謙遜《けんそん》するのは、照れくさくても意外と心地よいんだ、ということも知った。

でも、その「すごーい！」が、悪夢のようなピンチを招いてしまうなんて……。

『七つの子』のメロディーが防災無線のスピーカーから流れてきた。午後五時だ。ウチに帰らなきゃと思っても、元気が出なければベンチから立ち上がることもできない。

ずいぶん暗くなった川面《かわも》をぼんやりと眺《なが》めながら、「まいっちゃったなあ……」とつぶやき交《ま》じりのため息をついた、そのときだった。

コスモス畑の中から、真っ黒なものがもぞもぞと出てきた。

猫だ。

黒猫——でも、首のまわりが緑っぽい、というか、白っぽい、というか……。

その色づかいの正体に気づいた瞬間、思わず「え？」と甲高《かんだか》い声をあげてしまった。

猫は軽《かろ》やかにジャンプして、宏美のひざに乗った。

あまりに突然のことに、今度は声すら出ない。でも、猫のほうは平然とした様子で、窮屈《きゆうくつ》なひざの上をくるっと回って、しっぽをピーンと立てた。そして、まるで「ほら、ここ見てよ」とうながすみたいに、首を伸ばした。

首に巻かれているのは、やっぱりさっき気づいたとおり、濃い緑色の地に白い唐草《からくさ》模様《もよう》がついた風呂敷包《ふろしきづつ》みだった。ということは、野良猫《のらねこ》ではないのだろう。でも、首輪ならともかく風呂敷包みを巻く理由が、さっぱりわからない。

きょとんとする宏美を、猫はゆっくりと振り向いた。まんまるな目に、うっすらとした緑色がまじっている。

にゃあん、と鳴いて、また首を伸ばす。にゃあんにゃあん、にゃああああーん、とつづけて鳴きながら、首をひねったり横に倒したりする。

宏美は猫を飼ったことはないので、猫のしぐさと気持ちの関係は知らない。ただ、なんだか「風呂敷をほどいてよ」とせがんでいるみたいだ。

思いきって、そっと風呂敷包みの結び目に手を伸ばしてみた。猫は逃げない。嫌がらない。それどころか、ほどきやすいように首をまた伸ばして、のどをこっちに向けてくれる。

ドキドキしながら結び目をほどいた。

包みの中になにか入っている。ミントタブレットの容器――中に入っているのは、小さく折り畳《たた》んだ紙だった。

もっと胸をドキドキさせて、紙を開いた。

〈こんにちは。〉

子どもの字だ。極細《ごくぼそ》のマーカーで書いてある。

〈わたしたちは、銀杏《いちょう》市立丘《おか》の上《うえ》小学校五年A組です。〉

銀杏市は、もみじ市から山なみを越えたずっと先のほうにある、この地方では一番大きな街だ。

〈おめでとうございます！〉

え――？

〈あなたのクラスはノアに選ばれました！〉

はあ——？

〈ノアというのは、この猫の名前です。フランス語で「黒」の意味の「ノアール」から名付けられたそうです。この名前は、ずーっといろんな学校で受け継がれているので、勝手に変えてはいけません。〉

ずーっといろんな学校で、って……なんなの——？

〈びっくりしないでください。〉

しないってば——。

〈ウソだと思うかもしれませんが、信じてください。〉

だから、なに——？

〈ノアは、一人旅（正しくは「一匹旅」）をつづける『さすらい猫』なのです。〉

宏美はぽかんと口を開けたまま、つづく文章を読んだ。

〈そして、ノアは、あなたのクラスが忘れてしまった大切なことを思いださせるために、いま、あなたのひざの上に乗っているのです。〉

そこまで読み終えるのを待っていたかのように、ノアはまた首を伸ばした。まるで、風呂敷をもう一度結び直してほしい、とせがむみたいに。首をひねりながらリクエストに応えると、ノアはまた軽やかに、宏美のひざから地面に降《お》りた。

「ちょ、ちょっ、ちょっと待ってよ……」

あわててつかまえる間もなく、ノアはコスモス畑の中にもぐり込んでしまい、それきり外に出てこなかった。

宏美の手元に残されたのは、ノアについて説明する手紙だけだった。

手紙には〈あなたのクラス〉と書いてあった。つまり、ノアのことは、宏美一人ではなく六年二組の同級生のみんなに関係している、というわけなのだろう。

でも、教室でじっと耳をそばだてても、休み時間におしゃべりをする誰の口からも、ノアの名前は出てこなかった。

ノアの姿《すがた》を見かけることもない。学校の中でも、外でも、行き帰りの通学路でも、それからノアと出会った河原の遊歩道でも。

いたずらなのだろうか。丘の上小学校の子が、たまたまつかまえた野良猫の首に、いたずらの手紙を入れた風呂敷包みを巻きつけただけ――なのだろうか。でも、それにしては手が込みすぎているし、なによりノアの不思議な行動の理由が説明できない。

クラスの友だちに確かめてみるのが一番早い。

「おとといの夕方にヘンなことがあったんだよ」と話しかけてみればいい。「ノアっていう黒猫のウワサ話、知らない?」と訊《き》いてみればいい。

頭ではわかっているのに、うまくきっかけがつかめない。

ここのところ、ずっとそうだ。

おしゃべりの輪の中にいても、居心地《いごこち》が悪い。

自分から話題を切り出すことは転校したばかりの頃よりずっと減ってしまったし、誰かのギャグに笑うタイミングも、一人だけワンテンポ遅れてしまう。

どうしよう、どうしよう、どうしよう……と、あせる。

あせるな、あせるな、あせるな……と思えば思うほど、あせる。

そういうときにかぎって、別のグループでおしゃべりをしている美和と目が合いそうになってしまう。美和のすぐそばに坂本春香《さかもとはるか》がいることにも気づいてしまう。

あわてて顔を伏せる。逃げているみたいだ。

でも、先週からつづいているピンチは、解決の糸口すら見つけられないまま、いまも宏美の両肩にずっしりとのしかかっている。

「そろそろ決めてよ」と美和ちゃんにせっつかれたら、どうしよう。

おとなしい春香ちゃんに、すがるような涙目で見つめられたら、どうしよう。

ノアのことなんて、どうでもいい。

とにかくいまは、このピンチをどうやって解決すればいいのか、しか考えられない。

美和や春香との関係は、もともと、ちっとも悪くなかった。それどころか、クラスで真っ先に仲良くなったのは美和だったのだ。

美和は、勉強でもスポーツでも遊びでもおしゃべりでも、クラスの女子のリーダー格だった。白石家は美和のお父さんが十二代目という旧家《きゅうか》で、ひいおじいちゃんは「市」になる前のもみじ町時代に町長を務《つと》めていたこともあるらしい。

そういう家柄で、しかも一人娘ということもあって、美和は性格がちょっとキツめだった。勝ち気で強引《ごういん》なところもあって、男子が相手でもひるまずにズケズケと言いたいことを言う。でも、そのぶんしっかり者で、世話好きな性格でもある。

転校のベテランとしては、美和のような子との付き合い方はとても重要だった。仲良くなれれば、なにかと助けてもらえるだろう。ただし、敵に回してしまうと面倒になる。そこをうまくやっていけるかどうかが、ベテランの腕の見せ所だった。

最初のうちは、われながらみごとな滑《すべ》り出しだった。

「東京はこうだったけど、こっちは違うんだね」とか、「東京にいた頃はこうだったんだよ」とか、もみじ市と東京とを比べたり、東京を懐《なつ》かしんだりしないほうがいい——。

だいじょうぶ、うまくやっている。

美和が町や学校を自慢するときには、よけいな反論はせず、上から目線にもならずに、「うわっ、すごいんだねー」とびっくりしたほうがいい——。

そこも、ＯＫ。

美和といつも一緒にいる春香とも、仲良くなれた。春香はおとなしくて口数が少ないので直接しゃべることはほとんどなかったが、美和が幼なじみの春香のことをとても大切に思っていて、乱暴な男子のいじめっ子から守ってあげているのは、すぐにわかった。

二人のコンビに自分も加えてもらって、仲良しトリオになれたことが、素直にうれしかった。

そのトリオが、こんなにもあっけなく終わってしまうなんて……ほんとうに、夢にも思っていなかったのだ。


「吉村さんもみんなと同じように体力テストを受けてみる？」

クラス担任の野中先生の思いつきが、すべての始まりだった。

思いつき——ひどい言い方でも、それくらい言ってかまわない、と思う。

握力や上体起こし、反復横跳《よこと》び、ソフトボール投げ、立ち幅跳《はばと》びなどの種目の記録をとって、全国平均と比べたり、学年の順位を出したりするのだという。

ほかの子は一学期のうちに終えて、統計も出している。「よかったら吉村さんもやってみれば？　先生がタイムとか計ってあげるから」と誘われ、みんなも盛り上がったので、先週、昼休みと放課後を使って記録をとってみたのだ。

体力テストの種目には、五十メートル走もあった。一人で走ったのでどれくらい速かったかは、自分では見当がつかない。ただ、スタートのタイミングも、スピードの乗り具合も、ゴールまでのラストスパートもうまくいったと思う。

ゴールのところでストップウォッチをかまえていたクラス担任の野中先生のまわりに、みんなが集まった。

「何秒だった？」「タイムどうだったの？」「先生、見せて」……そんな声のあと、ワンテンポおいて、いっせいに歓声《かんせい》があがった。

「すごーい！　宏美ちゃん、八秒七だって！」

クラス全員の記録表で先生が確認してみると、女子で二番目の記録だった。

一位は美和——学年の女子でもトップの八秒二という記録だった。

美和はスポーツはなんでも得意で、短距離だけでなく長距離も速い。毎年十一月におこなわれるマラソン大会では、一年生のときからずっと学年別で優勝している。今年も優勝すれば、六連覇《れんぱ》達成ということになる。

クラスで二位。そして美和には勝てなかった。

転校のベテランとして言うなら、最高のパターンだった。

クラスで二位というのは素直にうれしいし、負けず嫌いの美和のメンツをつぶさずにすんだので、正直なところ、ホッとした。

「やっぱり美和ちゃんには勝てなかったよー、ざーんねんっ」

笑って声をかけた。悔しそうに、でも、さばさばと負けを認めて……という微妙なお芝居もつけた。美和に「わたしに勝てるわけないでしょ」といばらせてあげるつもりだったのだ。

ところが、美和はにこりともしなかった。

こわばった怖い顔をして宏美をにらみ、プイッとそっぽを向いて歩きだしてしまった。

美和のそばには、いつものように春香がいた。

春香の顔も笑っていなかった。呆然《ぼうぜん》としていた。宏美の視線に気づいて目を向けたときには、泣きだしそうな表情にもなっていた。そして、遠慮《えんりょ》がちに、気まずそうに宏美から目をそらすと、小走りになって美和を追いかけていったのだ。

どうして二人はあんな態度《たいど》をとったのか。

その理由は、次の日にわかった。

『終わりの会』で学校からの連絡事項を伝え終えた野中先生は、「いまから運動会の話し合いをします」と言った。「男子の体育委員からの提案《ていあん》です」

教室がざわつくなか、体育委員の原《はら》くんは教壇《きょうだん》に立って、話し合いの内容を簡単に説明した。

来月おこなわれる運動会のラストを飾《かざ》る、クラス対抗リレーについて――。

「男子も女子も、もう一学期のうちに選手は決まってるんですけど、女子のメンバーについて、もう一回話し合ったほうがいいと思います」

原くんはそう言って、黒板に四人の選手の名前を書いた。

〈白石美和さん〉

〈河合絵里香《かわいえりか》さん〉

〈内藤《ないとう》あずささん〉

〈坂本春香さん〉

「えーと、いま書いた順番が、五十メートル走のタイムの速い順番です」

宏美は知らなかった。春香も選手に選ばれている。四人の中の四番目だ。

「でも、昨日、その順番が変わったわけです」

原くんは〈白石美和さん〉と〈河合絵里香さん〉の間に割り込みの線を入れて、

〈吉村宏美さん〉と書いた。

「転校してきた吉村さんのタイムが第二位だったので、こうなります」

そして、白いチョークを赤いチョークに持ち替えてつづける。

「ってことは、この中で一番タイムの遅いひとが補欠《ほけつ》になるわけです」

〈坂本春香さん〉の上に、赤で大きく×をつけた。

その直後、美和が立ち上がって「なに勝手に決めてるのよ！　男子は関係ないじゃない！」と甲高い声を張り上げた。

「関係あるよ、なに言ってんだよ」

原くんも負けじと言い返した。もともと体育委員を務めるだけあってワンパクな男子で、女子をすぐにバカにして、美和とはしょっちゅうぶつかっているのだ。

「だって、ベストメンバーで走らなきゃ一組や三組に負けちゃうかもしれないし、男子と女子の合計点で総合順位を決めるんだから、女子に足を引っぱられると男子も迷惑しちゃうんだよ」

あらかじめ話を通してあったのか、男子が何人も「そうそうそう」「オレも賛成《さんせい》しまーす」「女子のせいで負けたら責任とれよなーっ」と言った。

女子の中にも、言われてみれば確かにそうだよね、という顔になった子がけっこういた。実際、ふつうに考えれば、第二位のタイムを出した子がいるのに第五位のタイムの子を選手にすることのほうが、やっぱりおかしい。

宏美も、だんだんやる気になってきた。原くんに言われるまではリレーのことなんて考えてもいなかったが、ここで六年二組のために貢献《こうけん》すればポイントが高いよね、と転校のベテランならではの計算も働いた。

もちろん、せっかく仲良くなった春香が補欠に回ってしまうというのは、少しひっかかる。それでも、二組が優勝するためにはしかたないんだから春香ちゃんもわかってくれるよ、と思っていた。

ところが、美和はひるんだ様子もなく、きっぱりと言った。

「そんなの、全然ベストメンバーじゃないもん」

教室がざわついた。宏美は頰《ほお》をカッと赤らめて、身をこわばらせた。

「タイムの速い順に四人選んだのにベストメンバーじゃないわけ？」

原くんはあきれ顔になって、「そんなのおかしいだろ」と笑った。

「おかしくない」

「なんで？」

「だって、リレーはチームワークが大事なんだもん。わたしたち、夏休みの間もときどき集まって、バトンを渡す練習とかしてたんだもん。急にメンバーを変えられても困るよ」

宏美は思わずうつむいて、それきり顔を上げられなくなってしまった。自分が直接責《せ》められているわけではなくても、胸をキリキリと締《し》めつけられているような気がする。

「練習だったら、いまからすればいいだろ。まだ間に合うよ」

「間に合わないってば」

だって——と、美和はつづけた。

「吉村さんって転校してきたばかりで、まだ性格とか人柄とか、全然わかんないもん」

教室がまたざわついた。

宏美の席の近くにいた男子が「ひでえーっ……」と小声で言った。でも、その声は宏美の耳には届かない。たとえ届いていても、宏美の頭の中は、宏美自身の声で一杯だった。

やめてよ——。

なんでそんなこと言うのよ——。

仲良くしてたじゃない、友だちになってたじゃない、性格も人柄もわかってくれたから仲良くなったんじゃないの——？

悔しくなった。でも、それ以上に悲しくなった。

「だけどさ、やっぱりリレーの選手はタイムで決めないと意味ないよ」

原くんはねばり腰を見せて言って、「先生、どう思いますか？」と教壇の脇《わき》にいた野中先生に声をかけた。

先生は「うーん……」と腕組みをしてしばらく考えた。

ダメだよ、そんなの――。

先生は宏美のお母さんより年上のベテランだ。すぐさま「速い順で決めるのが当然でしょ？」と言ってくれるんだと思っていたのに、「そうねえ……どっちの意見にも一理《いちり》あるから、困っちゃうねえ……」と煮《に》え切らないことを言うだけだった。

なんで――？

美和ちゃんの意見に、なんで一理あるわけ――？

何度も首をひねったあげく、先生はとんでもないことを言い出した。

「吉村さんはどう？　吉村さんの考えを聞かせてくれる？」

一瞬唖然《あぜん》としてしまったせいで、答えるタイミングを逃《のが》してしまった。

断ればいい。辞退すればいい。そうすれば、すべてがまるくおさまる。

でも、そう思う一方で、なんでわたしが引き下がらなきゃいけないのよ、とも言いたい。べつに「絶対に出たい！」と思っているわけではなくても、自分から降りるというか、負けるというか、逃げるのは、やっぱり嫌だった。

それでも、もしも「走りたいです」と答えると、どうなるだろう。美和ちゃんを本気で怒らせてしまうと、ほんとうに面倒なことになりそうだ。

だから、なにも言えないまま、顔も上げられないまま、頬を真っ赤に染めたまま、宏美は机の天板《てんばん》の木目《もくめ》模様をただじっと目でなぞるだけだった。

春香ちゃんは——と、ふと思った。そうだよ、わたしじゃなくて春香ちゃんが答えればいいんだよ、と気づいた。春香のほうから「タイムは宏美ちゃんのほうが速いんだから」と引き下がってくれれば、あっという間に問題は解決してくれる。逆に「わたし、走りたい」と言い張ってくれるなら、こっちだって引き下がりやすい。

でも、春香は黙りこんでいた。自分からはなにも言わず、宏美の返事を待っていた。

ずるい。ひきょうだ。やつあたりかもしれないが、腹が立ってしかたなかった。そして、あの子が黙ってるんだったら、わたしだってなにも言わないからねっ、とくちびるをキュッと結んだ。

沈黙にじれたように、美和が言った。

「まあ、べつにいますぐ返事しなくてもいいけど……できるだけ早く決めてよね」

悔しさで胸を一杯にして、黙ってうなずいた。

「あ、それでね、もしも吉村さんがどうしても出たいっていうんだったら、わたし、出るのやめるから」

教室はまたも騒《さわ》がしくなった。女子の「美和ちゃんが出ないと絶対に負けちゃうよ」「ヤバいよねー」という声が、皮肉《ひにく》なことに、今度は宏美にも聞こえてしまった。

話をまとめきれなくなった原くんは、「じゃあ、とりあえず今日の話し合いは終わりってことで……」と逃げるようにそそくさと教壇から降りてしまい、野中先生で、ホッとしたのか、「はい、じゃあ日直のひと、終わりの号令かけてくださーい」と妙に元気な声で言った。

そうやって、美和と春香と宏美との短い友だちの日々は終わってしまったのだ。

ノアと出会ってから五日たった。美和ともめた日から数えると、ちょうど一週間。宏美はまだ、リレーで走るのかどうか、返事をしていない。美和のほうもなにも催促《さいそく》をしてこない。

でも、もはや勝負はついている。女子のみんなの態度が少しずつよそよそしくなってきた。ふと気づくと、ぽつんとひとりぼっちになっている、ということも増えてきた。

いまさら「わたしは出ないから、春香ちゃんに走ってもらって」と言っても、もう遅いのだろう。『終わりの会』のときにすぐに返事をしなかったというだけで、美和はヘソを曲げてしまったのかもしれない。

男子のほうも、美和の「出ないから」の一言が効いたらしく、リレーの話を蒸《む》し返すことはなかった。タイム二位の宏美が走っても、引き替えに、学年の女子でトップの記録を持つ美和が出場しないのなら、なんの意味もない。

結局、あの話し合いで損《そん》をしたのは、女子からも男子からも距離を置かれてしまった宏美だけ——ということになった。

こういうのって意外とケンカするよりキツいんだよね、と転校のベテランの経験が教えてくれる。

ケンカをすると、そのときには大変でも、こっちが負けを認める気にさえなれば「ごめんね」という切り札がつかえる。仲直りはあんがい簡単なのだ。

一方、いまのような状態は、謝《あやま》って許《ゆる》してもらえば終わるというものではない。たとえ「ごめんね」と美和に言っても、「べつに謝るようなことじゃないでしょ」とそっけなく言われてしまったらそれまでだし、だいいち、悪いことをしたわけでもないのに許してもらうというのは、こっちだって嫌だ。

学校帰りに寄り道をして、川に架《か》かった橋の真ん中に立った。レトロなデザインの欄干《らんかん》にもたれかかって、河原のコスモス畑をぼんやりと眺めた。

もういいやあ……と、心の中でつぶやいた。

気持ちを切り替えることにした。転校のベテランならではのリセットだった。

どうせまた引っ越しちゃうんだから――。

べつに、あの子たちと一生付き合うわけじゃないんだから――。

そう考えると、背中や肩にのしかかっていたプレッシャーが、すうっと消えてくれる。

どんなに仲良しの友だちができてもお別れしなくてはいけないのが、転校生の宿命だ。

でも、転校生には、たとえいまがひとりぼっちでも、引っ越した先で友だちをつくればいいんだから、という希望だってある。

よーし、と張り切った。

今度の引っ越しに期待をかけよう。次の学校での出会いに希望をつなごう。

われながら、ちょっとあきらめが良すぎる気がしないでもない。でも、いつまでもくよくよ悔《く》やんだり、未練《みれん》をいじいじ残したりするよりは、ずーっとましだよね、と苦笑した。

そのとき、橋のたもとの欄干の上に、黒いかたまりが乗っていることに気づいた。

まさか……と目を凝《こ》らすと、まるでそのタイミングを待ちかまえていたみたいに、かたまりが動いた。

猫だ。全身真っ黒で、風呂敷を首に結んだ猫——ノアだった。

うーん、と体をほぐすように背中を伸ばしたノアは、このまえと同じように軽やかな身のこなしで欄干から飛び下りた。

こっちに来るのかな、と思っていたら、逆に宏美におしりを向けて歩きだす。宏美のウチとは反対の方角だったが、ここで会ったからには、あとを追うしかなかった。

ノアは、江戸時代には町の中心だった古い町並みのほうに向かう。

宏美が追いつこうとしても、意外と足取りは速い。しかも塀《へい》の上を歩いたり、建物の陰《かげ》に不意に身を隠《かく》したり、夕暮れの薄暗さに紛れたりして、何度も見失ってしまう。それでいて、そのまま姿を消してしまうわけではない。きょろきょろと探していると、必ず、すぐ先で待っているのだ。

そんなノアに導かれるようにして、宏美はいままで歩いたことのない一画に足を踏み入れた。白石酒造のすぐ近所だ。レンガの煙突をときどき見上げて現在位置を確かめながら、細い路地を進んでいくと、平屋建ての古い建物に出くわした。

道場だった。

木の看板が掲げてある。手書きの筆文字で『紅葉流薙刀道場』とある。

紅葉流——もみじ町、もみじ市の、「紅葉《もみじ》」なのだろう。

薙刀——読み方がわからない。

ノアは開け放した玄関から道場の中に入った。

しかたなく、宏美も「失礼しまーす……」と小さな声で挨拶《あいさつ》して、三和十《たたき》で靴《くつ》を脱ぎ、目隠しになっている衝立《ついたて》の横から、道場の中の様子をそっとうかがった。

板張りの道場の真ん中で、はかま姿のおばあさんが、なぎなたを構《かま》えていた。

「薙刀」は「なぎなた」だったのだ。

おばあさんは子どもみたいに小柄で、しわくちゃで、ヨボヨボだった。でも、自分の背丈よりずっと長いなぎなたの構えは、ピシッと決まっている。

ノアもそこにいた。すっかり慣れた様子で、床にちんまりと香箱座《こうばこずわ》りをして、おばあさんを見つめている。

そして、その奥では、はかま姿の女の子が背筋をピンと伸ばして正座をして、同じようにおばあさんを見つめていた。

小学生かな、中学生かな……と衝立の陰から首を伸ばして覗《のぞ》き込んだ宏美は、次の瞬間、思わず声をあげそうになって、口を両手で押さえた。

はかま姿の女の子は、美和だったのだ。

第2章　なぎなたのおばあさん

しんと静まりかえっていた道場に、いきなり、おばあさんの声が響《ひび》き渡《わた》った。

「きええええええーいっ！」

不意をつかれた宏美は、「ひゃっ！」と悲鳴をあげそうになって、あわてて衝立の陰にしゃがみこんだ。

びっくりした。あんなに小さな体から、あんなに大きな声が出るなんて。

耳がキンとするほど甲高かったし、さらに近所でいっせいに犬も鳴きだしたから、ひょっとしたら人間の耳には聞こえない超音波まで出ていたのかもしれない。

でも、ほんとうにびっくりしたのは、別のこと——おばあさんは声を張り上げるのと同時に、美和の頭をねらってなぎなたを思いっきり振り下ろしたのだ。

衝立の脇から、また、そーっと道場を覗き込んだ。

頭にあたるぎりぎりのところで、なぎなたは止まっていた。

でも、正座をした美和は、背中をピンと伸ばし、ひざに手を置いたままだった。

竹でつくった稽古《けいこ》用とはいえ、当たるともちろん痛い。あの勢いだとタンコブ程度ではすまないかもしれない。なのに、美和はよけるそぶりを見せず、驚いた声すらあげなかったのだ。

怖くないわけ――？

当たっちゃうかもしれない、って思わなかったの――？

っていうか、もしかして、正座したまま気を失ってるのかも……。

そんなことはなかった。

おばあさんはなぎなたを美和の頭上に据《す》えたまま、「みごとですぞ」と言った。すると、美和は小さく一礼して「まだまだです」と答えたのだ。

時代劇みたいだった。美和は六年二組の教室にいるときよりずっとおとなびて見えるし、白い稽古着と黒いはかまの色づかいのせいか、道場ぜんたいがモノクロの画面になってしまったような気もする。

「よろしい。今日は、ここまで」

おばあさんは満足そうに言うと、なぎなたをゆっくりと美和の頭上からはずした。

道場に張り詰めていた緊張感がようやくゆるんで、美和も、ふーっと息を吐き出しながら、背筋から力を抜いた。

「あー、怖かったーっ……」

ひざをくずし、後ろ手をついて、そのままあおむけに寝ころんだ。

ところが、おばあさんはそれを見て「喝《かつ》！」と、さっき以上に甲高い声を張り上げた。

美和もバネ仕掛《じか》けのオモチャみたいに、一瞬にして跳《は》ね起きた。

「はしたない真似《まね》をするでない！　白石家の娘たるもの、常《つね》に戦場と心得《こころえ》よ！」

「そんなこと言われても……」

「言い訳は無用《むよう》なり！」

「もう稽古終わりでしょ？　ひいばあちゃん、厳しすぎるんだってば。だからお弟子《でし》さんもいなくなっちゃうんだよ」

「黙らっしゃい！」

美和の鼻先に、なぎなたが突きつけられた。

大げさな身振りやムダな動きは、いっさいない。なぎなたの先端《せんたん》は、まるで空気の中をすべるように小さな弧《こ》を描き、鼻にあたるぎりぎりのところでピタッと止まった。距離を最初に確かめたわけではない。迷いやためらいもなかったし、狙いを定めている気配も感じなかった。さらに、鼻先でピタッと止まったあとは、なぎなたは微《び》動《どう》だにしない。長さ、重さ、バランスなど、すべて体が覚え込んでいるのだろう。

さっきの気合に満ちた寸止《すんど》めも迫力満点だったが、今度の寸止めもまた、静かなすごみに満ちていた。ゆるみかけていた道場の空気が再び引き締まる。

おばあさんはなぎなたの先端を軽く振った。美和はその動きに操《あやつ》られるみたいに正座の姿勢に戻り、背筋を伸ばした。体が動いても、なぎなたと鼻とはぎりぎりの距離を保ったまま。そんなミリ単位の微調整《びちょうせい》も、おばあさんはこともなげにこなす。よほどの達人に違いない。

宏美の目はおばあさんに釘付《くぎづ》けになっていた。

でも、耳のほうは——美和が口にした言葉が、さっきから消えずにこだましつづけている。

ひいばあちゃん、ひいばあちゃん、ひいばあちゃん、ひいばあちゃん……って、お母さん、おばあちゃん、ひいおばあちゃんの「ひいばあちゃん」ってことだよね？お父さんかお母さんのおばあちゃんってことで、おじいちゃんかおばあちゃんのお母さんってことで、つまり美和ちゃんはひ孫ってことになって……。

頭の中で整理しないとピンと来ない。

宏美には、ひいばあちゃんもひいじいちゃんもいない。計算では父方と母方で合計八人の「ひい」がいることになるのだが、ものごころつくまでに全員亡くなってしまったのだ。

前の学校の友だちには「わたし、ひ孫なんだよ」と言う子が何人かいた。でも、こんなに元気でおっかない「ひぃ」は、いない。友だちの「ひぃ」はみんな、老人施設に入っているか、大きな病院に入院しているか、在宅で介護を受けているか……なぎなたを自由自在に操る「ひぃ」なんて見たことも聞いたこともない。

おばあさんは、やっとなぎなたを下ろして、一息ついた。

「美和ちゃん」

声の大きさはふつうになり、時代劇みたいな言い方も終わった。

「どう？　少しはモヤモヤが吹っ飛んだ？」

「うん……でも、まだかなあ……」

「今日のお稽古も、隙《すき》だらけだったからねえ」

おばあさんはなぎなたを床に置き、美和と向き合って正座をした。玄関のほうまで視界に入る角度だったので、宏美は衝立の陰に体を隠した。

「なにか悩《なや》みごとがあるんだったら、遠慮せずに言ってごらん」

「べつに悩んでるわけじゃないんだけど……」

「でも、頭の中がモヤモヤするんでしょ？」

「よくわかんないんだよね、自分でもどうすればいいか。っていうより、わたしのことじゃなくて、春香のことだから……」

「春香ちゃんとどうかしたの？　ケンカしたの？」

「そうじゃなくて、逆だよ、逆。春香と親友だから、どうすればいいかわからなくて、困ってるわけ」

宏美は胸をドキドキさせながら、耳をそばだてる。声しか聞こえないのがもどかしい。でも、もちろん、衝立から顔を出すわけにはいかない。

春香――って、あの春香ちゃんのこと、だよね？

「九月から転校生が入ってきたの、ひいばあちゃんも知ってるでしょ」

転校生――わたしのこと。

胸がさらにドキドキして、息苦しくなった。

美和がなにを話すかは見当がついた。運動会のリレーのことだ。でも、問題は、それをどんなふうに話すのか。

結局、わたしが悪者になっちゃうわけ――？

半分はあきらめていたが、残り半分は、やっぱり悔しいし、悲しい。

「その転校生ってね、東京から来た子で……」

細かいところまでしっかり聞き取らなくちゃ、と全神経《ぜんしんけい》を耳に集中させた、そのとき――。


にゃあん。

背後で猫の鳴き声が聞こえた。

びっくりして振り向くと、ノアがビー玉みたいに真ん丸な目で、こっちを見ていた。さっきまで道場の隅《すみ》にいたはずなのに、おばあさんと美和に気を取られているうちに、こっそり玄関に移って、宏美の後ろに回り込んでいたのだ。

にゃあん、とノアがまた鳴いた。

宏美はあわてて、人差し指を口の前に立てた。人間同士のジェスチャーが猫に通じるかどうか、いや、無理やりにでも通じさせるしかない。お願い、黙ってて、静かにしてて、わかるでしょ、いま隠れ中なんだからね、と目で訴《うった》えた。

でも、ノアはのんびりと背中を伸ばしたり曲げたりして、あくび交じりに——。


にゃあああーん……ごろごろっ。


ごていねいに最後にのどまで鳴らしてしまった。

道場から、おばあさんの「あら？　いまのクロちゃん？」という声が聞こえた。

「玄関のほうから聞こえたよ」と美和も言う。

「誰か来たのかねえ」

「そんなことないんじゃない？　だって、もうお弟子さんだーれもいないいんだし」

「入門希望者かもしれないでしょ」

「ないないないっ」

そんな二人のやり取りをよそに、宏美は衝立の陰で、ひたすらあせっていた。かがんでノアと目の高さを合わせて、しっ、しっ、しーっ、しーっだってば、わかってよ、と伝えた。ワラにもすがる思いで、両手をぐいぐいと下げてボリュームダウンのジェスチャーもしてみたが、ノアはそれを猫じゃらしの動きと勘違《かんちが》いしたのか、今度は張り切った声で「にゃーんっ！」と鳴くと、元気いっぱいにジャンプを繰り返した。

サイテーだ。サイアクだ。おばあさんが気づかないわけがない。

「誰？　誰かいるの？　そこに」

床にあったなぎなたを手に持って、立ち上がる気配がする。

「いるんなら、返事をしなさいっ」

どうしよう、どうしよう、どうしよう……。

「返事をしなさいっ」

足音は聞こえないのに、声は確かに近づいてきた。

「このっ、無礼者めがっ！」

一喝と同時に衝立がはねのけられ、おばあさんが躍《おど》りかかってきた。

なぎなたが、ひゅんっ、という鋭《するど》い風切《かざき》り音《おん》とともに横から迫《せま》ってきて――空振《からぶ》りした。

宏美は土下座のポーズをとっていた。

そのおかげで、なぎなたは背中のすぐ上を通り過ぎたのだ。危ないところだった。髪の毛がふわっと浮き上がるほどの、文字どおり間一髪《かんいっぱつ》だった。

「でっ、弟子にしてくださいっ！」

土下座したまま言った。もう考えをまとめている余裕などなかった。

駆け寄った美和が「ねえ、ひょっとして……吉村さん？」と声をかけてきた。

宏美は途方《とほう》に暮れた思いで顔を上げて、えへへっ、と泣きたい気分で笑った。

ふと見ると、ノアはもうどこかに姿を消していた。


ノアの正体について宏美が説明すると、美和は意外とすんなり受け容れてくれた。

なかなか信じてもらえないだろうと覚悟していた宏美にとっては、拍子抜けするような――そして、ひさしぶりに美和と話ができたことがうれしいような、照れくさいような、ちょっと悔しいような、フクザツな気持ちだった。

「さすらい猫っていうのは、ぶっちゃけ、よくわかんないけど、あの猫はやっぱり特別だと思うよ、わたしも」

「そう？」

「野良猫にしてはひとになついてるし、ものおじしないし、あと、ウチのひいばあちゃんが気に入ってるから」

「ふつうは違うの？」

「野良猫が勝手に道場に入ってきても怒らないひいばあちゃんなんて、わたしは初めて見たし、お母さんやおばあちゃんだって知らないんじゃないかなあ」

美和はバケツの水で雑巾《ぞうきん》をゆすぎながら、「だって、こんなに床をピカピカに磨《みが》いてるんだもん。野良猫に歩かれたら嫌じゃない？」と言った。宏美も雑巾を絞《しぼ》って、なるほど、とうなずいた。

道場の床の拭《ふ》き掃除《そうじ》が、美和のひいおばあさん――小笹《こざさ》さんに命じられた最初の修《しゅ》業《ぎょう》だった。

いつもは美和が一人で、稽古のあとに雑巾掛《が》けをしているのだという。弟子がたくさんいた頃は道場の掃除は当番制でやっていたものの、一人減り二人減って、この夏にとうとう最後の弟子が道場を去ってしまった。

「わたし、知らないよ。ほんとにウチのひいばあちゃん、厳しいんだからね」

「……だいじょうぶ」

ほんとうは、ちっともだいじょうぶではないのだ。

とっさに口から出ただけ――とは、いまさら言えない。

両親は道場に通うことを許してくれるだろうか。いっそ反対されたほうが、「ごめんなさい、やっぱりお父さんとお母さんが許可してくれませんでした」で話を終えられるだろう。でも、それはそれで、美和を残して一人で逃げ出すような格好になってしまうので、なんとなく悔しい。

「なぎなたに興味《きょうみ》あったの？」

「うん、まあ……」

ゼロではない、と思う。なぎなたっていう武器があることはマンガで読んで知っていたんだから、うん、興味あるある、ゼロじゃない、○・○○○○一パーセントでも、それはゼロじゃないってことだからねっ、と自分に強引に言い聞かせた。

でも、「ふーん、そうなんだぁ」とうなずく美和の視線や口調には、微妙な疑わしさがにじんでいる。ノアの話はあっさり信じてくれたのに、弟子入りの話のほうはまだ半信半疑の様子だ。こまかく質問をされると、ボロが出てしまうかもしれない。

「さ、修業修業、しゅぎょーっ」

わざと冗談めかして言って、雑巾掛けに戻った。

ダダダダーッ、と道場の端から端まで一気に走って拭いた。腰が痛い。ひざも痛い。腕も痛いし、なにより息があがって苦しい。

美和も雑巾を掛けた。タタタタターッ、と足音は美和のほうが軽やかで、スピードも速い。はかまは裾《すそ》が広くて動きづらいはずなのに、こういうところが修業の年月の差というやつなのだろう。

でも、だからといって負けをすぐに認めるのは嫌だ。特に「年月の差」や「経験の差」といった理由で負けてしまうのは、絶対に納得《なっとく》がいかない。どこに行っても新参《しんざん》者《もの》で、なにをやらせても初心者の転校生としては、「長い間やってればいいってものじゃないんだからね！」「昔から住んでなきゃできないってわけじゃないでしょ！」と意地でも言い張りたいのだ。

一休みして息が整うと、また雑巾をかまえて、道場の端から端まで一気に、ダダダダダダダダダーッ――。

と、美和のほうもそれを追いかけるように、タタタタタタタターッ――。

道場の端まで拭いて宏美を振り向く表情には、都会から来た子に負けるわけにはいかないんだからね、という地元っ子のプライドが覗いていた。

こっちだって負けるもんかっ、と宏美がダダダダダダダーッ――。

「曲がってるよ、ちゃんとまっすぐ拭きなさいよ」とピシャリと言った美和も、すぐさまタタタタタタタタターッ――。

宏美は「さっき拭いたところと隙間が空いてまーす、埃《ほこり》が残ってまーす」とイヤミたっぷりに言って、ダダダダダダダダーッ――。

美和も「雑巾をすすがないとかえって汚れちゃうと思いまーす。あと、もっと絞ってくださーい」と負けじと意地悪に言って、タタタタタタタタタターッ――。

二人で何往復もした。

学校の教室を二つ合わせたサイズの道場に、見る間に「掃除済み」のスペースが広がっていった。

すれ違うこともある。最初はお互いにプイッと顔をそむけていたが、自分のふくれっつらが自分でもおかしくなって、ともに頰がゆるんだ。でも、負けられない。勝ってなにか得をするわけではないし、それどころか、たくさん拭くほうが損をしていると言えないこともないのだが、負けず嫌いとはそういうものなのだ。

「掃除待ち」のスペースは残り一列。

向こうから美和がタタタタタターッ。

こっちから宏美がダダダダダーッ。

最初は二人とも「半分以上まで行こう!」と心に誓《ちか》っていた。「そうすればわたしの勝ち!」と勝手に決めていた。

でも、雑巾掛けのスピードをぐんぐん上げながら、ふと前を見ると――いつの間にか、ノアがちょこんと座っていた。

宏美は「きゃあっ！」と悲鳴をあげながら、足踏みでスピードを懸命に落とした。美和も「やだっ！」と叫んで、急ブレーキをかける。

二人とも、ぎりぎりのところで止まった。もうちょっと勢いがつきすぎていたら、止まるのが間に合わずに、ノアをサンドイッチするような格好でぶつかっていただろう。いや、その前に、ノアがあそこに座っていなければ、宏美と美和はまともに頭から激突していたかもしれない。

「あー、びっくりした……」

「ほんと、危なかったなあ……」

二人はノアを挟んで、ホッと一息ついた。

ノアのおかげで助かった。

しかも、お手柄《てがら》のノアが座っている場所は、ちょうど半分のところ――つまり、この勝負は、ノアが引き分けにしてくれたわけだ。

それに気づいた二人は、あらためて目を見合わせて、どちらからともなくプッと噴《ふ》き出した。

「ノアって、吉村さんの言ってたとおり、すごい猫なんだね……」

「でしょ？」

「まいった」

「うん、わたしもまいった」

「チャンピオンだよ、ノアが」

「わたしも賛成」

二人で拍手をした。でも、当のノアはすまし顔で、耳の後ろを後肢《あとあし》でカリカリひっかいてから、またトコトコと歩きだして、道場の外に出て行ってしまった。

入れ替わりに、道場の裏庭のほうから、小笹さんの声が聞こえる。

「喝！　喝！　喝！」

ザバーッと勢いよく水をかける音も。

「……庭に水をまいてるの？」

宏美が訊くと、美和は「頭から井戸の水をかぶってるの」と言った。あまりにもさらりと言われたので、九月の終わりの夕方に冷たい水を頭からかぶることのスゴさを、うっかりスルーしてしまいそうになった。

「ねえ、ちょっと、それってヤバくないの？」

「そんなことないよ。稽古のあとは、真冬でもやってるから」

「風邪《かぜ》ひいちゃったら……」

「一生懸命に稽古して、心身ともに鍛《きた》えてたら、風邪なんてひかないし、冷たい水も一瞬でお湯になっちゃうんだって」

そんな、めちゃくちゃな――。

「ひいおばあちゃんって、いくつなの？」

「えーとねえ、今年八十七だったかな、もう八になっちゃったかな」

「それで毎日、冷たい水をかぶってるわけ？」

「あ、でもね、弟子入りしたんだから、吉村さんもやらされるよ」

「うそ……」

「さすがに弟子は顔を洗うだけで勘弁してもらうんだけど、これがまた、手が切れそうなぐらい冷たいんだよねー」

美和はそう言って、「ま、わたしは慣れてるから平気だけど」と得意げに付け加えた。

こっちの勝負は不戦敗《ふせんぱい》しちゃったほうがいいかなあ……と、宏美は初めて弱気になってしまった。

第3章　もみじ橋まで

稽古着を着替えた美和と一緒に道場を出た。

「ウチまで一人で帰れる？」

美和に訊かれて、宏美は思わずうつむいてしまった。来たときはノアを見失わずに追いかけるのが精一杯《せいいっぱい》で、道順までは覚えられなかったのだ。

「道、わかるの？　だいじょうぶ？」

「……うん」

いかにも不安そうな声になった。

美和は「わたしもコンビニに行くから、途中まで一緒に行く？」と言った。「もみじ橋のところまでとか」

助かった。橋まで行けば、あとは平気――だから、ホッとした様子をおくびにも出さないように気をつけて、「じゃあ、一緒に行こうか」と答えた。

でも、道場の前の細い路地を歩きだすと、美和はあきれ顔になって言った。

「ねえ、吉村さんって、友だちから負けず嫌いって言われない？」

「……そんなことないけど」

「ほんと？　じゃあ、キツい性格とかは？」

そーゆーことをズバッと訊くあんたのほうがキツい性格っていうんだよーっ、と言い返してやりたかった。

でも、美和は宏美の返事を聞く前に、「東京の小学生って、みんなそんな感じなのかもね」と言った。「都会だもんね、自分の言いたいこととかガンガン言わないと、やっていけないんでしょ？」

そこまで厳しい世界じゃない、と思う。

「弱《じゃく》肉《にく》強《きょう》食《しょく》っていうか」

アフリカのサバンナじゃないっての。

バカにされてるんだろうか。それともケンカを売られてるんだろうか。ムッとしながら美和の次の言葉を待ちかまえていたら、美和はすれ違ったおばさんに挨拶して、立ち話を始めた。一言二言ですむと思っていたのに、意外とおしゃべりは長くつづいた。しかも、そこに自転車で通りかかったおじいさんまで話に加わって、話はどんどん盛り上がってしまった。「よかったらウチに寄ってってジュースでも飲んでいかない？」という展開にさえなりかねない勢いだ。

もちろん、宏美はおしゃべりには加われない。知らない誰かさんの知らない話なんて、相槌を打つこともできない。おばさんやおじいさんも、美和の隣に宏美がいることに気づいていないはずがないのに、なにも話しかけてこない。それどころか、ときどき、なんなのこの子、見かけない顔だけど、どこの誰なの、という目を向けてくる。

ほとんど「怪しい不審者」扱いだった。

引っ越しを何度も繰り返していれば、よそ者扱いには慣れっこになる。でも、ここまでイヤな目で見られたのは初めてだった。

サイアク。

そっぽを向いた。本音では美和をその場に残して一人で帰ってしまいたかったが、悔しいことに、まだ帰り道がよくわからない。しかも美和が案内しているのは来た道とは違うルートのようで、家並みにもさっぱり見覚えがなかった。

親切で近道を選んでくれたんだから、しかたない――。

理屈ではわかっていても、腹立ち紛れに、美和は意地悪をしてわざと遠回りしてるんじゃないか、という気もしてくる。

サイテーのサイアクだ、ほんとうに。

もっとクールにならなきゃ、と自分に言い聞かせた。いつものペースを取り戻さなきゃ。ベテランの転校生ならではの「どうせこんな町に一生いるわけじゃないんだからね」という余裕を胸に抱いて、どーんとかまえてなくちゃ……。

やっと立ち話が終わった。

「ごめんごめん、お待たせ」

足を速めて歩きだしたのもつかの間——角を曲がったところで、別のおばさんと出くわして、「あら、白石さんのところの美和ちゃんじゃないの？　ひさしぶり、大きくなったわねえ」と、また立ち話が始まってしまった。


サイテー、サイアク、サイテー……。


こういうときこそ、ノアの出番なのに。

ノアがふらっと現れて、道案内をしてくれたら、さっさと帰れるのに。

さっきの立ち話で時間をくってしまったせいで、空はずいぶん暗くなってしまった。道ばたや塀の上も薄暗い。たとえノアがそこにいても、黒猫を見つけるのは難しそうだ。

せめて鳴き声は聞き逃さないようにしたかったが、今度のおばさんはさっきの二人以上におしゃべりで、声も大きくて、猫のかぼそい鳴き声などかき消されてしまうだろう。

サイアク、サイテー、ほんと、サイアク……。

ノアの鳴き声はやっぱり聞こえない。

でも、代わりに、立ち話の微妙なニュアンスが少しずつ聞き取れるようになった。

どうやら、おばさんは美和本人ではなく、美和の両親や祖父母——要するに「白石家」の古い知り合いらしい。話の内容も「お母さんによろしく伝えておいてね」「おばあちゃん、最近は腰の具合どうなの？」と美和に直接関係のないものがほとんどだったし、おばさんの口調には、自分のことをよろしく伝えておいてほしい、できれば白石家の皆さんからの評判がよくなるように、というセコい願いがこめられているみたいだった。

そして、それに対する美和の受け答えは——表面上は礼儀正しくこなしていても、じつはけっこううんざりしている様子だった。早く話を切り上げたくてしかたない、という感じでもある。

田舎町のお嬢《じょう》さまというのも、意外と大変なのかもしれない。

初めて美和に同情した。

そして、「美和ちゃんも『蔵《くら》』の跡取《あとと》りなんだから、お勉強しっかりがんばらないとね」とプレッシャーをかけてくるおばさんに、よけいなこと言わないでよ、おばさんには関係ないじゃん、と文句を付けたくもなった。

「ほら、おばさんってお父さんの同級生だったでしょ。だから、よーく知ってるの、美和ちゃんのお父さんがどれほど優秀だったか。ほんとに勉強がよくできて、神童《しんどう》って呼ばれてたのよ。美和ちゃんもその血をひいてるんだから、きっと成績いいんでしょ？　勉強できないわけないわよねえ」

美和のこめかみからピキッという音が聞こえたような気がした。

マンガなら、堪忍袋《かんにんぶくろ》の緒《お》が切れる合図だ。その気持ちは、宏美にもよくわかる。いいよいいよ、キレちゃえ、わたしが許すっ――。

美和を応援したくなったのも、初めて。

でも、きっと美和はここでキレるわけにはいかないのだろう。それもわかる。こういうときには「よそ者」のほうが、ずーっと気楽な立場なのだ。

「行こうよ、ほら、早く」

美和の手を引っぱって、歩きだした。

美和は最初こそびっくりしていたが、「すみません、じゃ、どもっ、さよーならっ」と早口の挨拶を終えると、宏美の歩調《ほちょう》に合わせて小走りになった。

とりあえず、あのおしゃべりおばさんからは逃れられた。でも、まだ安心はできない。いつ知り合いに出くわすかわからないし、このあたりは美和の知り合いだらけの危険地帯なのだろう。

「大通りまで出ればだいじょうぶ」と美和が言った。

「OK、じゃあダッシュ！」

宏美は手を離して駆け出した。

美和もすぐに追いかけてきて、あとは抜きつ抜かれつの競走になった。

「その先を右に曲がってまっすぐ行ったら、突き当たりがもみじ橋だから！」

「うん、わかった！」

もみじ橋には、ほとんど同時にゴールインした。さすがに五十メートル走のタイムがクラスの女子一位の美和と、二位の宏美——勝負は簡単にはつかない。その接戦《せっせん》の具合がけっこう気持ちいいな、と宏美は思った。

橋の欄干にもたれかかって、はずむ息を整えた。

ここから先は宏美一人で帰れる。さっきも美和にそう言った。

でも、宏美は「もういいよ、ありがとう、バイバイ」とは言わない。

美和も「じゃあ、あとは一人で帰ってね」とは言わない。

なんとなくお互いに立ち去りづらくて、でもまっすぐに顔を見るのも、お互いなんとなく照れくさい。

だから、欄干に並んで肘《ひじ》をついて、川を眺めた。

しばらく二人とも黙り込んだ。言いたいことがある。訊きたいこともある。そして、決めなければならないことがある。

先に話を切り出したのは、宏美のほうだった。

「運動会のリレーのことなんだけど……」

でも、言いかけたのをさえぎって、美和は「田舎って窮屈だと思わない？」と話をずらした。「いま見たでしょ。ちょっと歩くだけで、すぐに知り合いに会うの。みんな昔からの付き合いで、隠しごとなんてなんにもできなくて、ちょっと悪いことをしたら、その評判があっという間に広がっちゃうの。どう？　都会とは全然違うでしょ？」

確かに違う。まったく違う。

もちろん都会だって、ご近所の範囲はめちゃくちゃに広いわけではない。自転車に乗って遊びに行く範囲もだいたい決まっているから、知り合いや顔見知りはたくさんいる。ただ、両親や祖父母の代にまでさかのぼるお付き合いというのは、さすがに……。

「でも、そういうのって、わたしなんかうらやましいけど」

宏美は言った。ちょっとだけ、嘘をついた。

「マジ？　ヨイショしなくていいってば」――あっさり見破られてしまった。

美和は「学校の友だちだってそうだよ」とつづけた。「みんな幼なじみだから、なんでもわかってるもん。性格とか、好みとか、得意なものとか苦手なものとか、ぜんぶ」

低学年の頃は、まだよかった。クラス替えで初めて話をした友だちもいるし、仲良しの子のことも、すべてがわかっているわけではなかった。でも、六年生にもなると、もうすっかり知り尽くしたし、知り尽くされた。

「ランキングができちゃってるんだよね、いろんなことの。で、そのランキングって、途中で順位が入れ替わることとって、あんまりないの」

あーあ、とつまらなそうにため息をついた美和は、「そういうの、うらやましい？」と訊いた。宏美が黙って首を横に振ると、「でしょ？」と、もっとつまらなそうに笑って、「運動会のリレーもそう」――話が、不意に本題に戻った。

クラスは一学年に三つ。リレーの選手は各クラス四人。つまり、学年で足が速い順に十二人が選手に選ばれることになる。

「その十二人って、一年生のときからほとんど変わらないの。クラス替えで速い子の集まったクラスができちゃって、しかたなく補欠に回った子はいたし、逆に弱いクラスだから選手になれた子もいたりするんだけど、それでも、十四、五人の中でぐるぐる回してるだけなんだよね、リレーの選手って。そんなのって面白いと思う？」

宏美はまた首を横に振った。確かに面白くもなんともない。まるで、テレビのバラエティ番組に出てくる芸人さんみたいだ。番組によって出演者の組み合わせは違っても、毎度おなじみのメンバーがシャッフルされているだけ——突然ブレイクした芸人さんが登場して顔ぶれが変わらなければ、結局最後は視聴者に飽《あ》きられてしまうのだ。

だったら、わたしが転校してきたのってよかったんじゃないの——？

ふと思った。

毎度おなじみのメンバーで固まっていたところに、まさに超大型新人が現れたわけだ。

美和も同じことを思っていたのだろう、「吉村さんがウチのクラスに来て、ちょっと面白くなってきたんだけどね」と言ってくれた。でも、すぐにつづけて、「ワタシ的には、サイアクだったけど」と顔をしかめる。

「……なんで？」

「だって、春香はすごくがんばったんだもん。わたしと二人で春休みの頃からずーっと特訓《とっくん》して、それで五月の体力テストで自己記録を更新して、クラスで四位になったんだもん」

五年生まではリレーの選手になるなんて考えられなかった。でも、美和は「スタートダッシュさえ成功すれば、タイムは絶対によくなるんだよ。練習すればだいじょうぶ、春香も選手になれるって！」と励《はげ》まして、特訓をつづけた。

「吉村さんもわかってると思うけど、春香っておとなしいでしょ。自分の意見とか全然言えなくて、男子にもいじめられてて……」

だからいつも美和がかばっていた。かばうだけでなく「もっとしっかりしなさいよ！　いつも自信なさそうな顔してるから、みんなに掃除当番とか押しつけられて、損しちゃうんだよ！」とハッパをかけていた。

そんな春香が、特訓の甲斐《かい》あって、リレーの選手に初めて選ばれたのだ。

「どう？　吉村さん、すごいと思わない？」と訊かれた。「思うでしょ、思うよね、吉村さんだって」――勝手に答えを決めつけないでよ、と言いたかったが、確かにすごいと思う。春香の努力が報《むく》われたことは、宏美だって、ほんとうに、素直に、「よかったね」と言ってあげたい。

選手に選ばれたことで、春香はやっと自信をつけた。いろいろなことに積極的になって、自分の意見もしっかり言えるようになった。夏休みに選手四人が集まってバトンの受け渡しの練習をしたときも、メンバーで一番張り切っていたのだという。

「それなのに本番では補欠になっちゃうって……ひどいと思わない？　かわいそうだと思わない？」

思う——たぶん。

「せっかく自信をつけたのに、また元に戻っちゃうっていうか、もっと自信なくしちゃうんじゃないかなあ、あの子。どうせわたしなんてなにをやってもダメなんだから、って。吉村さんもそんな気しない？」

する——と、思う。

「だから、わたしは春香に走らせたいと思ってる。吉村さんが辞退してくれないんだったら、わたしが春香と交代して補欠になる」

美和はきっぱりと言って、「本気だよ」と念を押した。

宏美は黙ってうつむいた。美和は春香のことは「春香」と呼び、宏美のことは「吉村さん」と呼ぶ。それがもう、すべての答えになっているのだろう。

前の学校では仲良しの友だちに「ヒロりん」と呼ばれていた。でも、この学校でそんなふうに呼ばれるのは無理みたいだし、べつに呼ばれたいとも思わないし、きっと小学校を卒業するまでの半年ほどの付き合いしかできないんだし、それでじゅうぶんだし、もっと短くても全然ＯＫだし、半年しか付き合わないのに友だちになれるわけないし、ならなくてもいいし、田舎の子と友だちになってもしかたないし、田舎っぽさがうつると都会に戻ったあと恥ずかしいし……。

よし、決ーめた。

もう、やーめた。

顔を上げ、欄干から体を離して、美和に向き直った。

「わたし、走らない」

にっこり笑って言った。

逆に自分から言い出した美和のほうが、困ってしまったような顔になった。

「じゃあね、バイバイ」

宏美は笑顔のまま手を振って、歩きだした。

何歩か進んだときに、遠くからかすかにノアの「にゃあん」という鳴き声が聞こえたような気がした。

きっと空耳だと思うから、橋を渡りきる前にダッシュして、全力疾走《しっそう》でウチに帰った。

山に囲まれたもみじ市は、陽が暮れるとグンと冷え込む。寒さの中を走っていると、鼻がじんと熱くなって、鼻水と涙がにじんでくる。

これ、悪いけど、自然現象だからね、泣いてるわけじゃないからね、勘違いしないでよ、と自分で自分に釘を刺した。

第4章　道場入門計画

ウチに帰るまでに決心はできていた。

なにがあっても揺《ゆ》るがないし、迷わないし、後悔しない——はず。

明日さっそく野中先生に言おう。

「わたし、やっぱりリレーに出るの、やめます」

よし、言える。リハーサルの一言は、自分でも意外なほどすんなりと口から出た。

「だって、わたしが選手になっちゃうと、春香ちゃんが補欠になって、本番で走れないわけじゃないですか。そんなの悪いです」

そうそう、いい調子。「春香ちゃんはせっかく特訓してきたんだから」と付け加えるのもいいかもしれない。

先生は「なに言ってるの」と引き留めるだろうか。意外とあっさり「あ、そう」と選手交代を認めてくれるのだろうか。引き留められても困る。でも、全然引き留められないというのも、ちょっとヤだな、と思う。

「どっちやねん」

関西のお笑い芸人さんのツッコミを真似して、自分で自分の頭をベチッとはたいて、考えるのをやめた。危ないところだった。あれ以上考えていたら、ため息が漏《も》れてしまっていたかもしれない。

「ただいまーっ！　おなかすいたーっ！」

いつも以上に元気よく玄関のドアを開けた。

両親に言わなければならないことが、一つ。

小笹さんのなぎなた道場に入門してもいいですか――？

あとはなにもない。相談することも、報告することも、なーんにもない――はず、だと思う、ような気がする、かもしれない、みたいな？

「……なんやねん、それ」

靴を脱ぎながら小声でツッコミを入れて、頭をベチッとはたくと、意外と痛かった。

もみじ市に引っ越してきてから、お父さんの帰りは毎晩早い。東京にいた頃は家族そろって晩ごはんを食べられるのは土曜日と日曜日ぐらいのものだったのに、いまはほとんど毎日、三人で食卓を囲んでいるし、お父さんが手料理にチャレンジすることだってある。

今夜も、そう。宏美が帰ってきたとき、お父さんは台所でキノコ汁の支度《したく》に取りかかっていた。会社帰りに『道の駅』の直売所で買ってきた地元のキノコなのだという。

「これからの時季は、どんどんキノコが美味《おい》しくなるらしいぞ。低カロリーだし、食物繊維《しょくもつせんい》もたっぷりだから、たくさんお代わりしてもだいじょうぶだ」

張り切っている。楽しそうだ。「お母さんの包丁を借りるのもいいけど、そろそろマイ包丁でも買おうかなあ」なんてことも言う。

「あと、『道の駅』で鮎《あゆ》のうるかも売ってたから、買ってきた」

「うるか、って?」

「わかりやすく言っちゃえば、鮎の塩辛だ。苦くてしょっぱいんだけど、これがまた、酒が進んで進んで……」

芝居っ気たっぷりに言って、「まあ、オトナの味だから、宏美にはまだ早いかな」と、オチにもならない一言で締めくくったあと、わははは っ、と笑う。

「やだー、そんなのオカズにならないじゃん」

宏美もオーバーに顔をしかめて、要《い》らない要らない要らない、と顔の前で手を横に振る。

「だいじょうぶ、鮎の甘露煮《かんろに》もあるから」

お母さんが笑って教えてくれた。そういえば、台所には甘じょっぱい香りも漂《ただよ》っている。お父さんが『道の駅』で買ってきた子持ち鮎でつくったのだという。

「子持ちの天然鮎なんて、東京のスーパーマーケットなんかじゃ売ってないもんなあ。やっぱり、こういうところはすごいよ」

お父さんも感心したように、うなずきながら言った。

鮎の甘露煮にキノコ汁に、うるか。ちょっとシブすぎる気もしないではない。育ち盛りの小学六年生の空きっ腹を満たすには、せめてあと一品、がっつり系が欲しいところだ。

「……あとは？」

宏美が心配そうに訊くと、お父さんとお母さんは同時に、おかしそうに笑った。

「鶏《とり》の唐揚げとサラダもあるわよ。お父さんがキノコ汁をつくったあと、揚げたてのを食べたほうが美味しいからね」

「地鶏《じどり》だぞ、このあたりは鶏《にわとり》も特産なんだ」

「ちょっと固いと思うかもしれないけど、これがほんとうの鶏肉の歯ごたえなのよ」

「皮の脂《あぶら》がうまいんだよ、ほんと」

二人とも、ご機嫌だった。今日が特別というわけではない。お父さんの帰りが早くなったおかげで、一家《いっか》団欒《だんらん》の時間がうんと増えた。お父さんは自然が豊かなもみじ市をすっかり気に入った様子だし、お母さんも「ごはんが美味しすぎて太っちゃうわ」と困った顔をしながらも、やっぱり楽しそうだった。そして、そんな両親を見ていると、宏美もうれしくなって、自然と笑顔になる。

東京にいた頃より、家族が仲良くなった。

それはすごく幸せなことだと、思う。絶対に。間違いなく。

でも、ときどき、お父さんの口からは、いつものキュッ、キュッ、という音が聞こえる。しゃべる途中で下くちびるを上の前歯で軽く噛む音――お父さん自身は気づいていない、嘘や強がりのサイン。

お母さんにもそれは聞こえているはずなのに、なにも言わない。お父さんにも知らん顔をしているし、キュッ、キュッ、が聞こえてくると、宏美のほうにも目を向けなくなってしまう。

今夜も、聞こえた。

だから、イヤな音がするんだとわかっていながら黒板に爪《つめ》を立ててひっかいてしまうときのように、なぜか、むしょうに、ツッコミを入れたくなる。

ほんまでっか――？

テレビでしか馴染《なじ》みのない関西弁だから、いいのかもしれない。

ねえ、いま笑ってるのって、ほんものの笑顔なの——？

ウソついてるんじゃない——？

お父さんもお母さんも、正直に、マジに、いまの毎日がそんなに楽しいわけ——？

つかい慣れた東京の言葉で訊くと、なんだか、我が家の空気が一瞬にして固まってしまいそうな気がする。

また転校するのなら、今度は大阪の学校がいいかな、と最近よく思う。


家族そろって食べる晩ごはんは、いつもにぎやかだ。

特にお父さん。晩酌のビールにほろ酔いになると、一人でおしゃべりをつづける。

東京にいた頃のお父さんもお酒を飲んでいたが、それはいつも仕事のお付き合いだった。夜遅く酔っぱらって帰ってくる頃には宏美は眠っていて、翌朝会うときのお父さんは、たいがい二日酔いで「頭痛いなあ……」とお水をがぶ飲みしていた。

でも、もみじ市に引っ越してからは、自家用車で会社に通勤していることもあって、外にお酒を飲みに行くことは一度もない。

お母さんは「そのほうが体にも家計にもいいわよ」と自宅での晩酌を歓迎していたが、宏美は逆——陽気になったお父さんのおしゃべりに付き合うのは、正直言って苦手だった。

話の内容がうっとうしいわけではない。

相槌を打ったり質問に答えたりするのが面倒くさい、というのでもない。

ただ、お父さんと長い時間一緒に過ごすことに慣れていないせいだろうか、なにか気疲れしてしまう。お母さんが「まったくもう、お父さんの料理って、後片付けは入ってないんだから」とぶつくさ言いながら洗い物に取りかかって、食卓にお父さんと二人きりになると、特に。

お父さんのほうも、お母さんがいなくなるとビミョーにぎごちなくなって、面白そうな番組を探してテレビのチャンネルを替える回数が増えてしまう。

きょうだいがいるとよかったのに――。

思ってもしかたないことを、つい思ってしまう。

一人っ子は、ウチに帰ったあとは子ども同士でおしゃべりすることができない。お父さんやお母さんにとっての「ウチの子」も、二手に分かれるということがない。両親の視線も、愛情も、期待も、おしゃべりの話題も、お小言《こごと》も、お小遣《こづか》いも、心配されるのも、プレッシャーをかけられるのも、大好きなケーキも、苦手なピーマン炒《いた》めも、通知表を見られるのも、運動会で応援してもらうのも、とにかく、ぜんぶ……独り占めできてうれしいものばかり、というわけでもない。

それってけっこうキツいことだと、五年生の頃からときどき感じるようになっていたし、もみじ市に引っ越してきてからはほとんど毎晩感じる。

そして今夜、デザートのぶどうを食べながら、お父さんの話すサッカー日本代表の話に適当に相槌を打っていたとき、ふと、思った。

美和ちゃんも一人っ子なんだな――。

ご近所がみんな親戚みたいな小さな町の、誰もが知っている旧家の一人娘というのは、どんな感じなのだろう。細かいところは見当もつかない。でも、チヤホヤされて楽しいことばかりではないんだろうな、ということだけは、なんとなく、わかる。

お父さんの話が途切れた。お母さんの後片付けも一段落ついた様子だった。

切り出すなら、いま――。

「ねえねえ、お父さん、お母さん、ちょっと聞いて。同じクラスの美和ちゃんに誘われたんだけど、なぎなた、やっていい？」

きょとんとする両親に、いきさつを手早く説明した。

「月謝はちょっとかかるんだけど、特別割引してくれるみたい。あと、なぎなたは道場にあるのを使わせてもらうんだけど、ある程度まで上達したら、自分のを持ってたほうがウチでも稽古できるからいいんじゃないか、って。で、あと、稽古着。最初は美和ちゃんのを借りるけど、やっぱり自分のが欲しくて、意外と高いらしいんだけど……だめ？」

お父さんもお母さんも、「だめ」とは言わなかった。

ただし、「いいよ」と答えたわけでもない。

二人ともびっくりして、あせって、困って、返事をする役目をお互い押しつけ合うように目配せして、結局お父さんが言った。

「なぎなたって、あの、なぎなたか？」

「そう。あの、なぎなた」

「槍《やり》みたいな」

「うん、ちょっと似てるね」

「オリンピックの種目じゃないよな」

「はあ？」

「ワールドカップも、ないんじゃなかったかなあ」

「って……？」

「いや、だからさ、つまり、なぎなたって、マイナーだろ。どうせやるんだったら、まだ剣道のほうがいいんじゃないか？」

思わずムッとした。

そんなのおかしいよ、と口をとがらせた。誰だって、ハヤシライスを食べたいときに「こっちのほうがメジャーだから」とカレーライスを出されたらムカつくはずだ。

「わたしがやりたいのは、な・ぎ・な・た、なのっ」

「うん、まあ、それはわかるんだけど……」

「け・ん・ど・う、じゃないのっ」

こういう言い方、ちょっと美和ちゃんに似てるなあ、と気づいた。

お母さんが横からお父さんをフォローして言った。

「つまりね、お父さんが言いたいのは、なぎなたの道場って、どこの町にでもあるものじゃない、ってことなの。それは宏美にもわかるよね？」

「うん……」

「せっかくお稽古を始めて、道具を揃《そろ》えても、今度引っ越した先の町になぎなたの道場がなかったら、どうする？」

援軍を得たお父さんも「そうそうそう」と勢い込んで、「なぎなたの道場が近所にある町なんて、めったにないぞ」と言った。

それは確かに、そう、かもしれない。

「習い事を始めるんだったら、引っ越してからもずっとつづけられるもののほうがいいんじゃない？」

お母さんの言うとおり、かもしれない。

「そうだよ。ずーっとつづけてれば、ひょっとしたらオリンピックとかに出られるかもしれないんだし。そうだろ？」

お父さんは、ちょっと黙っててほしい。

でも、そんな宏美の思いに気づかず、お父さんは「それに――」とつづけた。

「もったいないだろ、どうせまた引っ越しちゃうのに、稽古着をつくるとか、なぎなたを買うとか」

お母さんはあわてて「お金の問題じゃないんだけどね」と言い添えたが、その一言で、宏美のムッとした気持ちは限界ぎりぎりまで達してしまった。

「美和ちゃんと約束しちゃったんだもん」

ちょっとだけ嘘をついた。「お父さん、いつも言ってるでしょ、友だちとの約束はちゃんと守らなきゃだめだ、って」

でも、お父さんは「いつも言ってるだろ、大事なことは勝手に決めるんじゃなくて、その前にお父さんかお母さんに相談しなさい、って」と譲《ゆず》らず、さらにまた「それに――」とつづけた。

「美和ちゃんっていう子のひいおばあちゃんなんだろ？　なぎなたの先生って。じゃあアレだ、うん、自分ちの道場の弟子を増やすために誘ってるだけなんじゃないのか？」

限界を、超えた。

お母さんが「あなた」とお父さんを咎《とが》める前に、宏美は乱暴なしぐさで席を立っていた。

両親に呼び止められても返事もせず、自分の部屋に入って、大きな音をたててドアを閉めた。

ドアの向こうでお父さんがおろおろする気配が伝わってきた。もちろん、無視。お母さんがお父さんに話す声もかすかに聞こえた。なんとなくお父さんを叱りつけているような口調だったから、あとはお母さんに任せて、適当に手に取った本をぱらぱらとめくった。

やがて両親は、そーっと足音を忍ばせるようにして、宏美の部屋の前から立ち去った。

宏美は読みかけの本を机に戻して、ベッドに寝ころんだ。本はちっとも頭に入らなかったし、あとでお父さんと顔を合わせるときの気まずさを想像すると、げんなりしてしまう。

こういうときに「お父さんってサイテーだよね、無神経なんだよね」と愚痴《ぐち》をこぼせるきょうだいがいないことが、ほんとうの、ほんとうに、悔しくて、さびしかった。

第5章　転校生なんて、大嫌い

翌朝、宏美が起きた頃にはお父さんはもう会社に出かけていた。

ふだんより早い。「お父さん、ゆうべのこと反省してたわよ」とお母さんが教えてくれたから、気まずさのシーソーは宏美よりお父さんのほうに傾《かたむ》いていたのだろう。

「それでね、あとでお父さんと話したんだけど、宏美がそんなにやりたいんだったら、やっぱりOKしよう、っていうことになったの。よく考えたら、宏美が習い事に通いたいなんて言い出したの初めてなんだから」

そうなのだ、実際。

いつだって、なにを考えるときにも、「どうせすぐに引っ越すんだから」というのがアタマにのしかかってしまう。

転校のベテランならではの「やっぱりやーめた」「べつにどうでもいいや」という切り替えの速さが、やりかけたことに対してはもちろん、まだやり始める前のことに対しても出てしまう。

だから、ゆうべのお父さんの一言は、いつもなら「だよね」と納得しているはずの理屈だったのだ。その前に、自分で「やめようよ」と話をおしまいにしていても、不思議ではなかったのだ。

なのに、どうしてゆうべはあんなに腹が立ってしまったんだろう。

そして、もっと不思議なことがある。

「申込書かなにかあるの？　お父さんかお母さんのサインが要るでしょ。今度もらってきなさいよ。あと、お母さんも道場を見学に行きたいんだけど、それは平気よね？」

宏美はうつむいて、首を横に振った。

「見学、だめなの？」

「そうじゃなくて……」

やっぱりわたし、と細い声で言った。

やめる、と消え入りそうな声でつづけた。

「なんで？」

「なんでも」

「だって、ゆうべは……」

「あれ、嘘だから」

「なに言ってるの」

自分でもわからない。不思議でしかたない。さっきまでは両親に黙ってなぎなた道場に通う覚悟もできていたのに、お母さんにＯＫしてもらうと、喜ぶどころか、逆に気持ちがすうっと冷めてしまった。

「……ごめんなさい」

うつむいたまま謝った。

お母さんもさすがに戸惑った様子だった。

「じゃあ、なぎなたの話は、もうちょっとゆっくり考えなさい。お父さんもお母さんもＯＫだから、あとはあんたが自分で決めればいいんだからね」

「ほんと、ごめん……」

「そんなに謝るようなことじゃないってば」

笑って軽く頭を撫《な》でてくれたお母さんは、やれやれ、とため息をついてつづけた。

「これからお父さんとケンカしちゃうこと、増えるのかもね」

それは宏美にも予感がある。お父さんがときどき冗談交じりに言う「ムズカシい年頃」が近づいているのだろう。

「でもね、お父さんのこと、応援してあげないとね。サッカーで言えば、完全アウェーでがんばってるんだから」

「そのわりには楽しそうじゃん、毎日」

わざとクールに言ってみた。

「けっこう苦労してるのよ、ああ見えて」

「そうなの？」

ナイショだけどね、とお母さんは口の前で人差し指を立てた。いたずらっぽい含み笑いの顔だったが、その笑顔は少し寂しそうにも見えた。


六年二組の教室に入ると、女子のみんなとベランダでおしゃべりしていた美和が、まるで宏美が来るのを待ちかまえていたみたいに小走りに近づいてきた。

「ね、昨日の話なんだけど……」

さっそく切り出された。

「ごめん、なぎなたのこと、ゆうべお父さんの帰りが遅かったから、まだ話してないの」

とっさに手を合わせて謝った。嘘をつくのがどんどんうまくなってしまう。

でも、美和は「それはどうでもいいんだけど」と話をあっさり脇にどけて、「リレーのこと」と言った。

「あ、うん、そっちのことね……」

ジャンパースカートのポケットの中でハンカチをきゅっと握《にぎ》った。

「だいじょうぶ」

成功。自然に笑えた。でも、一言だけでは物足りない気もする。

「あとで先生に言うから、だいじょうぶだよ、ほんと」

「べつに心配してないけど」

美和はそっけなく返して、「恩着《おんき》せがましく言うのってやめてくれる？」と眉をひそめた。

そんなつもりはなかったのに。

昨日二人きりでいたときとは別人のように、美和の態度はよそよそしくて、冷たくて、不機嫌そうだった。

「それで、先生にどんなふうに言うわけ？」

「……やっぱり走るのやめます、って。わたしの代わりに春香ちゃんを選手に戻してください、って……」

何度もリハーサルした言葉なのに、声が震《ふる》えて、かすれた。

「理由を訊かれたら？」

「だから……春香ちゃんはせっかく選手に選ばれたんだし、特訓もしてたのに、わたしが転校してきたせいで急に補欠になっちゃうのって悪いから、わたしが補欠に回ります、って……」

説得力ばっちり、のはずだ。友情たっぷり、でもある。転校生の気づかいにあふれたケナゲさに自分でも胸がじんわり熱くなってくるほどだった。

ところが、美和は不機嫌そうな顔のまま、宏美をじっと見つめる。

宏美は思わず目をそらし、「いまのじゃ、だめ？」と訊いた。

「べつに、いいけど」

ぼそっと言った美和の肩越しに、ベランダにいる女子のグループが見えた。

みんなはおしゃべりをつづけたり、フェンスに抱きつくような格好でグラウンドを眺めたりしていたが、一人だけ——春香だけ、こっちを見ていた。怪訝《けげん》そうで、不安そうな、なんとも言えない表情をしていた。

「春香ちゃんは知ってるの？」

宏美が訊くと、美和はひときわそっけなく、怒ったように「言ってない」と答えた。「言うわけないでしょ、そんなの」

「そう……」

「それで、先生に言うときもそうだし、これからもずーっとそうなんだけど、昨日わたしと会ったこと、黙ってて」

なんで——と訊く前に、美和は早口につづけた。

「言っとくけど、リレーに出ないのって、吉村さんの勝手だからね。わたしはなにも言ってないし、命令なんかしてないし、吉村さんが自分の意志でやめるって決めたんだから、関係ないからね、わたしも、春香も」

呆然として言葉が出てこない宏美に、さらにつづける。

「嘘ついたり裏切ったりしたら、二組の女子、もうあんたとは口きかないから。みんなで無視するから」

美和は言いたいことだけ一方的に告げると、ぷいっと背中を向けた。

と、そのとき——。

「ねえ、あそこの黒いのって、猫なんじゃないの？」

ベランダにいた女子の一人が、グラウンドのほうを指差して言った。

「ウチらのほう見てるよ！」「真っ黒！」「あんな野良猫っていたっけ？」「いないよねー、初めて見た」……。

美和はじかれたように宏美に向き直った。

ノア——？

二人の口が同時に動いた。

黒猫だったという。

目の色にうっすらと緑色がまじっていた、らしい。

たぶん、間違いなく、ノア――。

最初はグラウンドの真ん中にぽつんと香箱座りをしていた。

六年二組のみんなに見つかると、というより、見つけられるのを待っていたみたいに、悠々《ゆうゆう》と歩きだした。

あわてない。あせらない。みんなに見られていることに気づきながら、というより、みんなに見せつけるように、ゆっくりと校舎のほうに歩いて、中庭に姿を消した。

『朝の会』が始まるチャイムが鳴った。

「あとで探しに行こうよ！」

「あんなにきれいな真っ黒の黒猫って、見たの初めて！」

みんなは興奮《こうふん》した声で言いながら、自分の席に戻った。

でも、宏美と美和は、こわばった表情のまま、二人でじっと目を合わせた。

ノアは、クラスのみんなが忘れていた大切なものを思いださせてくれる――。

もしもその言い伝えがほんとうなら、ノアはたまたま学校に迷い込んだわけではないはずだ。

どうやって六年二組のみんなに大切なことを教えてくれるのだろう。

いや、それ以前に、みんなが忘れていた大切なことって、いったい……。

野中先生が教室に入ってきた。

「白石さん、吉村さん、なにやってるの？　席につきなさい」

先生に声をかけられて、二人はやっと我に返った。

美和は最後に宏美に目配せして、自分の席に駆け戻っていった。

さっきの話、忘れないでよ——。

宏美は美和の背中をにらむように見送って、小さくうなずいた。

忘れるわけがない。

逃げるつもりもない。

こうなったら、いつまでも長引かせるより、短期決戦、先制攻撃、先手必勝……。

「先生！」

手を挙げた。教壇に立って出席簿を広げた先生は、きょとんとした顔で「どうしたの？」と応えた。

立ち上がった。

がんばれ、と自分で自分を励ました。

なにも心配は要らない。だいじょうぶ。リハーサルどおりでいい。落ち着いて。ゆっくりと。余裕を持って。

「あのっ」

声が裏返ってしまった。

なんでやねん――。

関西弁の誰かさんにツッコミを入れてもらえればよかったのに。

一気に話した。

途中で教室がざわめくのがわかったし、先生が話をさえぎってなにか言おうとしたのもわかったが、知らん顔をしてつづけた。

伝えるべきことはすべて伝えた、はず。

もう言い残したことはないし、思い残しもないし、もちろん後悔だってなにもない、はず。

最後に「よろしくお願いします！」と深々《ふかぶか》と一礼して、椅子に座り直した。

先生は困りはてた顔になって、「みんなの意見は……」と教室を見渡した。

反対しないでほしい。

せっかく勇気を振り絞って言ったのだから、よけいな口出しはしてほしくない。

というか、その前に、みんなの意見なんか聞かなくていいのに。

でも——。

「ちょっと待ってくれよー、なんだよ、それ」

体育委員の原くんが不服そうな声で言った。「なあ？」と話を振られた近くの席の男子数人も、そうそう、とうなずいた。

「はい、意見のあるひとは手を挙げて」

先生は学級会みたいなことを言い出した。やめてほしい、そんなの。放っておいてほしい。走りたくないんだから、あっさり「はい、そうですか」と認めてくれれば、それでいいのに……。

あらためて手を挙げて先生に指名してもらった原くんは、立ち上がって、みんなに言った。

「吉村さんが走らないのって、ワガママだと思う、オレ」

わがまま——？

「運動会はクラス対抗でやってるんだから、自分勝手な考えを持ってる奴《やつ》がいると、一組や三組に勝てないよ、絶対に」

自分勝手——？

「ケガや病気だったらしかたないけど、いまの吉村さんの話を聞いてると、サボってるとしか思えないもん」

サボってる――？

「吉村さんは転校してきたばかりだからよく知らないと思うけど、一組と三組には、春の球技大会でも負けてるし、夏の水泳大会でも負けてるから、今度の運動会で優勝しないと、オレたち、卒業まで負けっぱなしで終わっちゃうんだよ。そんなのヤバいじゃん。ウチのクラスのプライドがかかってるんだから、いまさら逃げるなんてひきょうだよ」

逃げる――？

ひきょう――？

なんで、そんなことまで言われなきゃいけないんだろう……。

「吉村さん、走れよ」

命令された。

「クラスのためにがんばってくれよ。吉村さんだって、新入りだけど、いちおう六年二組のメンバーなんだから」

新入り――？

いちおう――？

まぶたの裏《うら》が熱くなった。胸の中が悔しさと悲しさが入り交じったもので一杯になって、息ができなくなってしまった。

「走って負けるんならいいよ。しかたないから、許してやるよ。でも、走る前に逃げちゃうのって、裏切り者だよ。一組とか三組のスパイなんじゃないの？」

許してやる——？

裏切り者——？

スパイ——？

悔しさが限界を超えて、悲しさも限界を超えて、ぜんぶまとめてまぶたの裏側にどんどんたまっていった。

耳を両手でふさいで、顔を伏せた。目を固くつぶる。これ以上なにも聞きたくないし、なにも見たくない。まぶたの裏側が熱くて、重くて、ウルウルと震えながら揺れる。学校で泣くのって、一年生か二年生の頃以来だ。恥ずかしい。でも、いいや、どうせ近いうちにまた転校していくんだから……。

目をつぶったまま、まぶたに力を込めた。熱いものが目尻からあふれそうになった。

そのときだった。

「先生！」

女子の誰かが甲高い声をあげた。「春香ちゃんが泣いちゃった！」

なんであんたが泣かなあかんねん。

春香の頭をバシッとはたく光景を思い浮かべながら、まぶたをゆっくりと開けた。

さっきまでたまっていた熱いものは、すっかり消え失せていた。


『朝の会』では、結論は出なかった。

途中で春香が泣きだしたせいで、話が尻切れトンボになってしまったのだ。

チャイムが鳴って野中先生が逃げるように職員室にひきあげると、七、八人の女子が原くんを取り囲んでいっせいに責め立てて、残りの女子は、机に突っ伏して泣きじゃくる春香の慰《なぐさ》め役に回った。美和は、その二つのグループの間を一人で行ったり来たりした。「あんたが悪いのよ！　なんとか言いなさいよ！」と原くんに詰め寄って、春香の席に駆け戻り、「あんなバカ男子相手にしなくていいから、元気出して」と春香の背中を撫でる。

誰も、宏美には気を留めない。話しかけてこないし、目も向けない。原くんにひどいことを言われたのは宏美のはずなのに、すっかり春香が被害者《ひがいしゃ》になってしまった。

「なんでだよ、オレ、坂本にはなんにも言ってないだろ。なんで勝手に泣くんだよ」

原くんは不満そうに言う。もっともな話だと、宏美も思う。

でも、美和はきっぱりと言い返す。

「リレーの話なんだから、春香にも関係あるでしょ！　直接言われなくても、春香って心がセンサイなんだから泣いちゃうの！」

じゃあ、わたしが泣かなかったのは、心がトロくてニブいから——？

タッチの差だったのだ。春香が泣きだすのがあとほんのちょっと遅かったら、宏美が泣いていた。絶対に。

もしもわたしが先に泣きだしていたら、女子のみんなは、わたしのために原くんに文句を言ってくれただろうか。突っ伏したわたしの背中をさすって、慰めてくれただろうか。美和ちゃんはどうなんだろう。せっかく先生に言ったのに。約束を守ったのに。「ありがとう」とは言わなくてもいいけど、「よくがんばったね」ぐらいは言ってほしいのに……。

そっと席を立った。教室はいつの間にか男子と女子の全面戦争に突入して、悪口の応酬《おうしゅう》がつづいていた。原くんはああ見えて、一年生のときには鉄棒の逆上がりができなかったらしい。絵里香は三年生の社会科見学でお弁当を忘れてしまい、バスの中で泣きどおしだったらしい。原田《はらだ》くんは学校のトイレで「大」をしたというウワサで、奈々《なな》ちゃんは音楽会のときにカスタネットに指を挟んで大泣きしてしまったらしい。

みんな悪口のネタをたくさん持っている。思い出がたくさんある。それがいま、むしょうにうらやましくて、ねたましい。

誰にも呼び止められずに教室を出た。きっと、気づいた子もいないだろう。職員室に行くつもりだった。野中先生にリレーのことを念押ししよう、と思っていた。

ところが、階段を下りるときに、踊り場の窓から外を見ていたら、ノアがいた。学校の裏庭と道路を隔てるフェンスの上を、とことこと歩いている。フェンスの横幅はほとんどないのに、しっぽでうまくバランスを取って、軽やかに進む。宏美のことに気づいた様子はなさそうだった。

つかまえてみようか。ふと思った。「さっきの黒猫って、この子でしょ？」とノアを抱っこして教室に入れれば、みんなもこっちに注目してくれるかもしれない。

ダッシュで昇降口に向かい、靴を履《は》き替えた。一時間目の授業が始まるまで、あと二、三分。急いでつかまえて、急いで教室に戻らなくては。

裏庭に回ったが、ノアの姿は消えていた。

拍子抜けしてため息をつくと、逆に冷静になれた。つかまえるなんて無理に決まってるじゃん、と苦笑した。それに、教室に連れて帰っても、みんなが喜んでくれるかどうかもわからないんだし。

昇降口に戻ろうと歩きだしたら、外の通りから誰かが走ってくる足音が聞こえた。

タッ、タッ、タッ、タッ……「喝！」……タッ、タッ、タッ、タッ……「喝！」。

まさか、とフェンスに飛びつき、身を乗り出して、足音と声のする方向に目をやった。

走っているのは、派手なランニングウェアを着た小笹さんだった。

小笹さんはフェンスによじ登った宏美に気づくと、タッタッタッタッと足踏みしながら、じーっとにらむように見上げて、「あんた、昨日の子だね」と言った。

「はい……吉村、宏美です」

「そんなところでなにやってるの」

「あ、いえ、その、べつに……」

適当に言い逃れようとしたら、「ごまかすでない！」と叱られた。びゅんっ、と強い風が吹きつけてくるような迫力に、思わずフェンスから手を離しそうになって、あわててつかみ直した。

と、そこに、授業の始まるチャイムが鳴り響く。

最悪のタイミング——。

あんのじょう、小笹さんは「授業をサボるとは不届き千万《せんばん》！」と、さらに気合を込めて叱りつけた。

違います違います、と必死に首を横に振っても、今度は「じゃあなんで教室にいないの！」と一喝される。

「だから、それは、つまり……」

「言い訳無用！」

「そうじゃなくて、ですね……」

「黙らっしゃいっ！」

風がびゅんびゅんと吹きつけてくる。実際には、小笹さんより宏美のほうがずっと高い位置にいるはずなのに、なんだか逆に、小笹さんに上からにらみつけられているような気がしてしまう。

「早く教室に戻りなさい！」

わかっている。そもそも最初からサボる気などなかったのだから、言われなくてもさっさと教室に戻るつもりだった。

でも、こんなに一方的に叱られると、かえって逆らいたくなる。それに、こっちの事情をちっとも聞いてくれないなんて、やっぱりひどいと思う。勝手に決めつけないでよ、と言い返したい。

ずっとそうだ。さっきもそうだった。みんな、なにもわかってない。サイテー。

思いっきり悩みまくってリレーの選手を辞退したのに、原くんに「ひきょうだ」と言われた。辞退した理由をくわしく訊くこともなく、「裏切り者」だの「スパイ」だのと言いたい放題だった。めちゃくちゃな言葉の暴力だったのに、野中先生は止めてくれなかった。ほかの子もかばってくれなかった。すべての事情を知っているはずの美和も黙っていたし、泣く理由なんてないはずの春香が泣きだしたせいで、言葉の暴力の被害者は春香ということになってしまった。

それっておかしくない？　一番つらいのはわたしなんじゃないの？　違う？　誰もそう思わないわけ？　なんで？　なんで？　なんで？　なんで……？

「早くそこから下りて、早く教室に戻って授業受けなさい！　なにやってるの！」

小笹さんの甲高い声が耳に飛び込んできた瞬間、カッとなった。

「うるさーいっ！」

怒鳴り返していた。

小笹さんは一瞬きょとんとした顔になって、足踏みを止めた。我に返ると、「なっ、なっ、なっ……」と口をわななかせた。「なっ、なっ、なに言ってるの！」

宏美だって、ヤバっ、とすぐに思ったのだ。ふだんならあわてて謝っている。けれど、溜《た》まりに溜まったものが爆発したのだ。火山が噴火《ふんか》したのと同じ。いったんあふれ出た感情は、もう止められなかった。

「あっち行ってくださいっ！」

「はっ、はっ……破門《はもん》するわよ！」

「してくださいっ！」

まじめに道場に通って修業しても、どうせ上達する前に引っ越してしまうのだ。なぎなたを習おうなんて、一時の気の迷いだったのだ。転校のベテランなのに、転校生という立場をついうっかり忘れてしまっただけだったのだ。

そう、こんな町、こんな学校、こんなクラス、こんな同級生……もう、ほんと、どうでもいいや……。

「六年二組なんて、大っ嫌い！」

男子のみんなも、女子のみんなも、それから野中先生も、まとめて。

「もみじ市なんて、大っ嫌い！」

古くさい町並みも、年寄りだらけのご近所も、そんな田舎暮らしを無理して楽しんでいる両親も、ぜんぶ。

フェンスの網に指をかけて、さらに高くよじ登った。胸から上がフェンスを越えた。もっと。もっと。腰から上がフェンスを越える。

息を大きく吸い込んだ。秋晴れの空を見上げて、思いっきり叫んだ。

「転校生なんて、大、大、だーいっ嫌い！」

火山がひときわ大きく噴火した。

最後に噴き上がったのは、悔し涙だった。自分でもびっくりするほど大粒の涙が、ぽろぽろと頬を伝って落ちていく。

涙のひとしずくが、小笹さんの顔にかかった。それを指先でそっとぬぐった小笹さんは、ふう、と息をついて、険《けわ》しかった表情をゆるめた。

「なにかあったみたいだね」

声も、もう怒っていない。「もしよかったら、話してごらん。聞いてあげるよ」とつづけた顔には、微笑《ほほえ》みも浮かんでいた。

宏美はハナを啜《すす》りながら、首を横に振った。小笹さんに優しい言葉をかけられると、かえってキツく叱られたみたいに、しょんぼりしてしまう。あんなこと言わなければよかった。空っぽになった胸に、じわじわと後悔が湧《わ》いてきた。

「ねえ、宏美ちゃん」

小笹さんの声はさらに優しくなった。「ここまで登ったんだったら、思いきって乗り越えて、こっちに下りてこない？」――学校の外に出ておいで、と誘った。

「あの、でも、そんな……」

それこそ授業をサボってしまうことになる。

でも、小笹さんは「ちょっと待ってなさい」と、ランニングウェアのポケットからなにか取り出した。スマートフォン。しかも、この秋の最新モデル。しかも、しかも、キラキラした光りモノ系のケースに入っている。あまりにも意外な組み合わせに唖然とする宏美に、小笹さんはすまし顔で「女学生の頃からハイカラさんだったんだよ、わたしは」と言って、素速い指使いで電話をかけた。

「あ、もしもし？　わたしだよ、白石小笹……はいはい、ひさしぶりだね。元気にしてたのかい？　うん、ああそうそう、それでね、六年二組に吉村さんって子がいるんだけどね、吉村宏美さん……いるんだよ、二学期から……そう、転校してきたの……え？　名前しか知らない？　ダメだねえ、校長のくせに……クラス担任じゃなくても話しかければいいのよ、学校でおしゃべりできるオトナはたくさんいたほうがいいんだから……まったくあんたは子どもの頃から気が利《き》かなかったからねえ……ま、いいや、それでねえ、その吉村さん、ちょっとわたしが借りてくから、いいわね……え？　なにケチくさいこと言ってるの、とにかく借りてくから、野中先生にもあんたからよろしく言って……あたりまえじゃない、校長なんだから、それくらいやりなさい。わかった？　ちゃんと伝えないと、昔みたいになぎなたの柄《え》でお尻をひっぱたくわよ！」

電話を終えると、「許可を取ったから安心しなさい」と胸を張る。

「……いまの電話、校長先生ですか？」

「昔の弟子だったのよ」

さらりと答え、「六年二組の野中先生も、まだ小学生の頃にウチの道場にいたことがあるの」と教えてくれた。「でも、これがまた根性のない子でねえ、道場の雑巾掛けをやらせたら、三日でやめちゃったのよ。それも、やめるってことをなかなか言い出せずに、一週間ぐらいずる休みしたあげく、お母さんに頼んで伝言してもらったんだから」

カカカッと笑う小笹さんにつられて、宏美も泣き笑いの顔になった。いかにも野中先生らしい話だ。ほんとにあの先生、頼りにならないんだもんなあ……。子どもの頃の野中先生を想像してみた。いるいる、ああいうダメな子って。また笑うと、少し気持ちが楽になった。

「早くこっちに下りておいで」

小笹さんは宏美を手招いて、その指をピッと横に向けた。「黒猫ちゃんも、どうやらあんたをお見送りしてるみたいよ」――指差す方向を振り向くと、校舎の二階のひさしの上に、いつの間にかノアがいた。香箱座りをして、じっとこっちを見つめ、しっぽを左右にパタパタ振っていた。確かに小笹さんの言うとおり、まるで「バイバーイ、行ってらっしゃーい」と挨拶しているみたいだった。「あとはまかせてよ」と言っているように見えなくもない。

宏美は小さくうなずくと前に向き直って、一気にフェンスを乗り越えた。道路の側の網目に手や足をかけると、体がちょっと軽くなった気がした。フェンスの途中で思いきって飛び下りると、着地もきれいに決まった。

小笹さんは、またタッタッタッタッタッと足踏みを始めた。

「さ、行くよ」

「走るんですか？」

「そりゃそうだよ、ランニングの途中だったんだから」

「……わたしも？」

「あたりまえじゃないか。こっちが走ってるんだから、あんたも走らなきゃ追いつけないだろ？」

「それは、まあ、そうですけど……」

「よーい、ドン」

一人でさっさと走りだす小笹さんの背中を追って、宏美もしかたなくダッシュした。スピードに乗る前にふと見ると、ノアは体を起こし、背筋を伸ばしていた。

そろそろ仕事にとりかからなくちゃ――。

そんなつぶやきが、どこかから聞こえてきた。

なぎなた道場まで二キロほどの道のりを、小笹さんは息をほとんど切らさずに走った。

宏美もそこまでは余裕があったが、道場にゴールすると、ひと休みする間もなく、

「雑巾掛けをやってもらおうかねえ」と言われた。

「いまからですか？」

「そう、いますぐ」

「……一人で？」

「弟子はあんたしかいないんだから、あたりまえだろう？」

なんだか掃除のために連れ出されただけのような気もしたが、ぐずぐずしていたら、小笹さんはなぎなたを手に取って、「早くしなさい！」と一喝した。稽古用の竹製とはいえ、校長先生に言っていた「お尻をひっぱたく」の言葉が、急に現実味を帯びてきた。

しかたなく、ビミョーに納得のいかないまま、言われたとおり板の間に雑巾を掛けていった。

昨日は美和と半分ずつだったので楽だったが、一人きりで端から端まで拭くと、さすがに汗びっしょりになり、息も切れてしまった。

小笹さんはそれでようやく満足そうな顔になり、タオルを放って「汗かいてすっきりしたでしょ？」と笑った。

宏美はハアハアとあえぎながらうなずいた。声が出ない。タオルで拭いても拭いても、額《ひたい》の生えぎわから汗が滴《したた》り落ちてくる。

でも、確かに気分は悪くない。

「悩みごとがあるときは、体を動かしたほうがいいの。じーっと座ってると、心がどんどん重たくなって、沈んでいくだけだから」

わかる気がする。

「なるべく単純なほうがいいのよ。頭を空っぽにできるでしょ？」

言われてみると、雑巾掛けをしている間はよけいなことはなにも考えなかった。

「美和は、それをよーく知ってる」

「え？」

「ちっちゃな頃から、何度も何度も教えてきたからね」

「って……」

「あの子、ゆうべは自分から道場の雑巾掛けをしたの」

なんで……と口から出かかった言葉を呑《の》み込んだ。

訊かなくてもわかる。

「でも、今朝の様子だと、どうもまだ落ち込んでたみたいだけど」

教室で会ったときもそうだった。

あの不機嫌そうな態度は、怒っているというより、落ち込んでいたのだ。わかる。そういう性格は同じだから。

「くわしいことは教えてくれなかったけど、どうせ宏美ちゃんと同じことで悩んでるんじゃやないのかねえ」

なぜ、そう思ったのか——。

雑巾掛けの最後の一拭きのとき、溜まりに溜まった鬱憤《うっぷん》を晴らすみたいに、大声を出しながらタタタタタタタターッと雑巾を掛けたのだという。

「なんて言ったんだと思う？」

小笹さんはいたずらっぽい顔で訊いてきた。

そう言われても見当がつかない。首をひねるしかない宏美に、小笹さんはすぐに、もっといたずらっぽい顔になって、答えを教えてくれた。

「跡継《あとつ》ぎなんて、大、大、だーいっ嫌いっ！」

美和のお父さんは、白石酒造の第十二代当主だった。一人っ子の美和も、ゆくゆくは家を継いで、第十三代の当主になる。

　それはもう、ものごころついた頃から「決定事項」として心に植え付けられていた。

「わたしだってそうだったんだよ」

　小笹さんは美和のひいおばあちゃんだから、第十代の当主ということになる。三人姉妹だったので、長女の小笹さんが婿養子《むこようし》を取って家を継いだのだという。

　時代劇や大河ドラマみたいな話でも、長い歳月の染み込んだなぎなた道場で聞くと、まるで自分までその世界に入り込んでしまったような気がする。

「そもそも名前からして、いかにも造り酒屋の跡継ぎの名前なんだから」

「そうなんですか？」

「わたしの『小笹』っていうのは、昔の言葉で『お酒』を『ささ』って呼んでたところから付けられた名前なの」

　坂本龍馬《さかもとりょうま》と同じ年に生まれた——つまり江戸時代生まれの、第八代目当主のおじいさんが付けてくれたのだという。

「『美和』のほうはね、ちょっと難しいんだけど、奈良県に三輪山《みわやま》っていう山があるの。万葉集《まんようしゅう》にも歌われてる有名な山なんだけど、その三輪山にある大神《おおみわ》神社は、昔からお酒の神さまを祀《まつ》ってるって言われてて、毎年『酒まつり』も開かれてるのよ。日本書紀にも出てるから、興味があったら図書室で調べてごらん。だから『三輪』を、もうちょっと女の子っぽい華やかな漢字に変えて、『美和』になったの。それはわたしの息子、美和のおじいちゃんが付けた名前」

すごい。

名前一つに、白石酒造の歴史どころか、ニッポンの歴史が刻み込まれているのだ。

ちなみに「宏美」の命名の由来は、両親が「ヒロミ」という読みを決めて、漢字は姓名判断の画数で決めたらしい。

いままで自分の名前を特に意識したことはなかったのに、歴史を背負っていない身軽さを喜べばいいのか、それをほんとうは寂しく感じるべきなのか、急に難しくなってしまった。

ただ、どっちにしても、美和は白石酒造や白石家の歴史をずーっと背負ってきたのだ。

そして、これからも、ずーっと背負っていくのだ。

「じゃあ、美和ちゃんが、もみじ市以外の町に引っ越しちゃうことって……」

「ないだろうねえ。わたしもそうだったし、美和のおじいちゃんも、地元の学校を出て、そのまま家を継いだの。美和のお父さんは、大学は東京に行ったけど、卒業したらすぐに帰ってきた。美和もそうなるだろうね」

「他の仕事をやりたくなったら……」

「造り酒屋の仕事がおろそかにならない程度だったらいいけど、ウチのダンナも町長さんをやってるときには、ずいぶん大変だったからね。二足のわらじっていうのは、そう簡単に履けるものじゃないのよ」

小笹さんはそこまで話すと、深々とため息をついて、「ちょっとかわいそうだな、って思うときもあるのよ」とつづけた。

嫌がっているから――ではない。

むしろ逆だった。

「あの子、ちっちゃな頃から、すごくしっかりしてたの。気が強くて、負けず嫌いで、町一番の旧家の跡継ぎなんだから、みんなを引っぱっていかなきゃっていうのをいつも思ってて……まあ、それを責任感があるっていうのか、いばってるっていうのかは、わからないけどね」

ですね、と宏美は思わず苦笑してうなずきそうになって、頬を引き締めた。

「でも、ときどき、無理してるなあって思うこともあるのよ」

わかる。

昨日ご近所のおばさんたちと立ち話をしていたときの美和の愛想笑いを思いだすと、胸が締めつけられそうなほど、せつなくなってしまう。

「もともと、ここはのんびりした土地柄だから、友だちもおっとりしてる子が多いの。だから、そんな友だちが困ってたら助けてあげなきゃいけないし、面倒を見てあげなきゃダメなんだって、自分で自分にプレッシャーをかけてるようなところもあるのよ」

それも、わかる。

春香の特訓に付き合っているときの、怒りながらハッパをかける様子や、特訓の甲斐あって春香がリレーの選手に選ばれたときの大喜びしている姿が、くっきりと思い浮かぶ。

そして、せっかく選手になれた春香が、いきなりやってきた転校生のせいで補欠に回ってしまったときの美和のショックも……わかる、すごく、悲しいほど。

「だから、ゆうべは本音を吐き出してくれて、ちょっとホッとしたんだけどね」

小笹さんはそう言って、「なにがあったのか、教えてくれる?」と宏美を見つめた。

そのとき——小笹さんのスマートフォンが鳴った。

ディスプレイに表示された発信者を確かめて、「なによ、もう」とむくれた小笹さんは、「校長先生から」と宏美に早口に教えてくれたあと、電話に出た。

二言三言、言葉を交わしたあと、「はあっ?」と声が跳ね上がる。と同時に、体もバネで跳ねたように立ち上がった。

「すぐ行くから！」

電話を切って、床に座ったままの宏美を「学校に戻るわよ！　早く立って、早く！」とせきたてる。

「……どうしたんですか？」

「美和がケガしちゃったの」

「え？」

「春香ちゃんも一緒に」

駆け出した小笹さんを、宏美はあわてて追いかけた。

第6章　一発逆転

すべての原因は、ノアだった。

一時間目の授業が終わったあとの休憩時間――二時間目は理科なので、教室から別《べつ》棟《むね》の理科室に移動しなければならない。

みんなでぞろぞろと渡り廊下を歩いていたら、廊下の先にノアがちょこんと座っていた。まるでみんなが来るのを待ちかまえていたみたいにこっちをまっすぐ向いて、逃げだすそぶりも見せない。

「さっきグラウンドにいた黒猫だよね」「そうだよね、同じ猫だよね」「外から迷い込んだのかなあ」「帰り道がわからなくなっちゃってるのかなあ」「ひょっとしたら、ケガしてるんじゃないの？」「だよね、ケガしてるから動けないのかもね」「やだ、じゃあ保健室に連れて行ってあげなきゃ」「猫のケガって、人間のと同じ薬でいいのかなあ」……。

女子のみんなは口々に心配そうに言って、いつもどおり、美和に「どうすればいいと思う？」と訊いた。

みんなから頼られるときこそ、美和の美和らしさが発揮《はっき》できる場面だ。いつもなら、すぐさま、みんなのとるべき行動を決めるところだった。

ところが、そのときの美和は「うーん……」と考え込んでしまったのだという。

みんなはそれを怪訝そうに振り返っていたが、宏美には理由がよくわかる。

なにしろ、美和はノアが「さすらい猫」だというのを知っているのだ。もしもほんとうにノアが「さすらい猫」なら――六年二組のみんなが忘れている大切なものを思いださせてくれるのなら、いま、ここに、こうして姿を見せたことにも、きっとなにかの意味があるはずだ。だから美和は、女子のみんなから訊かれてもあえてなにも答えず、ノアの様子をうかがっていたのだろう。

ところが、そこに男子がやってきた。さっそく原くんが「つかまえちゃおうぜ！」と言い出して、悪ガキ男子グループは一気に盛り上がった。

そうなると、さすがに美和も黙ってはいられない。

「原くんなんかにつかまえられると、いじめられちゃうよ！」

女子のみんなを振り向いて、「男子より先につかまえて、逃がしてあげなきゃ！」と声をかけた。

するると、ノアもむっくりと起き上がった。美和の声が聞こえ、言葉の意味も理解しているのか、理科室のある棟に向かって、とことこと——いかにも「追いかけて、つかまえてごらんよ」と誘うような足取りで歩き出したのだ。

男子がダッシュした。

女子もダッシュした。

ノアも校舎に入ってからは、見違えるような軽やかさで階段をぴょんぴょーんと上っていった。

そこから先は、男女対抗のノア争奪戦になった。

ノアを追いかけながら、美和と原くんはそれぞれ、挟み撃《う》ちや待ち伏せの作戦を立てていった。しかし、ノアはことごとくその作戦の裏をかいて、予想もつかない身のこなしでみんなを翻弄《ほんろう》して……。

美和は、階段の踊り場で足をひねってうずくまってしまった。

心配して駆け寄る女子のみんなに「わたしはだいじょうぶだから、早く追いかけて、つかまえて!」と言った。「男子より先につかまえないと!」

みんなもしかたなく美和をその場に残して、再びノアを追いかけていった。

すると今度は、美和とは別のルートでノアを追いかけていた春香が、廊下の角を曲がるときにひざを痛めてしまったのだ。

美和は春香がケガをしたことを知らなかった。

春香も美和がケガをしたことを知らなかった。

だから、二人は保健室で顔を合わせたとき、ほとんど同時に『なんで？』と声をあげたのだという。

「なんであんたがケガしちゃったわけ？」

美和は怒った声で言った。

「だって……美和ちゃんこそ、なんでケガしちゃったの？」

気の弱い春香は、早くも泣きべそをかきそうになっていた。

「あんたのケガ、たいしたことないんでしょ？　ないよね？　ちょっとネンザしただけなんでしょ？」

「うん……まあ……」

「わたしのほうはね、すっごく痛いの、もう、死にそうなほど痛いの」

春香が困った顔でなにか言いかけたのをさえぎって、「だからっ！」と美和は声を張り上げて、つづけた。

「運動会のリレー、わたしは走れないから」

春香がまたなにか言いかけたのを、さらに大きな「だからっ！」でさえぎって、もう一言——。

「あんたは本番までにぜーったいにひざを治しなさい！　わかったね！」

運動会までは、あと十日ある。

「わたしの足は、マジに痛くて、死にそうに痛いんだから、十日で治るわけないの！　もう、ぜーったいに治らないの！　無理して走ったら、大変なことになっちゃうの！」

今度は保健室の先生があきれ顔でなにか言いかけた。

でも、美和は先生のほうには目も向けずに、「自分の体のことは自分にしかわからないの！」と、きっぱり言い切った。「でね、いまのうちに言っとくけど、わたしは骨折したわけじゃないんだから、レントゲン撮ってもわかんないの！　あと、わたしは特別な体質だから、あんまり腫《は》れないの！　腫れなくても、すっごーく痛いの！　わかった？」

保健室の先生は、勝手にしなさい、とそっぽを向いてしまったが、春香は美和の勢いに圧倒されて、「うん……」とうなずいた。

「でもね、あんたのケガは治るの！　わたしにはわかるの！　いまはちょっと痛いかもしれないけど、運動会の本番までには治ってる！　だから、あんたはリレーの選手をやめちゃダメなの！　でも、わたしは走れないから、しかたないから、吉村さんに選手を代わってもらうの！　これであんたまで走れなかったら、もう、ぜーったいに一組や三組に勝てないでしょ！　最下位決定でしょ！　また原くんに文句言われるのって悔しいじゃない！　だから、あんたは走るの！　わかったね！」

宏美はそのいきさつを聞いて、肩の力の抜けたため息をついた。美和が春香に一息にまくしたてているところを想像すると、ため息と一緒に「あーあ……」というつぶやきも漏れてしまう。

バレバレじゃん、そんなの――。

もうちょっとアタマのいい子だと思ってたんだけどなあ――。

ほんと、クラスで一番足の速い美和ちゃんがいなかったら勝てるわけないじゃない――。

原くんから「白石が間抜けなケガしちゃうから負けたんだぞ」と文句言われちゃってもいいの――？

負けることがあんなに嫌いなあんたが、わざと、不戦敗、試合放棄、それでほんとのほんとにいいわけ――？

いや、ここはやっぱり関西弁がいい。鼻がツンとして、まばたきがミョーに重くなり、胸の奥がじわじわと熱くなってしまいそうなときには、お笑い系の関西弁をつかうにかぎる。

アホちゃうか――。

ところが、小笹さんは、誰が見たってわかる美和のお芝居に乗った。重々《おもおも》しい口調で「ちょっと見せてごらん」と言って、ベッドに腰かけた美和の前にしゃがみ込んだ。「ひねったのって、どっちの足なの?」

「えーと……右」――一瞬忘れてしまうところが、もうダメなのだ。

でも、小笹さんは美和の右の足首をていねいな手つきでさすって、深刻そうに眉をひそめ、なるほど、とうなずいた。

「確かに、これは長引きそうだねえ。見た目じゃわからないけど、ずいぶんひどいことになってるよ」

保健室の先生はびっくりした顔になったが、小笹さんに「なぎなたを七十年以上も振ってるわたしが言ってるんだよ」とにらまれると、しゅん、とうつむいてしまった。

さらに小笹さんは、氷で冷やしていた春香の左ひざの様子も確かめた。

今度の表情はさほど険しくはなく、ふむふむ、ふむふむ、と小刻みにうなずくしぐさにも余裕があった。

「春香ちゃんのほうは、二、三日湿布《しっぷ》をして、無理な運動をしなければ、すぐに治りそうだね。だいじょうぶ、運動会の本番は走れるわよ」

それを聞いた美和は、「やったーっ！」と声をはずませて、床の上で飛び跳ねた――右足をかばうことも忘れて。


ほんまに、なにしてんねん――。


一方、春香は、なんともいえない複雑な表情になった。

申し訳なさそうな、後ろめたそうな、ほんとうにいいんですか？　と小笹さんの顔色をうかがうような……。


その理由を、宏美は保健室を出たあと、小笹さんから教えてもらった。

「春香ちゃん、ケガなんてしてなかったわよ」

軽い口調で言って、「あの子もあの子で考えてるのよねえ」とくすぐったそうに笑う。

ということは、つまり、美和と春香はバラバラに、同じ作戦を立ててたわけだ。

二人ともノアを追いかけているときに、ふと思いついたのだろう。

じつはノアは最初からそれを狙っていた——？

まさか……と笑って打ち消しながらも、「さすらい猫」ならそれくらいのことはやりかねないかも……という気もする。

結局ノアは、六年二組のみんなから逃げ切って、どこかに姿を消してしまった。

次はいつ、どこで、どんなふうに、現れるのだろう。

不安とも期待ともつかず、胸がドキドキする。

そのドキドキをさらにパワーアップさせるみたいに、小笹さんが言った。

「さあ、宏美ちゃん、どうする？」

「……って？」

「美和と春香ちゃんのお芝居に付き合ってあげるのかどうか、宏美ちゃんが自分で決めるしかないんじゃない？」

「そんなぁ……」

「いっそのこと、あんたもケガをしたことにしちゃう？」

からかうように言って、「悩め悩め、青春なんだから」と笑った。

翌日からも、美和と春香のお芝居はつづいた。

美和は松葉杖をついて登校して、春香もひざに大きな湿布を貼っている。

予想どおり原くんは「なにやってんだよ、おまえら」とプンプン怒っていた。「がんばってケガを治して、本番で走れよ。今年が最後の運動会なんだし、走って負けるほうが、走らずに負けるより一万倍いいんだから」——やっぱり乱暴なのか、意外と優しいのか、よくわからない。

どっちにしても、これで宏美がリレーの選手になることはほぼ決まった。

このままだともう一人、補欠から選手に繰り上がるのだが、美和は「そんなことしなくていいよ、春香は本番までにぜーったいにケガを治すから」と言い張って譲らない。

でも逆に、春香のひざの湿布は、日がたつにつれてサイズが大きくなっていく。

二人とも意地を張っている。

このままだと二人ともリレーを欠場してしまう。

どうしよう、どうしよう、わたしはどうすればいいんだろう……と、どんなに考えても、名案が出てこない。

一日に何度も何度もまわりを見渡しているのに、ノアの姿はあの日以来ぷっつりと消えてしまったままだった。

そして、運動会を三日後に控えた日の朝——。

前夜は珍しく帰りが遅かったお父さんは、起き抜けの宏美が「おはよう……」とあくび交じりに台所に顔を出すのを待ちかまえて、笑顔で言った。

「宏美、引っ越しだ」

「え？」

「東京に帰れるんだぞ！　お父さん、また本社の営業部に戻ることになったんだ！」

ガッツポーズをつくるお父さんの姿は、夢のつづきを見ているみたいに、ぼうっと霞《かす》んでいた。


「一発逆転」という言葉をお父さんはつかった。

東京の本社でいろんなことがあって、専務《せんむ》さんがどうとか、常務さんと社長さんがどうとか、株主総会がどうとか、グループがどうとか、寝返った連中がどうとか、飛ばされた仲間がどうとか……ややこしい話をたくさんミキサーにかけてジュースをつくってみたら、あら不思議、お父さんは本社に戻ることになったのだという。

「バタバタしちゃうけど、来週のアタマには東京に引っ越しするぞ。今日は何曜日だ？　木曜日だよな。じゃあ、今日と明日で荷造りして、土曜日の朝イチにトラックを呼んで、俺たちも午後には東京に出発して、土曜日の夜はホテルに一泊だ。で、日曜日に東京の新しいウチに荷物を入れて、月曜日に宏美を新しい学校に連れて行って……」

壁に掛かったカレンダーの日付を指差しながら、お父さんはどんどん話を進めていく。

「あれ？　日曜日の花丸マークってなんだっけ？」

あんのじょう、運動会のことはアタマからすっぽり抜け落ちている。

お母さんは眉をひそめて「宏美の運動会」と言った。

「あ、そうか……」

お父さんは見るからに拍子抜けした様子で、カレンダーを見たまま「じゃあ引っ越しは来週か」と言った。元気いっぱいだった声も、少し沈んでしまった。一日でも早く東京に戻りたい――というより、もみじ市から出て行きたいのだろう。

だよね、と宏美は小さくうなずいた。さっきからお父さんは一人でしゃべっていて、まだ一度もくちびるを前歯で噛んでいない。「一発逆転」を本心から喜んでいるのだろう。それはそうだよね。朝食のトーストと一緒にため息を呑み込むと、肩の力が抜けた。

ごちそうさまでしたー、と席を立つついでに、お父さんに声をかけた。

「わたし、土曜日に引っ越してもいいよ」

「え？」――お父さんとお母さんが同時に宏美を振り向いた。

「運動会より引っ越しのほうが大事だもん」

「いや、でも……それは、うん、まあ……そうかもしれないけど……いや、だけど……」

お父さんはびっくりして、あせって、困って、でも頬がビミョーにゆるんで、ホッとしているようにも見える。

「だって、べつに運動会なんてたいしたことするわけじゃないし、ほら、『善は急げ』って言うんだから、早く引っ越しちゃおうよ」

ことわざの意味や使い方、間違っていない——よね？

お父さんは「うん、まあ、そうか」と腕組みをした。「宏美がそれでいいって言うんだったら、まあ、うん、うーむ……」と重々しい口調で言って、しかめっつらになった。うれしいくせにバレバレのお芝居じゃん、と宏美は心の中で苦笑して、つづけた。

「わたし、運動会出たくなかったんだ」

正直に言った。胸のつかえがスウッと取れた。

「でね、いまだから言えるけど、田舎じゃん、ここ、全然好きじゃなかったんだよね。学校の友だちも、みんな田舎の子だし、みんな幼なじみ同士だし、話も合わないし……イジメみたいな感じになってたときもあったんだよね……いまだから言えるんだけど、ほんと」

　自分でも意外だった。ここまで素直に、正直に、すらすらと両親に打ち明けられるとは思っていなかった。

「運動会もイヤだった。なんかねー、リレーの選手に選ばれちゃったんだけど、わたしのせいで補欠になってヒガむ子もいたし、わたしに文句つけてくる子もいたし……ほんと、マジ、うざっ、田舎くせっ、サイテーでサイアクで……だから運動会なんて全然出たくないし、引っ越しできて超ラッキー」

　すごい。われながら驚いた。テレビのトーク番組なら「ピー」が連発されるはずの本音サクレツだった。よっぽどストレスがたまってたんだね、と自分で自分に同情した。かわいそうだったね、と慰めてあげたくなったし、転校できてよかったじゃん、と励ましてあげたくなった。

　お父さんは「そうか……つらい思いさせてたんだな」と腕組みをしたまま言った。今度はお芝居ではなく、本気で申し訳なさそうな顔と声だった。

　一方、さっきからずっと黙っていたお母さんは、不意に時計に目をやって「あら、やだ、遅刻しちゃうわよ」と声をあげた。

「平気なんじゃない？　どうせ転校するんだから、べつにいいじゃん」

「なに言ってんの、早く出かける支度しなさい」

「えーっ……」

もっとウチでしゃべっていたい。学校の悪口や、この町の悪口を、言いたい。ずーっとガマンして胸の中に溜め込んでいた本音を、ぜんぶ吐き出してしまいたい。

でも、お母さんは「あんたも自分で言ってたでしょ、『善は急げ』なんだから、遅刻しちゃダメじゃない」とせきたてる。

「ことわざの使い方、間違ってない？」

「小学生にとっては学校に行くことが『善』なの！　屁理屈言わずに早く服を着替えて、早く学校に行きなさい！」

お母さんの言っていることのほうがよっぽど屁理屈じゃないか、とは思ったものの、剣幕《けんまく》におされて、それ以上はなにも言い返せなかった。

急いで自分の部屋に駆け込み、服を着替えて玄関にダッシュした。

すると、お母さんは珍しく玄関の外まで見送りに出て、さっきはあれほどせかしていたのに、出かけようとする宏美を呼び止めた。

「運動会のこと、ほんとうにいいの？」

もっちろん、とすぐに笑って答えようとしたが、お母さんの真剣なまなざしに気づくと、逃げるように目をそらしてしまった。

「あとで学校に電話して、転校の手続きをとらなくちゃいけないんだけど……運動会、ほんとうに出ないの？」

「……出ない」

「クラスのみんなに迷惑がかかっちゃうんじゃないの？」

「……そんなことない」

「ほんとに？」

「絶対にだいじょうぶ」

「なんで？　リレーの選手になったんでしょ？」

「さっき言ったじゃん、それで文句ガンガンつけられた、って」

「でも、実力で選ばれたんでしょ？　そんなので文句を言う子のほうがおかしいじゃない」

「おかしくないよ」

だって――と、宏美はそっぽを向いたまま、つづけた。

「友だちなんだもん」

「誰と誰が？」

いちいち説明するのが急に面倒になって、思わず言った。

「わたし以外のみんなが！」

さすがにお母さんもびっくりした顔になった。

その隙に、ダッシュ――。

お母さんは追いかけて来なかった。

家を出て最初の角を曲がると、走るのをやめた。あとはふつうに歩いていった。お母さんが追いかけてくる足音は聞こえない。途中で一度振り向いてみたが、誰もいない。

「ラッキー……」

つぶやいて、胸を撫で下ろすしぐさもつけてみた。

危ないところだった。しつこく問いただされずにすんで、ホッとした。それはほんとう。でも、ほんの少しだけ、お母さんってけっこう冷たいんだな、と口をとがらせた。

よかったじゃん、と通学路を歩きながら、自分で自分に語りかけた。

マジにラッキーだよ、これでリレーのことで悩まずにすむんだし――。

思いがけない「一発逆転」のおかげで、すべてが解決した。宏美が出場しなければ、春香がそのまま選手に繰り上がる。そうなると、美和だって、選手の座を無理やり春香に譲らなくてもすむ。二人とも意地を張るのをやめて、ケガをしたお芝居もやめて、元通りのメンバーでリレーの優勝を目指せばいい。

すっきりした。はい、これで終ーわりっ、さよーならっ、と笑いながらふと見上げたら、大きな柿の木が目に入った。広がった枝に実がたくさん生《な》っている。

学校の行き帰りに、いつも見ていた。秋のデザートでおなじみの柿の実がこんなふうに木に生っているのを間近に見るのは初めてだったので、ずっと気にしていたのだ。

引っ越してきたばかりの頃は、実は緑色をしていた。いまはだいぶ赤くなっている。でも、まだまだ。これから秋が深まるにつれて実はもっと熟して、お店で売っているような色になる。でも、もっともっと。秋の終わり頃まで木に生ったまま熟した柿の実は、日没前の夕陽のような深い色になり、ゼリーのようにやわらかくなって、そのときがいちばん甘くて美味しいのだという。教えてくれたのは、仲が良かった頃の美和だった。

ま、べつにいいけどね——。

ぷいっ、と顔をそむけて足を速めた。今度は正面に山が見える。紅葉の美しさで有名な錦山《にしきやま》だった。確かに山頂のあたりはだいぶ色づいている。でも、わざわざ遠くから観光バスで出かけるほどの美しさではない。まだ時季が早すぎるのだろうか。美しさのピークはいまからで、今度の日曜日までにピークが来るということはありえないのだろう、きっと。

ま、どうでもいいけどね——。

もみじ市は盆地なので、冬の寒さが厳しく、雪も三十センチ以上積もるらしい。宏美が札幌にいたのは春の終わりから秋の初めにかけてだったので、じつは「一面が真っ白になった雪景色」というものを見たことがない。クラスのみんなは「寒いのってイヤだよねー」「ずーっと秋のままだったらいいのに」と言っていたが、宏美はひそかに雪の季節になるのを楽しみにしていたのだ。

ま、雪なんて、しょせんは水なんだけどね——。

もみじ市は、秋の紅葉から名付けられた。でも、春の桜もみごとなのだという。江戸時代にお城のあった丘に何千本もの桜が植えられてお花見の名所になっているし、美和のウチには庭に何本もソメイヨシノがあって、友だちはみんなそこでお花見をするらしい。

ま、お花見なんて雨が降ったらおしまいなんだけどね——。

夏になると、子どもたちは川で泳ぐ。流れがあってもコツさえ覚えればうまく泳げるし、海の水と違ってシャワーで洗わなくてもベタベタしないし、川で冷やしたスイカは冷蔵庫に入れたものより一万倍も美味しいのだという。東京では遊園地の流れるプールがお気に入りの宏美だったが、ほんものの川で泳いだ経験はまだなかった。

ま、最初から、夏までここに住んでるわけないって思ってたけどね——。

なんだか負け惜《お》しみばかり言っている気がした。

転校には慣れっこのはずなのに。

田舎なんて嫌いだと思っていたのに。

東京に帰れるのは、すごくうれしいのに。

「一発逆転」のおかげで、胸につっかえていたものがきれいに取れた。でも、気がついてみると、今度は別のなにかが胸をふさいでいる。

「一発逆転」のあとにつづくのは、ほんとうに「勝ち」なんだろうか……。


六年二組の教室に入った。

美和と春香はもう来ていたが、二人とも離ればなれに座っている。美和はあいかわらず松葉杖をついているし、春香のひざにはあいかわらず大きな湿布が貼ってある。二人とも意地を張っている。友だちの多い美和はともかく、春香のほうは休み時間もいつもひとりぼっちだった。美和も気にしている。心配している。それでも声はかけない。そもそも春香のために美和はウソケガをして、春香のほうも美和のためにウソケガをしたのに、そのせいで二人が絶交状態になってしまうなんて、どう考えたってワケがわからなくて、あきれて笑っちゃうしかなくて、ツッコミの入れどころたっぷりで、ちょっとだけ、うらやましい。

　まずはこっちだな、と宏美は春香の席に向かった。

「おはよーっ」

「……おはよう」

「あのね、いいこと教えてあげるね。わたし、明日で転校しちゃうことになったの。だから日曜日の運動会は出ないから、悪いけどリレーは春香ちゃんが走ってくれる？　走れるよね、だいじょうぶだよね、じゃ、そーゆーことで！」

　ぽかんとする春香にすばやく背を向けて、今度は美和の席に向かう。美和は春香と違ってどんどん言い返してくるだろうし、まわりに友だちもいるから、のんびりしてはいられない。

　勢いをつけて近づいて、「なっ、なにっ？　どうしたの？」とあせる美和が机に立てかけていた松葉杖をすばやく奪い取って、逃げた。

「ちょっと！　なにするのよ！」

　美和はあわてて立ち上がり、宏美を追いかけて、一歩、二歩、三歩……四歩目で、やっと自分の置かれた状況に気づいて足を止めた。

　宏美も、もう逃げない。そんな必要はどこにもない。ゆっくりと振り向いて、「走れるじゃん」と笑った。

余裕たっぷりの笑顔をつくったはずなのに、頬をゆるめると、ちょっと泣きそうになってしまった。

第7章　あと三日

その日の夕方から、さっそく引っ越しの荷造りにとりかかった。

学校に行くのは明日——金曜日だけ。

こんなにあわただしい転校は初めてだし、かえってお父さんのほうが心配そうに「友だちとお別れする時間もないんじゃアレだし、引っ越しは来週でもいいんだぞ」と言い出したが、宏美は荷造りの手を休めずに「だいじょうぶ」と繰り返すだけだった。

お母さんは今朝の話を蒸し返してはこなかった。どっちにしても明日で終わりなんだから、と「なかったこと」にしてくれたのかもしれない。

それはそれで助かった。

でも、やっぱり、なにか、ちょっと……物足りないような、寂しいような……。

「宏美、よかったら、これ使う？」

小さなサイズのリングノートを渡された。昼間買ってきたのだという。

「ペンはふつうのマーカーしかなかったけど、しょうがないよね、時間がないんだし」

六色のマーカーセットも渡された。

転校していくときには、いつも友だちのサイン帳をつくっていた。一ページに一人、住所と名前とメッセージ——似顔絵を描いてくれる子や、プリクラで撮った自分の顔のシールを貼ってくれる子もいる。

「特にほら、今回はクラス名簿もないし、集合写真も撮ってないから、しっかりサインしてもらって、メッセージも入れてもらわないと、みんなのこと思いだせなくなっちゃうわよ」

「うん……」

お父さんも横から「デジカメを貸してやろうか？」と口を挟んだ。「一人ずつ写真を撮るのもいいんじゃないか？　先生にはお父さんのほうから電話で説明しとくから」

「うん……でも、それ、しなくていい」

サイン帳も、せっかく買ってきてくれたのでとりあえず受け取ったが、明日それを学校に持って行くつもりはなかった。

みんなが嫌いなわけではない。転校のことを打ち明けると、みんなびっくりして、寂しがってくれた。それはほんとう。リレーの問題が解決したのだから、もうぎこちなくなる理由はなかった。

みんなは口々に宏美に言ってくれた。「メールするね」「電話するね」「また遊びに来てね」「六年二組のこと忘れないでね」「ちょっとしか遊べなかったけど、吉村さんのことは一生忘れないから」……。

宏美もみんなに言った。「メールするね」「電話するね」「また遊びに行くから」「二組のこと忘れないからね」「わたしのことも一生忘れないでね」……。

いままでは、そんな言葉をやり取りするだけで、胸が熱いもので一杯になっていた。

ところが、今回は違う。胸につっかえているものがあるせいで、言葉がぜんぶ素通りしている。なにも染みてこないし、悲しみも湧いてこない。

みんなが嘘をついているとは思っていなくても、どうせすぐにわたしのことなんか忘れちゃうんだろうなあ、という気がする。メールや電話も最初のうちだけだよ、と思う。それで全然ＯＫ、かまわない、というか、そのほうがいい。どうしてそう思うのかは、よくわからないけれど。

こっちだって同じだ。みんなのことをずっと覚えていることはできないだろう。自分で思っているよりも早く忘れてしまうかもしれない。でもしょうがないじゃん、怒らないでよ、ニンゲンってそういうものでしょ、と誰かに言いたい。その誰かの顔は、ちっとも浮かばないけれど。

いままでの転校とは、全然違う。

素直に悲しんでお別れをすることができない。

おかしいなあ、なんかヘンだなあ、と首をかしげながら本棚の本を段ボール箱に詰めていると、ふと、どこかから——猫の鳴き声が聞こえた。

ノアのことを思いだした。

やだっ、忘れてたっ、と声をあげそうになった。

まだ片付けをしていない机の引き出しを開けると、そこにはノアが持っていた手紙が、筒型のペンケースに隠してしまってあった。

「これ……捨てちゃっていいのかなあ……」

きっと、よくないはずだ。

でも、あの日以来、ちっともノアの姿を見ていない。

ひさしぶりに手紙を読み返した。

〈ノアは、あなたのクラスが忘れてしまった大切なことを思いださせるために、いま、あなたのひざの上に乗っているのです。〉

ノアは「さすらい猫」としての使命を果たしたので、また新しい町に旅立った

——？

ほんとう——？

そもそも、みんなが忘れてしまった大切なことって、なんだったわけ——？

窓を開けて耳をすましてみたが、いつまで待っても、猫の鳴き声はもう二度と聞こえてこなかった。

翌朝は、宏美がまだ布団《ふとん》の中にいるうちから、お父さんもお母さんもエンジン全開で動き回っていた。

今日のお父さんはとにかく忙しい。早めに会社に出て仕事の引き継ぎをして、挨拶回りをして、その合間を縫《ぬ》って市役所に転出届を出して、ＪＲの駅で明日の東京行きの切符を買わなければいけない。

お母さんだって負けずに忙しい。服や食器などは引っ越し業者さんが明日荷造りしてくれるものの、こまごました家財道具の整理や家の大掃除は自分でやらなくてはいけないし、ご近所に挨拶をしたり、電気やガスや水道や新聞などの転居の手続きもお母さんの仕事になってしまう。

お父さんは出がけに玄関でお母さんに言っていた。

「昨日は調子に乗って最短コースの引っ越しの話をしちゃったけど、やっぱり無茶だよ。業者さんに言って、引っ越し、もう一週間延期するか？」

宏美は布団の中でお父さんの声を聞きながら、やっぱりそうだよね、これじゃ夜逃げみたいだもんね、とワガママを言い張ったことを後悔しかけた。

ところが、お母さんは「延期なんてダメよ」ときっぱり言った。

「業者さんのキャンセル料はなんとかなるよ、中止じゃなくて延期なんだし」

「お金の問題じゃないの。予定通り、明日トラックに来てもらって」

「バタバタして引っ越しちゃうと、手続きの漏れがあったり忘れ物があったり、かえって大変になっちゃうんじゃないか？」

「なにかあったら、わたしだけでもまたこっちに戻ってきて手続きをするわよ。とにかく、明日、このウチは引き払うから」

「でも、ネットで調べたら、けっこう時間ぎりぎりなんだよ。こっちを夕方四時に出る特急に乗っても、乗り継ぎのタイミングが悪くて、東京に着くのが夜の十時過ぎなんだ。おまけに、四時の特急を逃しちゃうと、もう明日のうちに東京に着くのは無理なんだけど、だいじょうぶかなあ、トラックの積み込みに時間がかかるとアウトだぞ、マジに」

「もし間に合わない感じになったら、わたしが残るから。あなたは宏美を連れて四時の特急に乗って」

「いや、だって、そんな……」

「いいから、そうしてちょうだい」

「もう宏美起きてるかなあ。あいつだって、昨日はあんなこと言ってたけど、やっぱり運動会はせっかくなんだから出たほうがいいと思わないか？　ちょっと俺、宏美を起こして訊いてみようかなあ」

うそっ——。

背筋がヒヤッとした。思わず布団を頭からかぶって、寝たふり寝たふり寝たふり、返事しない返事しない返事しない……と自分に言い聞かせた。

でも、お父さんが「おーい、宏美、起きてるかー？」と訊く声を突っぱねるように、お母さんは言った。

「忙しいんでしょ？　さっさと会社に行きなさいよ！」

「なっ、なんなんだ？」

「とにかく引っ越しは明日！　もう決定！　はい、行ってらっしゃい！」

お父さんもびっくりしていたが、宏美も唖然とした。

引っ越しが一日でも延びればお母さんがいちばん助かるはずなのに、どうしてなんだろう……と考えをめぐらせかけたとき、背筋がまたヒヤッとした。

ひょっとして、わたしのために——？

わたしが運動会に出なくてすむように——。

土曜日のうちにこの町を出て行かないと、わたしがみんなに嘘をついたことになってしまうから——。

同じ「ヒヤッ」でも、さっきといまとでは、背筋を流れ落ちる場所がビミョーに違っていたようだ。

その証拠に、いまは、ヒヤッとしたあとの背中が、しだいにほんのり温もってきた。


宏美が朝ごはんを食べている間も、お母さんは忙しそうにしていた。

「ごめんね、おかずはゆで卵しかつくれなかったけど」

「うぅん……ありがとう」

「珍しいじゃない、あんたがお礼言うなんて」

いたずらっぽく笑いながらも、ひとときも休まない。一緒に食卓につく余裕もなく、だから運動会のリレーのことをきちんと話せないまま、学校に行く時間になってしまった。

ちょうどお母さんは玄関の外にいた。タイミングを合わせてくれたのかもしれない。

「……行ってくるね」

もっと元気に挨拶したかったのに、なぜだか、叱られてしまったあとのようなしょんぼりした口調になった。

そんな宏美に、お母さんは「いい顔してるじゃない」と笑って言った。「転校の最短記録だけど、うん、友だちとお別れする日にこれくらい寂しそうな顔をしてれば、合格だよ」

「べつに寂しいわけじゃないけど……」

「そう？」

「うん……ふつう」

「ふつう、って？」

「だから……どっちでもいいっていうか、あんまり考えてないっていうか、メンドいっていうか……」

なにを言ってるんだろう。自分で自分が情けない。アホちゃうか、とツッコミを入れたい。

でも、お母さんはツッコミを入れてくれなかった。

代わりに、「いつでもいいからね」と言った。

「……なにが？」

「いろんなこと、その日のうちにぜんぶ話さなくてもかまわないから。そろそろあのときのことお母さんにしゃべっちゃおうかなーっ、なんて思ったときに話してくれればいいから」

宏美はうつむいてしまった。自分ではうなずいたつもりだったが、そうは見えなかったかもしれない。

「でも、いつでもいいから、いつかは話してね。あのときはこうだったんだよ、って」

もう一度うなずいた。今度は、うなだれてしまったように見えただろうか。

一年生や二年生の頃は、学校から帰ってくるなりお母さんにまとわりついて、その日の学校での出来事を朝から順に話したものだった。話さずにはいられなかったし、お母さんにぜんぶ聞いてほしかった。

三年生、四年生、五年生……学年が上がるにつれて、お母さんに話さない学校での出来事が増えてきた。いまは半分以下、いや、もっと少ないかもしれない。しかも、大切な出来事だと自分で思うものほど、お母さんには話せない。

そういうのはよくないんだろうか。寂しくて悲しいことなんだろうか。それとも……。

まるで宏美の胸の内を読み取ったように、お母さんが答えを教えてくれた。

「あんたもちょっとずつオトナになってる、ってことだよね」

にっこり笑って、「もう一つ」とつづけた。

「宏美って、ヘンなところがお父さんに似てるのよねえ」

「……なに？」

「自分では気づいてないと思うけどね、嘘をついたり強がったりするとき、あんたもお父さんと同じようにくちびるを前歯で噛んじゃうのよ」

知らなかった。

全然、わからなかった。

「ま、そういう癖を持ってる子どもだと、親としてはほんとに助かるよね」

昨日の朝もそうだったのだろうか。目をそらしてごまかしたつもりでも、ほんとうは別のところで見抜かれていて、だからお母さんはゆうべはなにも言わなかったし、今朝もお父さんにあんなふうに……。

「ほら、もう行かなきゃ。最後の日に遅刻しちゃダメでしょ。お母さんも忙しいんだし、ほら、はい、ダッシュダッシュ」

昨日と同じように駆け出した。

角を曲がったあとも走るスピードをゆるめなかった。

走りながら、ノアの姿を探した。

どこにいるんだろう。

ほんとうにノアはもう、使命を果たしてしまったんだろうか。

でも、ノアに会えたら、それは、まだ六年二組が大切なものを思いだしていないということになる。

ノアに会いたい。「大切なものを思いだすのは、いまからだよ」と教えてほしい。

わたしにはまだなにが大切なものだったのか、わからないから――。

わたしだって、明日までは六年二組の一人なんだから――。

でも、学校に着くまで、ノアの姿を目にすることはなかった。

第8章　結成、ノアそうさく隊

六年二組は、朝からちょっと様子がヘンだった。

男子も女子も、宏美に対してぎごちない。

宏美が「おはよっ」と朝の挨拶をしても、返事がワンテンポ遅れる。おしゃべりをしていても、話がふと途切れてしまうことが多い。そんなときは決まって、みんな困ったような表情を浮かべている。中には、宏美と目が合いそうになると、あわててうつむいてしまう子までいる。男子なんて、もっとひどい。教室や廊下で宏美とすれ違うときには、大げさに道を譲って、そのまま逃げるように駆けだしてしまうのだ。

昨日はみんな別れを惜しんでくれたのに、一夜明けると——最後の一日だというのに、どうしてこんなによそよそしくなってしまったのだろう。

その答えは、意外な子の意外な行動がきっかけになって、わかった。

二時間目のあとの休み時間に、原くんが途方に暮れた様子で「あのさー、ちょっといい？」と宏美に話しかけてきた。それを見た女子の何人かは「あー、もう、サイテーっ」と言いたげに顔をしかめ、急いで美和の席に駆け寄る子もいた。

宏美はきょとんとして「なに？」と原くんに聞き返し、女子のみんなの動きを横目でチェックした。いつのまにか美和のまわりに女子がたくさん集まっている。今日の教室に漂うヘンな空気と、なにか関係があるのだろうか……。

「吉村さんって、転校のプロなんだよな？」

「プロっていうか、まあ、何度も転校してるから、ベテランだと思うけど」

「そっかあ……すごいな」

「どうしたの？」

「いや、うん……だから、転校に慣れてるって、すごいっていうか、なんていうか……」

話しづらそうだった。なんでもズケズケと言いたい放題の、いつもの原くんとは違う。口調だけでなく表情にも自信がない。まるで宿題を忘れたことを打ち明けられないまま、先生に指されて答えなければならなくなったときみたいだ。

「転校に慣れてると、やっぱり、ほら、いろんなこと知ってるんだろ？」

「いろんなこと、って？」

「だから、うん、つまり……昨日、吉村さんが帰ったあと、日直で残ってるヤツとか、運動会の準備の係とか、けっこう教室にいたから、なんか、なんとなく、自然に、その話になっちゃって……」

「その話、って？　どんな話？」

「あの、いや、でも、っていうか、だから、それ、オレが言い出したわけじゃないんだけど、オレもまあ、一緒にいて……」

話がちっとも見えない。原くん本人も、自分がなにを言っているのかわからなくなったのか、「もういいよ！」と勝手にカンシャクを起こしてしまった。

と、そこに――。

「わたしたち全然わかんないから、教えてよ」

美和が話のバトンを受けて、自分の席から声をかけてきた。「こういうときって、転校していく子に、どんなことすればいいの？」

「……え？」

「よく考えてみたら、わたしたちって、クラスの子が転校していなくなっちゃうことが一度もなかったんだよね。だから、こういうとき、なにをすればいいのか知らなくて」

美和の言葉に、女子のみんなも、うんうん、そうそう、とうなずいた。

「ふつうは、お別れ会とかするの？」

「いや、まあ……それは自由っていうか……」

いきなり言われても困ってしまう。

「サイン帳を回すんじゃないかっていう子もいるんだけど、そうなの？」

「……必ずってわけじゃないけど」

お母さんが昨日買ってきてくれたサイン帳は、持ってこなかった。

「あと、みんなで写真撮ったりするのかなあ、って」

「……ひとによる、と思う」

お父さんがデジタルカメラを貸してくれるというのも、断っていた。

「ねえ、最後の日って、どんなことするの。ちゃんと教えてよ」

美和は、自分がお願いごとをしているのに、イバって言う。なにをしていいのかわからないのは自分たちの経験不足のせいなのに、「時間ないんだしさあ」と、こっちが悪いような言い方をする。

「さっきからウチらみんな困ってたんだよ」

わたしのせい？

「最後なんだから特別なことしなきゃいけないのか、ふつうのままでいいのか、わかんないでしょ。ほんと迷惑、そういうのって」

わたしが悪いわけ？

「ちゃんと教えてくれないんだもん、ひどいよ」

信じられない、なに、この展開。

宏美もムッとして、そんなの自分たちで考えればいいじゃん、と横を向いた。

でも、ムッとしたあとの気分は意外と悪くない。

原くんがいたずらっぽい笑顔で「いいこと教えてやろうか」と言った。美和の助け船のおかげで、ようやくふだんのペースを取り戻したようだ。

「昨日、みんなで帰りに文房具屋さんに寄ってみたんだよ。ほら、こういうときって、なんかお別れの記念品とかプレゼントするだろ？　でも、白石美和がすごくうるさくて、『こんなのよくない』とか『気に入ってもらえない』とか、『田舎っぽいからバカにされちゃう』とか、文句ばっかりつけるから、結局決まらなかったんだよ」

原くんに秘密をばらされた美和は、顔を真っ赤にして言い返した。

「あんたが十円しか持って来ないから、いいもの買えなかったの！　女子はみんな百円ずつ出すって言ってたのに、ドケチ！」

「しょーがないだろ、オレ、今月のお小遣い全部つかっちゃったし、男子だし」

「男子とか女子とか関係ないでしょ、同じクラスなんだから。今度からあんたが学校休んでも給食のパン持って行ってあげないからねっ！」

「いりませーん、ジャムだけでいいでーす」

「ぜーったいにあげない！」

話がどんどんズレてしまう。

宏美は、やれやれ、とあきれた。

でも、あきれたあとの気分も、じつは意外と悪くなかった。

授業の始まるチャイムが鳴る。

「お別れにどんなことすればいいのか、次の休み時間までに考えといてよ」

美和はあいかわらずの命令口調で念を押して、もう一言、「宏美ちゃんのリクエストになんでも応えてあげるから」と付け加えた。

「あげる」っていうところがエラソーなんですけどぉ、と宏美は心の中でツッコミを入れながら、ふと気づいた。いままでの「吉村さん」が、初めて——最後の日になって、やっと「宏美ちゃん」になった。

振り向くと、美和は次の授業の教科書やノートを机から出しているところだった。こっちを見ない。教科書を広げ、ノートを広げ、ペン入れの位置を右にしたり左にしたりしながら、いつまでたってもこっちに目を向けてくれない。

最初は拍子抜けしていた宏美も、そのほうがいいや、と思い直した。ヘタに目が合ってしまうと、どんな顔をすればいいのかわからないし。

代わりに、美和の横顔に向かって、小さく口を動かした。「あ」と「え」の中間、「り」と「い」の中間、「が」と「げ」の中間、そして「と」と「ろ」の中間——けっこうフクザツで難しいことに挑んでみたのに、美和は素知らぬ顔でシャーペンをノックしたり芯を引っ込めたりするだけだった。

三時間目の授業を受けながら、ときどき窓の外を眺めた。

ノアはどこに行ってしまったんだろう。やっぱり次の町に行ってしまったんだろうか。

六年二組のみんなが忘れていたものを、もう教えたから――？

でも、それって、結局なんだったわけ――？

ノアに会いたい。教えてほしい。

もしもノアが姿を見せてくれたら、がんばって捕まえて、抱っこして……あ、でも、その前に手紙を書かないといけない。なにをどんなふうに書けばいいんだろうか。一人でぜんぶやってしまうより、みんなと相談したほうがいいんだろうか。

ほんの一か月ちょっとの付き合いでも、クラスのみんなの得意なものや苦手なものは、だいたいわかる。

作文が一番うまいのは花見《はなみ》さんだし、字は書道三段の石川《いしかわ》さんがとてもじょうずだ。クラスのみんなの意見をまとめるのは、やっぱり原くんになるだろうか。でも、原くんが仕切ると絶対に美和ちゃんとモメるから、ここは男子にも女子にも人気のあるイケメンの青木《あおき》くんと、お母さんキャラの仁美《ひとみ》ちゃんのコンビがいいかもしれない。「せっかくだからイラストを付けようか」という話になったら、絵が得意なのは野口《のぐち》くんだけど、こういうときにはアニメやマンガが大好きな古沢《ふるさわ》さんのほうがいいかも……。

授業が終わると、美和をはじめ女子のみんなが、宏美の席のまわりに集まってきた。その外側には男子もいる。べつに顔を見てもしょうがないのに、原くんは最後列からぴょんぴょんジャンプして、宏美の様子をうかがっている。

「もう決めたでしょ？　決めたよね？　時間ないんだから早くして」

美和にうながされて、宏美はみんなに言った。

「このまえ学校にいた、黒い猫のことなんだけど……」

ノアの秘密をすべて打ち明けた。そして銀杏市の丘の上小学校五年A組の子が書いた手紙も見せた。

こういうときにも、美和は「わたし、ずーっと前から知ってたよ、知ってたけど、わざと言わなかったの」とミョーなイバり方をする。

一方、原くんは予想どおり、真っ先に「よし！　いまから探そう！」と言い出した。まだ半信半疑だったみんなに「なにやってるんだよ！　今日だけなんだぞ、吉村さんが学校にいるのは！」とハッパもかけてくれた。「野中先生に頼んで、四時間目はノア探しの時間にしてもらおうぜ！」

そこに美和が「テキトーに探し回ってもしょうがないでしょ。グループに分かれて探さないと、かえって時間がかかるだけだよ」とクールに釘を刺す。「四時間目が算数だから、サボりたいだけなんでしょ？」――どうやら図星だったらしく、原くんはムムムッと言葉に詰まってしまった。

そんな原くんの単純さも、美和のイバりんぼのところも、明日からはもう付き合わされずにすむんだと思うと、せいせいする。

でも、じつは、もう今日でおしまいなんだな……と寂しく思う気持ちも、ちょっとだけ、いや、もう少したくさん、というか、せいせいするのと同じぐらい、ある。

結局、給食の時間までにグループをつくって、ノアを探す場所の分担を決めることになった。昼休みにみんなで探す。昼休みに見つからなかったら、放課後にも探す。放課後は「学校の中グループ」と「学校の外グループ」に分かれて、夕方五時のチャイムが鳴るまで探すことになった。

「ほんとにまだいるのかなあ……」

不安そうにつぶやいた女子に「いるよ！」ときっぱり返したのは、男子の山崎《やまざき》くんだった。「だって、オレたちが忘れてる大切なものがあるんだろ？　オレには全然思い当たらないから、ほんとに忘れてるんだよ。そうだろ？　だったらノアはまだいるよ。いるに決まってるよ。で、オレ、大切なものがなんなのか、絶対に知りたい」

へえーっ、山崎くんって意外とアツいところがあるんだ、と宏美は初めて知った。ふだんは無口でクールな雰囲気の山崎くんとは一度も話したことがなかった。そういう子が、男子にも女子にもまだ何人かいる。話をしたことはあっても、性格や趣味がまだよくわからない子もいる。

「ねえねえ、大事なこと忘れてるよ」

おとなしい春香が珍しく自分から手を挙げて、「ノアの話の前に決めなきゃいけないのは宏美ちゃんとのお別れをどうするか、でしょ？」と言った。

「あ、そっか」と美和もうなずいた。「ごめんごめん、そっちのほうに夢中《むちゅう》になっちゃって、大事な話を忘れてた」

春香には素直に謝るくせに、原くんを振り向くと「あんたがヘンなタイミングで盛り上がるからだよ！」と文句をつけて、宏美にも「早く言わないから忘れちゃうんだよ！」と、ぷんぷん怒る。まったくワガママで、イバりんぼで、女王様キャラで……。

「わたし、ノアをみんなで探してくれたら、それでいいよ。ノアを探すのがお別れ会の代わりだから」

宏美が答えると、みんなは口々に「でも、ちゃんとお別れしたいよ」「せっかく同じクラスなんだから」と言った。

昨日も同じようにみんなは別れを惜しんでくれた。でも、今日のほうがずっと心がこもっている。なぜだろう。わからない。ただ、宏美も――昨日より今日のほうがずっと、みんなと別れるのが寂しくて、悲しい。

「じゃあ、こうしたらどう？」

不意に、教壇から野中先生の声が聞こえた。

学校放送で呼び出されて職員室に行っていた先生は、まだ休み時間のうちに教室に戻ってきていたのだ。話し合いに夢中になっていたみんなはそれに気づかなかった。先生も黙ったまま、みんなの話をじっと聞いていた。

そして――。

「ノアっていう猫を探すとき、吉村さんが順番にいろんなグループに入ればいいのよ。そうすれば、吉村さんと一人ずつゆっくりお別れできるでしょ？」

先生のアイデアに、みんなは顔を見合わせて、うんうん、だよねだよね、いいじゃん、サイコー、と笑い合った。

さらに――。

「あとね、これ、さっき職員室に届いてたの」

先生が手に持っているのは、リングノートと六色のマーカーセットだった。

宏美はそれを見た瞬間、息が止まりそうになった。もしかして……と思う間もなく、先生はつづけて言った。

「三時間目の途中に、吉村さんのお母さんが持ってきてくれたんだって。これ、サイン帳でしょ？　あとでみんなに書いてもらえばいいわよね」

宏美は黙って、ほんのちょっとだけ首を前に倒した。声に出して返事をしたり大きくうなずいたりすると、そのはずみに涙がにじんでしまいそうだった。お母さんは宏美の部屋に入って、サイン帳を置き忘れているのに気づくと――いや、わざと持って行かなかったんだと見抜いたのかも、とにかく忙しさでてんてこまいのはずなのに、学校まで持って来てくれた。言葉にならない言葉が胸を満たして、熱くする。その言葉は「ありがとう」なのだろうか。「ごめんなさい」なのだろうか。両方が混じり合ったものだろうか。それとも、どちらとも違う、まだつかったことも読んだこともない言葉なのだろうか……。

先生はサイン帳とペンを宏美に渡すと、「今日は特別に、五時間目と六時間目はノア探しの授業にしてあげるね」とみんなに言った。

教室がたちまち歓声に包まれるなか、原くんが「四時間目はダメですか？」と訊いた。

「だーめ」

先生が冗談っぽく答えると、原くんは「がくーっ」と大げさに落ち込んで、それで教室はさらに元気な笑い声で一杯になった。宏美も笑った。やだあ、もう、と笑いながら、このクラスのみんなともっと一緒に遊びたかったな、と初めて思って、泣きそうになってしまった。

昼休みからノア探しが始まった。

みんなで手分けして、学校中を探し回った。

「いい？　黒猫をチラッとでも見たら、すぐに教室に戻って先生に知らせてちょうだい。それで、先生がベランダに出たら『ノア発見』のサインだから、みんなも教室に戻ってきてね。グラウンド側を探してるグループは、ときどきベランダのほうをチェックすること。あと、廊下側のほうを探してるグループは、運動会に使う赤い旗を廊下の外窓から出すから、それを合図にして、戻ってきて。くれぐれも他のクラスの授業の邪魔はしないように。大声出しちゃダメよ。廊下を走るのも……まあ、ちょっとぐらいはしかたないけどね」

なんだか、野中先生が一番張り切っている。

黒板にも大きく『ノアそうさく隊本部』と書いた。

宏美が思っていたより、じつはノリのいい性格の先生なのかもしれない。

サイン帳の一ページ目は、先生に書いてもらった。

〈フレッシュな風を教室に吹き込んでくれてありがとう！〉

そう書いてくれた先生は、もう一言、メッセージを宏美に贈った。

〈「はじめまして」と「さようなら」は、思い出の「いただきます」「ごちそうさま」と同じです。もみじ小学校の思い出、おいしかった？　これから時間がたつにつれて、ドンドンおいしくなるよ。ワインと同じです。〉

「ワインって、時間がたつとおいしくなるんですか？」

宏美が訊くと、先生は「オトナになるとわかるわよ」と笑って、「それまで、六年二組のこと忘れないでね」と言った。

だいじょうぶ、絶対に忘れない、とノアを探しながら実感した。

みんなとグループになって一匹の野良猫を探すなんて、宝探しの冒険のお話みたいだ。すごく面白い。ワクワクするし、ドキドキする。

しかも、いろんなグループが次から次へと「先生、ノアいたよ！」と六年二組の教室に駆け込んでくる。

ウソみたいだ。ノアの目撃情報がどんどん出てくる。「いま黒いしっぽが見えなかった？」「ほら、あそこ！　見た？　あれって猫のしっぽじゃないの？」「いたよ、いたっ！」「あっ、いなくなっちゃった！」「見間違いじゃないの？」「そんなことないよ、ほんとに見たんだってば」……。

まさに神出鬼没《しんしゅつきぼつ》だった。ノアはたった一匹しかいないはずなのに、まるで分身の術を使ったみたいに、校内のあちこちで、ほんの一瞬だけ、しっぽ限定で、目撃されているのだ。

でも、捕まえることができない。

しっぽ以外の姿も見ることができない。

放課後は学校の外にも出て探した。宏美は順番にぜんぶのグループを回って、一人ずつお別れの言葉を交わしたり、握手したり、ハグをしたりした。サイン帳もみんなのメッセージで埋まった。ありふれた「元気でね」「バイバイ」の言葉でも、やっぱり昨日とはまったく違う。どんなにヘタな字でも、心がこもっているのが、よくわかった。

それでも、肝心のノアが――いない。

しっぽがチラッと視界の隅をよぎることは何度も何度も何度もあるのに――

それ以上は姿を見せない。

夕方五時のチャイムが鳴った。下校時刻になってしまった。

「残念だけど、しかたないわね……」

最後に教室に集まったみんなに、先生は言った。

宏美はしょんぼりと窓の外に目をやった。グラウンドには、あさっての運動会に備えて白線がいろんな形に引かれていた。あとはもうみんなに任せるしかない。運動会のことも、ノアのことも。

転校って、いつでもそうなんだよ、と誰かに教えてあげたい。わたしたち転校生は、いつだって、途中から入ってきて、途中で出て行っちゃうんだよ。その寂しさや悔しさって、みんなが思ってるより、ずーっと深くて、重くて、キツいんだからね……。

第9章　忘れものはなんですか?

学校を出るときには十人近いグループだった。でも、交差点に差しかかるたびに「じゃあね」「わたし、こっちだから」と一人ずつ減ってしまう。雰囲気も変わった。最初はみんなで代わる代わる冗談ばかり言っていたのに、人数が減るにつれて、笑い声もあまりあがらなくなってくる。

いつものことだよね、と宏美はそっと苦笑した。慣れている。転校前の最後の最後のお別れは、みんな無理やり陽気にふるまおうとするから、人数が少なくなるにつれて話題がなくなってしまうのだ。こういうときには、よけいなことは言わなくていい。黙って歩いたほうがいい。

ところが、転校生を見送る経験のない六年二組の子にとっては、こんな感覚を味わうことは初めてなので、みんな話が途切れるのを怖がって、どうでもいいことを口にしたり、同じ話を何度も繰り返したりする。

「東京って、もみじ市よりも都会なんでしょ?」――訊かなくてもわかることだと思う。

「ノア、しっぽは見えたのにね」――さっきも言ってたよ。

ツッコミどころはたくさんあっても、うんざりしたり、あきれたりはしない。それどころか、話が堂々巡《どうどうめぐ》りになればなるほど、みんなと別れる寂しさが、らせん階段みたいに渦《うず》を巻きながら胸に迫ってくる。

もみじ橋の手前でまた一人減った。「いつまでも元気でね」と横断歩道を渡る山本《やまもと》さんに「バイバーイ」と手を振り返して、お別れした。

残ったのは、美和と宏美の二人きり。それも橋を渡り終えるまでのことだ。橋を渡りきったところの交差点で、美和は右に、宏美は左に曲がる。いよいよ正真正銘のお別れの瞬間が訪れるのだ。

山本さんを見送ってから、美和と宏美は並んで歩きだした。示し合わせたわけではないのに、二人とも、足取りがいままでより遅くなった。

言葉が途切れた。でも、美和は他の子と違って、無理やりしゃべろうとはしない。むしろ沈黙を嚙みしめるように、足取りはさらに遅くなる。

やっぱり美和ちゃんって、大事なことがちゃんとわかってる子だな、と宏美は思う。ムカつくことも多いけど、クラスの中で一番オトナなんだな、とも思う。

もっと長く一緒にいれば、もっと仲良くなれただろうか。親友になれたかもしれない。転校生は誰とも「幼なじみ」にはなれない。でも、「親友」なら、途中からでも間に合う。

まあ、その前にケンカして絶交しちゃう可能性のほうがありそうだけど——。

わざとクールなオチをつけて、でもうまく笑えなくて、暗くなった空を見上げて言った。

「そうだ、忘れてた」

「なに？」

「お師匠さんに挨拶しなきゃ」

「……ひいばあちゃん？」

「そう。だって、全然お稽古には出られなかったけど、いちおう弟子入りしたんだもん。お別れの挨拶ぐらいしないと怒られちゃうと思わない？」

きょとんとしていた美和も、すぐに「そうだね！」と声をはずませた。「じゃあ、いまから道場に行かなきゃ」

「うん、しょーがないよね、お師匠さんなんだから」

「そうそう、ひいばあちゃんは礼儀にうるさいから、しょーがないんだよ」

ちょうど橋を渡りきったところだった。でもだいじょうぶ。ここでお別れではなく、もうちょっと一緒にいられる。美和も歓迎してくれている。それがなによりうれしい。

「今夜は荷造りで忙しいんだけど」「ウチだってみんな忙しいんだよ、もうすぐ新酒の仕込みが始まるんだから」「面倒くさいけど、しかたないね」「いきなり来られても迷惑だけど、しかたないね」「しかたない、しかたない」「うん、しょーがないしょーがない」……。


なぎなた道場では小笹さんが一人で型の稽古をしていた。

いや、「一人」ではない。

自分の背丈よりも長いなぎなたを気合を込めて操る小笹さんを、正面から、まるで観客みたいに板の間にちょこんと座って見つめているのは——。

「ノア！」

宏美と美和は同時に叫んだ。

転校のこと、ノアのこと、順を追って説明した。

小笹さんは、ふんふん、なるほど、とひざに乗ったノアの耳の後ろを軽くひっかきながら話を聞いてくれた。転校の話はともかく「さすらい猫」の話を信じてもらうのは大変だろうな、と宏美は覚悟していたが、小笹さんは「この猫ちゃんには、なにかがあると思ってたのよ」と納得顔でうなずいて、「だってね……」とつづけた。

「今日は午後からずっと、わたしと一緒に道場にいたんだから」

「ノアが？」「ほんとですか？」

美和と宏美は顔を見合わせて、すぐに小笹さんとノアに目を移した。

「学校でみんな見たんだよ、ノアのしっぽ」と美和が言う。

「一瞬だけだったけど、見たひと、何人もいます」と宏美も言う。

でも、小笹さんは「さすらい猫なら、それくらいのことやるわよ」と返し、ねーっ、そうよねーっ、とノアの頭の後ろを撫でた。ノアはのどをゴロゴロ鳴らし、緑色のまじった目を細い一本のスジにして、ゴキゲンそのものだった。

「ヘンなこと言わないでよ、ひいばあちゃん。化け猫じゃないんだから」「そうですよ、そんなの、ホラー映画じゃないですか」

二人がかりのブーイングは、あっさりとかわされた。

「だったらアレだ、みんなで見間違えたのよ、うん」

「そんなあ……」「いくらなんでも、それって……」

「黙らっしゃいっ！」

いきなり一喝されて、二人ははじかれたように、正座したまま後ろに下がった。一方、ノアは、すぐそばで大声が響きわたったというのに、あいかわらず小笹さんのひざの上に乗ったまま、平然と、のんびりと、前肢《まえあし》の指と指の間をペロペロなめている。

小笹さんも二人を黙らせたあとは、しわくちゃの顔をさらにしわだらけにした笑顔になって、つづけた。

「みんなノアに会いたかったのよ。会いたかったから、みんな何度もマボロシを見たのよ。すごくいいことなの、それは」

「そう？」と美和。

「あたりまえじゃない。大切なものを忘れてると思ってるから、みんな、すごく本気でノアを探したんでしょう？　ノアに会って、なにを忘れてるのか知りたかったんでしょう？」

「はい……」と宏美。

「それでいいの。それが一番大事なことなの」

「でも、大切なものって、結局わかんないままだったよ」

美和が不服そうに口をとがらせると、小笹さんは「あたりまえじゃない」と、ぴしゃりと言い切った。「まだ小学生のくせにそんなのわかりたいなんて、生意気ったらありゃしないよ、まったく」

「そんなぁ……」

「いい？　ほんとうに大切なものっていうのは、簡単に言葉で説明できるようなものじゃないの。だから、ほんとうに大切なの。わかる？」

小笹さんはじっと宏美を見つめ、「あんたはなんとなくわかりかけてるみたいだね」とうなずいた。

そうだろうか。自分ではよくわからない。ただ、昨日と今日を比べるとなにかが確かに変わった。それをうまく言葉で説明することはできないけれど——できないからこそ、ほんとうに大切なものなのかもしれない。

宏美がほめられたので、美和はたちまちふくれっつらになった。「わたしだって、わかってるもん」と負けず嫌いの意地を張る。

小笹さんはそんな美和を苦笑交じりに見つめて、「一番の一番の一番に大切なものがなんなのか、あんたたちに教えてあげる」と言った。

いまの自分は大切なものを忘れてしまっているかもしれない、と思うこと——。

いつもそう思っていること——。

忘れてしまったかもしれない大切なものを探しつづけること——。

それを探さなくちゃ、と思いつづけること——。

「クラスみんなでノアを探したんだから、六年二組はいいクラスになったのよ。今度、野中先生をほめてあげなきゃ」

小笹さんはそう言ってノアをひざから下ろし、よっこらしょ、と立ち上がった。

前肢と後ろ肢を床に踏ん張って背筋を伸ばしたノアは、宏美と美和を見ると、にゃあん、と小さく鳴いて、とことこと二人に歩み寄ってきた。

そして、正座した宏美のひざ小僧に頬をすり寄せて、風呂敷を巻いた首をちょっと伸ばす。そのしぐさは、まるで「首のコレ、そろそろよろしく」と伝えているみたいだった。

「宏美ちゃん……風呂敷のことじゃない？」

美和が言った。宏美も、「だよね……」とうわずった声で答えた。

風呂敷をほどいてほしい、とノアがせがんでいるということは、つまり、要するに、すなわち、手紙を入れてよ、ということなのだろうか……。

「そろそろ卒業ってことみたいね、どうやら」

小笹さんはそう言って、納戸《なんど》に向かった。

「でも、手紙になにを書けばいいの？」と美和が自信なげに言う。「先生に電話して聞いたほうがいいかなあ」

「そんなことしなくていいわよ」納戸の中から小笹さんは答えた。「宏美ちゃんと二人で考えて書きなさい」

「だって、そんなの……」

「いいことを書こうとか、じょうずに書こうとか、よけいなことを考えちゃダメだからね。頭の中をからっぽにして書きなさい」

「それが一番難しいんだよお……」

「弱音を吐くでないっ！」

一喝とともに、納戸から二枚のフリスビーが——違う、雑巾が飛んできた。

みごとに一枚ずつ、宏美と美和の前に着地する。

「無心になるには、これっ」

道場の拭き掃除——だった。

「いい？　人生の修業は、一に清掃、二に掃除！」

あのー、おんなじ意味ですけどぉ……と宏美は心の中でツッコミを入れた。


小笹さんは宏美からサイン帳を渡されると、「墨《すみ》をすって書かなきゃいけないね」と言って、母屋に向かった。さすがに武道の世界の達人、こういうときにはやはり毛筆でメッセージをしたためるのだろう。それにもう一つ、たぶんこっちのほうがメインの理由——宏美と美和を二人きりにしてくれたのだろう。

香箱座りをするノアに見守られて、二人は板目を一枚ずつていねいに雑巾で拭いていった。このまえのように競争はしなくていい。しないほうがいいし、したくない。二人並んで、ゆっくり、ゆっくり、乾拭きをしていく。

「わたし、わかったよ」

美和がぽつりと言った。「転校しちゃう子と別れる気持ち、あんたのおかげで、なんとなくわかった」

「そう？」

「うん……いまは初めてだから、まだうまくお別れの挨拶とかできないけど、慣れていけばだいじょうぶだと思う」

「慣れる、って」

思わず笑ってしまった。転校生がめったに来ない町なのだから、お別れをする機会だってないはずなのに。

でも、美和は「これからたくさんあるから」と言った。いつもの強気な言い方ではなく、しんみりと、自分自身に言い聞かせるような口調だった。

「……そうなの？」

「だって、進学とか就職とか、あと結婚とか、みんなどんどんいなくなっちゃうもん」

ほんとだよ、と美和は付け加えた。「お父さんもそうだったし、おじいちゃんもそうだったんだって」

宏美も、それでやっと美和の言いたいことがわかった。

美和は白石酒造の一人娘として生まれ、十三代目の跡継ぎだと決められて育ってきた。

もみじ市以外の町で暮らすことなんて、ありえない——。

ものごころついた頃からずっと、そう植え付けられていたのだろう。

「でもさ、これからけっこう悩んじゃうかもね」

美和はひとごとみたいに言った。「だって田舎だもんねー、ここ」と顔をしかめた。

悩んでいいよ、と宏美も思う。

っていうか、悩んでほしいし、悩むだけだとキツいから、思いきって——。

「女子高生とかになったら、わたし、家出をしちゃうかもね」

宏美の頭に浮かんだことを、自分から言ってくれた。でも、宏美がうなずく前に

「なーんてね」と笑って打ち消して、「家出なんかしなくても、どうせ大学は東京に行くつもりだし」とつづける。

「ほんと？」

「うん、その話は、お父さんやお母さんも大賛成してくれてるんだよね」

東京には、お酒づくりの専門的な研究のできる大学もあるらしい。そこでしっかり勉強をして、若いひとにはあまり人気がないという日本酒を、もっともっとおいしくしたい、というのが美和の夢だった。

「あとね、ワインもつくってみたいんだ」

「できるの？」

「うん、ここは盆地だし、ぶどうも採れるから、がんばればおいしいワインができると思うんだよね。それにほら、ワインのほうが、なんかオシャレだしね」

でしょ？　と笑う美和に、だね、と宏美も笑って答えた。日本酒の伝統を守るのもいいけど、そっちのほうが美和ちゃんらしいかも、と思う。

「ワインって、時間がたつとどんどんおいしくなるんでしょ？　今日、野中先生が言ってたけど」

「そうみたい。だから、今年のぶどうでつくったワインがほんとうにおいしくなるのって、十年後とか二十年後なんだって」

「その頃って、わたしたちもオトナになってるんだね」

「うん……」

「なんか、そういうのっていいなあ」

せっかく素直に言ってあげたのに、美和は「そう？　十二歳の子が十年たったらオトナになるって、あたりまえじゃん」とヒネクレたことを言う。でも、まあ、これも美和ちゃんらしいかな、と宏美は肩をすくめて笑った。

いよいよ、最後の一列ずつになった。

「どう？　宏美ちゃん、手紙書けそう？」

「美和ちゃんは？」

ふふっ、と笑い合った。

そして、かけっこのスタートみたいなポーズを二人並んで取った。

「また、もみじ市に遊びに来てもいいからね」

「わかってる」

「あと、わたしもあんたの住んでる町に遊びに行ってあげてもいいし」

「……ほんと、イバってるよね」

軽くにらんだ。でも、すぐにプッと噴き出してしまう。

美和もわざとそういう言い方をしたのだろう、いたずらっぽく舌を出して笑い返してから前に向き直り、「よーい、ドン！」と勝手に宣言して、ダダダダダダダーッ――。

「あ、セコっ！」

宏美も負けずに、ダダダダダダダダダダダーッ――。

向こう側の壁の前では、ノアが待っている。

ふわーっ、とのんびりあくびをして、しっぽをぴょんと立てた。

〈こんにちは。わたしたちは、もみじ市立もみじ小学校六年二組です。

おめでとうございます！

あなたのクラスはノアに選ばれました！〉

ノア、ありがとう。


〈ノアはあなたのクラスが忘れてしまった大切なものを教えてくれます。

それがどういう大切なものなのか、すぐにはわからないかもしれません。わたしたちもわかりませんでした。

でも、ほんとうに大切なものって、説明できないものなんだと思います。

説明できなくて、よくわからなくて、ぶっちゃけ、忘れてるかどうかもわからないものだと思います（でも、忘れものって、みんなそうですよね？　忘れてることに気づかないから、忘れものなんです）。

それでも、信じてください。ノアは絶対に大切なものを教えてくれます。そしてそ

れは、ワインみたいに時間がたつにつれて、どんどん味わいが深まっていくものなのです。〉

ノア、さよなら。

〈あなたたちの住んでる町はどんな町ですか？　海のある町ですか？　山に囲まれた町ですか？　都会ですか？　田舎ですか？　転校生のたくさん来る学校ですか？　先祖代々その町に住んでる子の多い学校ですか？　ノアの話とは関係ないけど、あなたのクラスに転校生が来たら、仲良くしてあげてください。あと、ちょっとワガママでイバりんぼの子も、じつは意外とココロが優しかったりするんですよ。〉

ノア、また、どこかで会えたらいいね――。

講談社文庫版のためのあとがき

本書に収録された二作はともに、講談社の児童向けレーベル・青い鳥文庫のラインナップに加えてもらっていた。つまり、もともと小学生向けに書いたお話である。

このたびの講談社文庫入りで、より幅広い年齢層の方々に手に取ってもらえる可能性が広がった。二冊を一巻本としてまとめていただいたことで、ノアの活躍のボリュームも増した。関係各位のご理解とご高配に心から感謝する。

そういう経緯の再文庫化である。講談社文庫版のあとがきは、当然ながら、おとなの読者にも読んでいただくことになるのだが、小学生の読者への思いがストレートに綴《つづ》られた青い鳥文庫版のあとがきを僕はあんがい気に入っている。

二作それぞれのあとがきを再録して、講談社文庫版のあとがきの「柱」とすることと、どうぞご理解ください。

では、まずは『さすらい猫ノアの伝説――勇気リンリン！の巻――』から――。

＊

ふしぎな黒猫・ノアのお話、いかがでしたか？

きみとは初めての出会いです。ノアもさっきからドキドキした様子で、ぼくのほうを見ています。お話の中では健太やリリーや亮平と仲良しになったノアですが、じつはお話を読んでくれたきみとも友だちになりたくてしかたないんです。

「ノアって、いいヤツだなあ」

「ノアがわたしたちの学校にも来てくれたらいいのに」

そんなふうに思ってくれたら、もう、最高！

ノアはビー玉みたいな目をキラキラ輝かせて喜ぶはずです。もちろん、ノアのお話を書いているぼくだって大喜びです。思わずバンザイをしたくなっちゃいます。

ノアと友だちになってくれますか？

だいじょうぶ……だよね？

よーし、じゃあ、ぼくたちは仲間だ！

仲間同士の友情の証として、ノアの秘密を一つだけ教えてあげます。

ぼくがノアのお話を書こうと思った理由について、こっそり。

学校は「出会いの場」であってほしい――。

ぼくはいつもそう思っています。毎日毎日たくさんの出会いがあって、みんな、それを楽しみにしてワクワクしながら過ごしてほしいな、と願っているのです。

でも、残念ながら、クラス替えの終わったあとは、なかなか新しい出会いのチャンスはありません。いつもの同級生、いつもの遊び仲間……もちろんそれも楽しいけど、ずーっと同じ顔ぶれだと、ちょっと心がキュークツになっちゃうこと、ないですか？

もしも、いまのきみがそういうキュークツさを感じていたら、ぜひ「出会いのお話」をプレゼントしたい――というのが、ノアのお話を書いた一番の理由です。

町から町へ、学校から学校へと渡り歩くノアの旅は、出会いの連続です。

だれかとだれかが出会うと、新しいなにかが生まれる。

友情だってそう。恋だってそう。マンガやゲームのバトルだって、ライバルとの出会いによってグッと盛り上がりますよね。

じゃあ、ノアというふしぎな黒猫と出会ったら、どんなものが生まれるんだろう。

答えは……ぼくにもわかりません。

わからないから、この本のお話は、健太やリリーや亮平に「どう？　ノアと出会って、なにかが変わったかい？」と何度も何度も質問しながら書いていきました。

この次のお話も、同じように、主人公とおしゃべりしながら書いていくつもりです。

え？　「今度のお話の主人公はだれですか」だって？

これは、ぼくにも決められないんです。

なにしろノアは自由気ままな、さすらい猫です。次にどんな町のどんな学校に行くのか、ちっともぼくには教えてくれません。まったく困ったものです。

でも、ノアが出会う子は、きっと、きみによく似た小学生だと思います。

「そうだよな、ノア」

ぼくが声をかけると、ノアは、ニャーンと鳴いて返事をしました。ふむふむ。どうやら「もちろんだよ！」と答えてくれたようです。

ほんとだよ。

そろそろ、お別れの時間が近づいてきました。

この本を読んでくれて、ほんとうにどうもありがとう。

でも、また次の本で会えるよね？

さっきも言ったとおり、ノアが出会いたい友だちは、お話の中にいる主人公たちだけではありません。そのお話を読んでくれるきみとも、何度でも出会って、もっともっと仲良くなりたいんです。だから、ノアのこと、これからもずっと、よろしく!

さあ、ノアが歩きはじめました。ぼくはメモ帳を手に、ノアのあとを追いかけます。

「ノア、ノア、今度はどこの学校に行くんだい?」

「ニャーン」

うーん……どうやら、「ナイショだよ!」と言っているようです(涙)。

＊

つづいて、講談社文庫版では「忘れものはなんですか?」と改題された、『さすらい猫ノアの伝説2――転校生は黒猫がお好きの巻――』のあとがき――。

＊

宏美と美和のお話、いかがでしたか?

最後まで読んでくれてありがとう。それとも、きみはまず最初に「あとがき」から読むタイプなのかな? もしもそうだったら、ちょっとだけ、アニメの次週予告みたいに、このお話のポイントをご紹介します。

転校生のお話です。

きみは転校をしたことがあるかな——？

「入学してからずーっと同じ学校だよ」というひとのほうが多いだろうか。じゃあ、そういうひとには、質問を変えよう。

きみは転校してきた友だちを迎えたことがあるかな——？

でも、「転校したこともないし、友だちに転校生もいないよ！」というひとだって、ご心配なく。正直に打ち明けると、ぼくは、転校というものがピンと来ないひとや「よくわかんないよ」と首をかしげるひとに読んでもらいたくて、このお話を書いたのだから。

ぼくは小学生のころ、何度も転校をしました。

仲良しの友だちとお別れをするのは悲しいし、住み慣れたわが家から引っ越していくのは寂しい。それになにより、新しい学校で友だちができるかどうか不安で不安で不安で不安で……。

ぼくはもうすぐ五十歳になります。きみのお父さんやお母さんよりも、きっと年上だと思います。学校の先生よりも年上かもしれないね。

でも、いまもまだ、転校が決まって友だちにお別れのあいさつをするときのことを思いだすと、胸がキュッと締めつけられてしまうし、新しい学校に初めて登校する日の「行きたくないなあ、イヤなヤツがいたらどうしよう……」という緊張や不安がよみがえると、たちまち胸がドキドキしてしまいます。

そのくせ、転校を繰り返していくうちにだんだん慣れっこになって、「どうせすぐにまた転校しちゃうんだから」と友だちのことをクールに見たり、「どうせボクなんか『よそ者』だもんね」とスネてそっぽを向いたりしていました。

このお話には、そんなぼくの体験や思い出が、たっぷり詰まっています。

転校したことのあるひとも、ないひとも、宏美になったり美和になったり、ほかの友だちになったりしながら、どうぞゆっくりとお話を楽しんでください。

そして、ここからは作者としての――というよりオトナとしての、ささやかなお願い。

転校生のお話とは、つまり、「出会いのお話」と「別れのお話」でもあります。

ベテラン転校生のぼくは、転校を一度もしなかった友だちよりも数多くの出会いと別れを経験してきました。転校のベテランとは、出会いと別れのベテランでもあるのです。

でも、オトナになって振り返ってみると、ときどき後悔してしまうことがあります。

もっと一つひとつの出会いと別れを、しっかりと胸に刻んでおけばよかった。

友だちと出会った喜びや、友だちと別れる悲しみの記憶は、子どもの頃よりもむしろオトナになってからの自分の心を豊かにしてくれるんだと——オトナになってから気づくのです。

このお話を読んでくれたきみは、どうですか？

いまはまだ出会いも別れもピンと来ないかな。

でも、忘れないで。子どもの頃に浮かべた笑顔や流した涙は、きみたち一人ひとりの大きな、大切な、かけがえのない宝物です。たくさん出会って、たくさん別れて、たくさん笑って、たくさん泣いて……一歩ずつ、ゆっくり、オトナになってください。

そんな思いを込めて、このお話を書きました。

主人公は宏美と美和ですが、いま気づきました。さすらい猫のノアは、誰よりも数多くの出会いと別れを知っているんですね。だからノアはあんなに不思議な猫になったのかもしれません。

さあ、ノアは今度はどこに現れるのでしょう。

きみの町に——。

きみのクラスに——。

それとも、きみの心の中かもね。

＊

……少し照れくさい語り口になってしまっているが、二〇一九年夏のいま、このお話に込めた思いを問われると、やはり、同じことを同じように答えるだろう。

そして、読者として想定する相手が「小学生の皆さん」から「小学生も含む皆さん」に変わっても、その思いはいささかも揺らいではいないのだということも、たったいま、確認したところだ。

よって、これにて講談社文庫版のあとがきを閉じることにする。

二編のお話が世に出るまでにお世話になったすべての皆さんに、心から感謝する。

もちろん、読んでくださった方々には、思いっきりの最敬礼を――。

重松　清

二〇一九年六月

初出　**勇気リンリン！**
朝日小学生新聞「さすらい猫　ノアの伝説」二〇一〇年四月一日～六月三十日連載
挿画：杉田比呂美　担当編集：佐々木道子
単行本　『さすらい猫　ノアの伝説』二〇一〇年八月（講談社刊）
装画：杉田比呂美　装幀：坂川栄治＋坂川朱音　担当編集：小沢一郎
青い鳥文庫『さすらい猫ノアの伝説――勇気リンリン！の巻――』二〇一一年十月
装画：杉田比呂美　装幀：久住和代　担当編集：小沢一郎

忘れものはなんですか？
IN☆POCKET「さすらい猫ノアの伝説」二〇一一年十月号～二〇一二年三月号連載
挿画：杉田比呂美　担当編集：斎藤　梓
青い鳥文庫『さすらい猫ノアの伝説――転校生は黒猫がお好きの巻――』二〇一二年七月
装画：杉田比呂美　装幀：久住和代　担当編集：小沢一郎

講談社文庫（本書）
装画：丹地陽子　装幀：草苅睦子　担当編集：堀　彩子

お世話になったすべての皆さんに、心より感謝いたします（著者）

|著者| 重松 清　1963年岡山県生まれ。早稲田大学教育学部卒業。出版社勤務を経て、執筆活動に入る。'91年『ビフォア・ラン』でデビュー。'99年『ナイフ』で坪田譲治文学賞、『エイジ』で山本周五郎賞、2001年『ビタミンF』で直木賞、'10年『十字架』で吉川英治文学賞、'14年『ゼツメツ少年』で毎日出版文化賞をそれぞれ受賞。小説作品に『流星ワゴン』『定年ゴジラ』『きよしこ』『疾走』『カシオペアの丘で』『とんび』『かあちゃん』『あすなろ三三七拍子』『空より高く』『希望ヶ丘の人びと』『ファミレス』『赤ヘル1975』『なぎさの媚薬』『どんまい』『木曜日の子ども』『ニワトリは一度だけ飛べる』『旧友再会』『ひこばえ』他多数がある。ライターとしても活躍し続けており、ノンフィクション作品に『世紀末の隣人』『星をつくった男　阿久悠と、その時代』、ドキュメントノベル作品に『希望の地図』などがある。

さすらい猫《ねこ》ノアの伝説《でんせつ》

重松《しげまつ》 清《きよし》

2019年8月9日第1刷発行
2025年6月25日第15刷発行

発行者——篠木和久
発行所——株式会社 講談社
東京都文京区音羽2-12-21　〒112-8001
電話 出版 (03) 5395-3510
　　 販売 (03) 5395-5817
　　 業務 (03) 5395-3615

Printed in Japan

講談社文庫
定価はカバーに表示してあります

KODANSHA

デザイン—菊地信義
本文データ制作—講談社デジタル製作
印刷——株式会社KPSプロダクツ
製本——株式会社KPSプロダクツ

ISBN978-4-06-515242-3

講談社文庫刊行の辞

二十一世紀の到来を目睫に望みながら、われわれはいま、人類史上かつて例を見ない巨大な転換期をむかえようとしている。

世界も、日本も、激動の予兆に対する期待とおののきを内に蔵して、未知の時代に歩み入ろうとしている。このときにあたり、創業の人野間清治の「ナショナル・エデュケイター」への志を現代に甦らせようと意図して、われわれはここに古今の文芸作品はいうまでもなく、ひろく人文・社会・自然の諸科学から東西の名著を網羅する、新しい綜合文庫の発刊を決意した。

激動の転換期はまた断絶の時代である。われわれは戦後二十五年間の出版文化のありかたへの深い反省をこめて、この断絶の時代にあえて人間的な持続を求めようとする。いたずらに浮薄な商業主義のあだ花を追い求めることなく、長期にわたって良書に生命をあたえようとつとめるところにしか、今後の出版文化の真の繁栄はあり得ないと信じるからである。

同時にわれわれはこの綜合文庫の刊行を通じて、人文・社会・自然の諸科学が、結局人間の学にほかならないことを立証しようと願っている。かつて知識とは、「汝自身を知る」ことにつきていた。現代社会の瑣末な情報の氾濫のなかから、力強い知識の源泉を掘り起し、技術文明のただなかに、生きた人間の姿を復活させること。それこそわれわれの切なる希求である。

われわれは権威に盲従せず、俗流に媚びることなく、渾然一体となって日本の「草の根」をかたちづくる若く新しい世代の人々に、心をこめてこの新しい綜合文庫をおくり届けたい。それは知識の泉であるとともに感受性のふるさとであり、もっとも有機的に組織され、社会に開かれた万人のための大学をめざしている。大方の支援と協力を衷心より切望してやまない。

一九七一年七月

野間省一

真保裕一 灰色の北壁
真保裕一 覇王の番人(上)(下)
真保裕一 デパートへ行こう!
真保裕一 アマルフィ〈外交官シリーズ〉
真保裕一 天使の報酬〈外交官シリーズ〉
真保裕一 アンダルシア〈外交官シリーズ〉
真保裕一 ダイスをころがせ!(上)(下)
真保裕一 天魔ゆく空(上)(下)
真保裕一 ローカル線で行こう!
真保裕一 遊園地に行こう!
真保裕一 オリンピックへ行こう!
真保裕一 連鎖〈新装版〉
真保裕一 暗闇のアリア
真保裕一 ダーク・ブルー
真保裕一 真・慶安太平記
篠田節子 弥勒
篠田節子 転生
篠田節子 竜と流木
重松清 定年ゴジラ

重松清 半パン・デイズ
重松清 流星ワゴン
重松清 ニッポンの単身赴任
重松清 愛妻日記
重松清 青春夜明け前
重松清 カシオペアの丘で(上)(下)
重松清 永《と》遠《わ》を旅する者〈ロストオデッセイ 千年の夢〉
重松清 かあちゃん
重松清 十字架
重松清 峠うどん物語(上)(下)
重松清 希望ヶ丘の人びと(上)(下)
重松清 赤ヘル1975
重松清 なぎさの媚薬(上)(下)
重松清 さすらい猫ノアの伝説
重松清 ルビィ
重松清 どんまい
重松清 旧友再会
新野剛志 美しい家
新野剛志 明日の色

殊能将之 ハサミ男
殊能将之 鏡の中は日曜日
殊能将之 殊能将之 未発表短篇集
首藤瓜於 事故係生稲昇太の多感
首藤瓜於 脳男 新装版
首藤瓜於 ブックキーパー 脳男(上)(下)
島本理生 シルエット
島本理生 リトル・バイ・リトル
島本理生 生まれる森
島本理生 七緒のために
島本理生 夜はおしまい
小路幸也 高く遠く空へ歌ううた
小路幸也 空へ向かう花
小路幸也 原案 山田洋次 平松恵美子 家族はつらいよ
小路幸也 原作・脚本 山田洋次 平松恵美子 家族はつらいよ2
島田律子 私はもう逃げない〈自閉症の弟から教えられたこと〉
辛酸なめ子 女修行
柴崎友香 ドリーマーズ
柴崎友香 パノラマ

講談社文庫　目録

翔田　寛　誘　拐　児
白石一文　この胸に深々と突き刺さる矢を抜け　(上)(下)
白石一文　我が産声を聞きに
小説現代編　石田衣良他著　10分間の官能小説集
小説現代編　勝目　梓他著　10分間の官能小説集2
小説現代編　乾くるみ他著　10分間の官能小説集3
柴村　仁　プシュケの涙
塩田武士　盤上のアルファ
塩田武士　盤上に散る
塩田武士　女神のタクト
塩田武士　ともにがんばりましょう
塩田武士　罪　の　声
塩田武士　氷　の　仮　面
塩田武士　歪んだ波紋
塩田武士　朱色の化身
芝村凉也　孤《こ》闘《とう》　の　寂《せき》〈素浪人半四郎百鬼夜行(六)〉
芝村凉也　追　憶　の　翰《かん》〈素浪人半四郎百鬼夜行(拾遺)〉
真藤順丈　畦　と　銃
真藤順丈　宝　島　(上)(下)

柴崎竜人　三軒茶屋星座館1〈冬のオリオン〉
柴崎竜人　三軒茶屋星座館2〈夏のキグナス〉
柴崎竜人　三軒茶屋星座館3〈春のカリスト〉
柴崎竜人　三軒茶屋星座館4〈秋のアンドロメダ〉
周木　律　眼　球　堂　の　殺　人〈～The Book～〉
周木　律　双　孔　堂　の　殺　人〈～Double Torus～〉
周木　律　五　覚　堂　の　殺　人〈～Burning Ship～〉
周木　律　伽　藍　堂　の　殺　人〈～Banach-Tarski Paradox～〉
周木　律　教　会　堂　の　殺　人〈～Game Theory～〉
周木　律　鏡　面　堂　の　殺　人〈～Theory of Relativity～〉
周木　律　大　聖　堂　の　殺　人〈～The Books～〉
下村敦史　闇に香る嘘
下村敦史　生　還　者
下村敦史　叛《はん》　徒《と》
下村敦史　失　踪　者
下村敦史　緑　の　窓　口〈樹木トラブル解決します〉
下村敦史　白　医
九　把　刀　阿井幸作／泉　京鹿　訳　あの頃、君を追いかけた
神護かずみ　ノワールをまとう女

四戸俊成　芹沢政信　神在月のこども
篠原悠希　霊　獣　紀〈獲麟《かくりん》の書(上)〉
篠原悠希　霊　獣　紀〈獲麟《かくりん》の書(下)〉
篠原悠希　霊　獣　紀〈蛟龍《こうりゅう》の書(上)〉
篠原悠希　霊　獣　紀〈蛟龍《こうりゅう》の書(下)〉
篠原悠希　霊　獣　紀〈鳳雛《ほうすう》の書(上)〉
篠原悠希　霊　獣　紀〈鳳雛《ほうすう》の書(下)〉
篠原美季　古　都　妖　異　譚〈玉手箱～シール オブ ザ ゴッデス～〉
潮谷　験　ス　イ　ッ　チ〈悪意の実験〉
潮谷　験　時　空　犯
潮谷　験　エンドロール
潮谷　験　あらゆる薔薇のために
島口大樹　鳥がぼくらは祈り、
島口大樹　若き見知らぬ者たち
杉本苑子　孤　愁　の　岸　(上)(下)
鈴木光司　神々のプロムナード
鈴木英治　大江戸監察医
鈴木英治　望　み　の　薬　種〈大江戸監察医〉
杉本章子　お狂言師歌吉うきよ暦

講談社文庫　目録

仙川　環　偽装診療〈医者探偵・宇賀神晃〉
瀬木比呂志　黒い巨塔〈最高裁判所〉
瀬那和章　今日も君は、約束の旅に出る
瀬那和章　パンダより恋が苦手な私たち
瀬那和章　パンダより恋が苦手な私たち2
蘇部健一　六枚のとんかつ
蘇部健一　六とん2
蘇部健一　届かぬ想い
曽根圭介　沈底魚
曽根圭介　藁《わら》にもすがる獣たち
染井為人　滅茶苦茶
園部晃三　賭博常習者
田辺聖子　ひねくれ一茶
田辺聖子　愛の幻滅(上)(下)
田辺聖子　うたかた
田辺聖子　春情蛸の足
田辺聖子　蝶花嬉遊図
田辺聖子　言い寄る
田辺聖子　私的生活

田辺聖子　苺をつぶしながら
田辺聖子　不機嫌な恋人
田辺聖子　女の日時計
谷川俊太郎訳 和田誠絵　マザー・グース　全四冊
立花　隆　中核VS革マル(上)(下)
立花　隆　日本共産党の研究　全三冊
立花　隆　青春漂流
高杉　良　労働貴族
高杉　良　広報室沈黙す(上)(下)
高杉　良　炎の経営者(上)(下)
高杉　良　小説 日本興業銀行　全五冊
高杉　良　社長の器
高杉　良　その人事に異議あり〈女性広報主任のジレンマ〉
高杉　良　人事権！
高杉　良　小説消費者金融〈クレジット社会の罠〉
高杉　良　小説 新巨大証券(上)(下)
高杉　良　局長罷免 小説通産省
高杉　良　首魁《しゅかい》の宴《うたげ》〈政官財腐敗の構図〉
高杉　良　指名解雇

高杉　良　燃ゆるとき
高杉　良　銀行大合併〈短編小説全集(上)〉
高杉　良　エリートの反乱〈短編小説全集(中)〉
高杉　良　金融腐蝕列島(上)(下)
高杉　良　勇気凜々
高杉　良　混沌《こんとん》 新・金融腐蝕列島(上)(下)
高杉　良　乱気流(上)(下)
高杉　良　小説 会社再建
高杉　良　新装版 懲戒解雇
高杉　良　新装版 大逆転！〈小説 三菱・第一銀行合併事件〉
高杉　良　新装版 バンダルの塔
高杉　良　第四権力〈巨大メディアの罪〉
高杉　良　巨大外資銀行
高杉　良　最強の経営者〈アサヒビールを再生させた男〉
高杉　良　リベンジ〈巨大外資銀行〉
高杉　良　新装版 会社蘇生
竹本健治　新装版 匣《はこ》の中の失楽
竹本健治　囲碁殺人事件
竹本健治　将棋殺人事件

竹本健治　トランプ殺人事件
竹本健治　狂い壁　狂い窓
竹本健治　涙《るい》　香《こう》　迷《めい》　宮《きゅう》
竹本健治　新装版ウロボロスの偽書(上)(下)
竹本健治　ウロボロスの基礎論(上)(下)
竹本健治　ウロボロスの純正音律(上)(下)
高橋源一郎　日本文学盛衰史
高橋源一郎　5と3/4時間目の授業
高橋克彦　総　門　谷
高橋克彦　炎《ほむら》立つ　壱　北の埋み火
高橋克彦　炎立つ　弐　燃える北天
高橋克彦　炎立つ　参　空への炎
高橋克彦　炎立つ　四　冥き稲妻
高橋克彦　炎立つ　伍　光彩楽土〈全五巻〉
高橋克彦　火　怨〈北の耀星アテルイ〉(上)(下)
高橋克彦　水　壁〈アテルイを継ぐ男〉
高橋克彦　天を衝く(1)〜(3)
高橋克彦　風の陣　一　立志篇
高橋克彦　風の陣　二　大望篇

高橋克彦　風の陣　三　天命篇
高橋克彦　風の陣　四　風雲篇
高橋克彦　風の陣　五　裂心篇
高橋克彦　写　楽　殺　人　事　件〈新装版〉
高樹のぶ子　オライオン飛行
田中芳樹　創竜伝1〈超能力四兄弟《ドラゴン》〉
田中芳樹　創竜伝2〈摩天楼の四兄弟《ドラゴン》〉
田中芳樹　創竜伝3〈逆襲の四兄弟《ドラゴン》〉
田中芳樹　創竜伝4〈四兄弟《ドラゴン》脱出行〉
田中芳樹　創竜伝5〈蜃気楼都市《ミラージュ・シティ》〉
田中芳樹　創竜伝6〈染血《ブラッディ》の夢《ドリーム》〉
田中芳樹　創竜伝7〈黄土のドラゴン〉
田中芳樹　創竜伝8〈仙境のドラゴン〉
田中芳樹　創竜伝9〈妖世紀のドラゴン〉
田中芳樹　創竜伝10〈大英帝国最後の日〉
田中芳樹　創竜伝11〈銀月王伝奇〉
田中芳樹　創竜伝12〈竜王風雲録〉
田中芳樹　創竜伝13〈噴火列島〉
田中芳樹　創竜伝14〈月への門〉

田中芳樹　創竜伝15〈旅立つ日まで〉
田中芳樹　魔　天　楼〈薬師寺涼子の怪奇事件簿〉
田中芳樹　東京ナイトメア〈薬師寺涼子の怪奇事件簿〉
田中芳樹　巴《パ》里《リ》・妖　都　変〈薬師寺涼子の怪奇事件簿〉
田中芳樹　クレオパトラの葬送〈薬師寺涼子の怪奇事件簿〉
田中芳樹　黒《ブラック》蜘《スパイ》蛛《ダー》島《アイランド》〈薬師寺涼子の怪奇事件簿〉
田中芳樹　夜　光　曲〈薬師寺涼子の怪奇事件簿〉
田中芳樹　魔境の女王陛下〈薬師寺涼子の怪奇事件簿〉
田中芳樹　海から何かがやってくる〈薬師寺涼子の怪奇事件簿〉
田中芳樹　白魔《びゃくま》のクリスマス〈薬師寺涼子の怪奇事件簿〉
田中芳樹　タ　イ　タ　ニ　ア1〈疾風篇〉
田中芳樹　タ　イ　タ　ニ　ア2〈暴風篇〉
田中芳樹　タ　イ　タ　ニ　ア3〈旋風篇〉
田中芳樹　タ　イ　タ　ニ　ア4〈烈風篇〉
田中芳樹　タ　イ　タ　ニ　ア5〈凄風篇〉
田中芳樹　ラインの虜囚
田中芳樹　新・水滸後伝(上)(下)
田中芳樹／幸田露伴 原作　運　命〈二人の皇帝〉
田中芳樹／土屋守　「イギリス病」のすすめ

講談社文庫　目録

高田崇史　神の時空　倭《やまと》の水霊
高田崇史　神の時空　貴船の沢鬼
高田崇史　神の時空　三輪《みわ》の山祇《やまつみ》
高田崇史　神の時空　嚴島《いつくしま》の烈風
高田崇史　神の時空　伏見稲荷の轟雷
高田崇史　神の時空　五色不動の猛火
高田崇史　神の時空　京の天命
高田崇史　神の時空　前紀〈女神の功罪〉
高田崇史　鬼棲む国、出雲〈古事記異聞〉
高田崇史　オロチの郷、奥出雲〈古事記異聞〉
高田崇史　京の怨霊、元出雲〈古事記異聞〉
高田崇史　鬼統べる国、大和出雲〈古事記異聞〉
高田崇史　陽昇る国、伊勢〈古事記異聞〉
高田崇史　源平の怨霊〈小余綾《こゆるぎ》俊輔の最終講義〉
高田崇史　試験に出ないQED異聞〈高田崇史短編集〉
高田崇史ほか　読んで旅する鎌倉時代
団　鬼六　悦楽王〈鬼プロ繁盛記〉
高野和明　13階段
高野和明　グレイヴディッガー

高野和明　6時間後に君は死ぬ
大道珠貴　ショッキングピンク
高木　徹　ドキュメント　戦争広告代理店〈情報操作とボスニア紛争〉
田中啓文　件《くだん》〈もの言う牛〉
田中啓文　誰が千姫を殺したか〈蛇身探偵豊臣秀頼〉
高嶋哲夫　メルトダウン
高嶋哲夫　命の遺伝子
高嶋哲夫　首都感染
高野秀行　西南シルクロードは密林に消える
高野秀行　アジア未知動物紀行　ベトナム・奄美・アフガニスタン
高野秀行　イスラム飲酒紀行
高野秀行　移民の宴〈日本に移り住んだ外国人の不思議な食生活〉
高野秀行　角幡唯介　地図のない場所で眠りたい
田牧大和　花合せ〈濱次お役者双六〉
田牧大和　質草破り〈濱次お役者双六　二ます目〉
田牧大和　翔ぶ梅〈濱次お役者双六　三ます目〉
田牧大和　半可心中〈濱次お役者双六〉
田牧大和　長屋狂言〈濱次お役者双六〉
田牧大和　錠前破り、銀太

田牧大和　錠前破り、銀太　紅蜆《べにしじみ》
田牧大和　錠前破り、銀太　首魁《しゅかい》
田牧大和　大福三つ巴〈宝来堂うまいもん番付〉
田中慎弥　完全犯罪の恋
高野史緒　カラマーゾフの妹
高野史緒　翼竜館の宝石商人
高野史緒　大天使はミモザの香り
瀧本哲史　僕は君たちに武器を配りたい〈エッセンシャル版〉
竹吉優輔　襲名犯
高田大介　図書館の魔女　第一巻　第二巻
高田大介　図書館の魔女　第三巻　第四巻
高田大介　図書館の魔女　烏《からす》の伝言《つてこと》(上)(下)
大門剛明　完全無罪
大門剛明　死刑評決
橘　もも著　沖田×華原作　安達奈緒子脚本　小説　透明なゆりかご(上)(下)
橘　もも著　ヤマシタトモコ原作　相沢友子脚本　さんかく窓の外側は夜〈映画版ノベライズ〉
橘　もも　脚本　三木　聡　大怪獣のあとしまつ〈映画ノベライズ〉
滝口悠生　高架線
高山文彦　ふたり〈皇后美智子と石牟礼道子〉

鳴海　章　謀　略　航　路
鳴海　章　全能兵器AiCO《アイコ》
中嶋博行　新装版　検察捜査
中村天風　運　命　を　拓　く〈天風瞑想録〉
中村天風　叡　智　の　ひ　び　き〈天風哲人　箴言註釈《しんげんちゅうしゃく》〉
中村天風　真　理　の　ひ　び　き〈天風哲人　新箴言註釈《しんげんちゅうしゃく》〉
中山康樹　ジョン・レノンから始まるロック名盤
梨屋アリエ　でりばりぃAge
梨屋アリエ　ピアニッシシモ
中島京子　妻が椎茸だったころ
中島京子　オリーブの実るころ
中島京子ほか　黒い結婚　白い結婚
奈須きのこ　空の境界(上)(中)(下)
中村彰彦　乱世の名将　治世の名臣
長野まゆみ　簞　笥　の　な　か
長野まゆみ　レ　モ　ン　タ　ル　ト
長野まゆみ　チ　マ　チ　マ　記
長野まゆみ　冥　途　あ　り
長野まゆみ　45°〈ここだけの話〉
長嶋　有　夕子ちゃんの近道
長嶋　有　佐　渡　の　三　人
長嶋　有　もう生まれたくない
長嶋　有　ル　ー　テ　ィ　ー　ン　ズ
永嶋恵美　擬　　　　　　態
永井　均　内田かずひろ　絵　子どものための哲学対話
なかにし礼　戦　場　の　ニ　ー　ナ
なかにし礼　生　き　る　力〈心でがんに克《か》つ〉
なかにし礼　夜　の　歌(上)(下)
中村文則　最　後　の　命
中村文則　悪と仮面のルール
中田整一編／解説　真珠湾攻撃総隊長の回想〈淵田美津雄自叙伝〉
中田整一　四月七日の桜〈戦艦「大和」と伊藤整一の最期〉
中村江里子　女四世代、ひとつ屋根の下
中野美代子　カスティリオーネの庭
中野孝次　すらすら読める方丈記
中野孝次　すらすら読める徒然草
中山七里　贖罪の奏鳴曲《ソナタ》
中山七里　追憶の夜想曲《ノクターン》
中山七里　恩讐の鎮魂曲《レクイエム》
中山七里　悪徳の輪舞曲《ロンド》
中山七里　復讐の協奏曲《コンチェルト》
長島有里枝　背　中　の　記　憶
長浦　京　赤《セキ》　　刃《ジン》
長浦　京　リボルバー・リリー
長浦　京　マ　ー　ダ　ー　ズ
中脇初枝　世界の果てのこどもたち
中脇初枝　神の島のこどもたち
中村ふみ　天空の翼　地上の星
中村ふみ　砂の城　風の姫
中村ふみ　月の都　海の果て
中村ふみ　雪の王　光の剣
中村ふみ　永遠《とわ》の旅人　天地の理《ことわり》
中村ふみ　大地の宝玉　黒翼《こくよく》の夢
中村ふみ　異邦の使者　南天の神々
夏原エヰジ　Ｃ　ｏ　ｃ　ｏ　ｏ　ｎ〈修羅の目覚め〉
夏原エヰジ　Ｃ　ｏ　ｃ　ｏ　ｏ　ｎ２〈蠱惑の焔〉
夏原エヰジ　Ｃ　ｏ　ｃ　ｏ　ｏ　ｎ３〈幽世の祈り〉

講談社文庫　目録

日本推理作家協会編　Doubt《ダウト》きりのない疑惑〈ミステリー傑作選〉
日本推理作家協会編　Bluff《ブラフ》騙し合いの夜〈ミステリー傑作選〉
日本推理作家協会編　ベスト8ミステリーズ2015
日本推理作家協会編　ベスト6ミステリーズ2016
日本推理作家協会編　ベスト8ミステリーズ2017
日本推理作家協会編　2019ザ・ベストミステリーズ
日本推理作家協会編　2020ザ・ベストミステリーズ
日本推理作家協会編　2021ザ・ベストミステリーズ
二階堂黎人　ラン迷宮〈二階堂蘭子探偵集〉
二階堂黎人　増加博士の事件簿
二階堂黎人　巨大幽霊マンモス事件
新美敬子　猫のハローワーク
新美敬子　猫のハローワーク2
新美敬子　世界のまどねこ
新美敬子　猫とわたしの東京物語
西澤保彦　新装版 七回死んだ男
西澤保彦　人格転移の殺人
西澤保彦　夢魔の牢獄
西村　健　ビンゴ

西村　健　地の底のヤマ(上)(下)
西村　健　光陰の刃《やいば》(上)(下)
西村　健　目撃
西村　健　激震
楡　周平　修羅の宴(上)(下)
楡　周平　バルス
楡　周平　サリエルの命題
楡　周平　サンセット・サンライズ
西尾維新　クビキリサイクル〈青色サヴァンと戯言遣い〉
西尾維新　クビシメロマンチスト〈人間失格・零崎人識〉
西尾維新　クビツリハイスクール〈戯言遣いの弟子〉
西尾維新　サイコロジカル(上)〈兎吊木垓輔の戯言殺し〉／(下)〈曝かれ者の小唄〉
西尾維新　ヒトクイマジカル〈殺戮奇術の匂宮兄妹〉
西尾維新　ネコソギラジカル(上)〈十三階段〉
西尾維新　ネコソギラジカル(中)〈赤き征裁 vs. 橙なる種〉
西尾維新　ネコソギラジカル(下)〈青色サヴァンと戯言遣い〉
西尾維新　ダブルダウン勘繰郎《かんぐろう》 トリプルプレイ助悪郎《スケアクロウ》
西尾維新　零崎双識の人間試験
西尾維新　零崎軋識《ぜろざきききしき》の人間ノック

西尾維新　零崎曲識の人間人間
西尾維新　零崎人識の人間関係 匂宮出夢との関係
西尾維新　零崎人識の人間関係 無桐伊織との関係
西尾維新　零崎人識の人間関係 零崎双識との関係
西尾維新　零崎人識の人間関係 戯言遣いとの関係
西尾維新　xxxHOLiC アナザーホリック ランドルト環《かん》エアロゾル
西尾維新　難民探偵
西尾維新　少女不十分
西尾維新　本題〈西尾維新対談集〉
西尾維新　掟上今日子《おきてがみきょうこ》の備忘録
西尾維新　掟上今日子の推薦文
西尾維新　掟上今日子の挑戦状
西尾維新　掟上今日子の遺言書
西尾維新　掟上今日子の退職願
西尾維新　掟上今日子の婚姻届
西尾維新　掟上今日子の家計簿
西尾維新　掟上今日子の旅行記
西尾維新　掟上今日子の裏表紙
西尾維新　新本格魔法少女りすか

講談社文庫　目録

講談社文庫　目録

2025年 3月14日現在